DIE UMARMUNG DER PYTHON

DAS GEHEIMNIS VON BITTEN POINT, BUCH 3

EVE LANGLAIS

Copyright © 2022 Eve Langlais

Englischer Originaltitel: »Python's Embrace (Bitten Point Book 3)«
Deutsche Übersetzung: Noëlle-Sophie Niederberger für Daniela Mansfield Translations 2022

Alle Rechte vorbehalten. Dies ist ein Werk der Fiktion. Namen, Darsteller, Orte und Handlung entspringen entweder der Fantasie der Autorin oder werden fiktiv eingesetzt. Jegliche Ähnlichkeit mit tatsächlichen Vorkommnissen, Schauplätzen oder Personen, lebend oder verstorben, ist rein zufällig.

Dieses Buch darf ohne die ausdrückliche schriftliche Genehmigung der Autorin weder in seiner Gesamtheit noch in Auszügen auf keinerlei Art mithilfe elektronischer oder mechanischer Mittel vervielfältigt oder weitergegeben werden.

Titelbild entworfen von: Yocla Designs © 2022
Herausgegeben von: Eve Langlais www.EveLanglais.com
eBook ISBN: 978-1-77384-3452
Taschenbuch ISBN: 978-1-77384-3469

Besuchen Sie Eve im Netz!
www.evelanglais.com

KAPITEL EINS

Dämlicher Sumpf. Das Wasser hatte bereits vor langer Zeit jegliche Wärme aus ihren Gliedmaßen gezogen. Noch schlimmer war jedoch der Schlamm. Er saugte an Arias Gliedern, wenn sie sich auszuruhen versuchte. Er umhüllte sie mit einer schleimigen zweiten Haut, die so fürchterlich stank, dass selbst die Mücken es nicht wagten, sie zu ihrer nächsten Mahlzeit zu machen. Aber wenigstens verbarg es sie vor den Verfolgern.

Trotz der Müdigkeit, die all ihre Sinne vernebelte, wusste sie, dass sie da draußen auf der Suche waren. Auf der Jagd ...

Auf der Jagd nach mir, damit sie mich zurück ins Institut schleppen und für immer zum Schweigen bringen können – oder noch Schlimmeres.

Niemals.

Eine Gefangennahme war keine Option. Seit ihrer Flucht hatte sie nicht zu laufen aufgehört. Sie war geschwommen, bis ihre Arme abzufallen gedroht hatten. Sie hatte sich durch den dichten Sumpf gequält, bis ihre

Beine schwer wie Blei wurden. Sie wollte sich hinlegen und ein langes Nickerchen machen, aber das würde bedeuten aufzugeben, und das stand außer Frage.

Die Monster von Bittech jagten sie, und sie meinte nicht nur Merrill und seine Handlanger. Es existierten richtige Monster. Bestien ohne Gewissen. Sobald sie sie fanden, würden sie sie umbringen. Nirgendwo war es sicher, nicht an Land, in der Luft oder im Wasser.

Aber ich weigere mich, ihr nächstes Opfer zu sein. Sie würde nicht kampflos untergehen.

Ein heulender Schrei ertönte in der Ferne, ein unheimliches Geräusch, das widerhallte und die normalen Kreaturen verstummen ließ, die durch die Nacht streiften. Stille machte sich breit, als selbst die Mücken ihr Summen einstellten, woraufhin ihr der Atem in der Lunge gefror.

Sie haben die fliegenden Jäger losgelassen. Sie hatte gehofft, den Sumpf zu verlassen, bevor das passierte. Zum Teufel, sie hatte gehofft, es vor Einbruch der Nacht aus Bitten Point herauszuschaffen. Allerdings hatte der Sumpf nicht kooperiert, und jetzt, da die Dunkelheit gekommen war, ging die Jagd wirklich los.

Als der kehlige Schrei erneut den dunklen Himmel erfüllte, rührte sie sich einen Moment lang nicht, sondern blieb geduckt im Schlamm und Unkraut, in der unwahrscheinlichen Hoffnung, dass der Jäger sie nicht entdecken würde. Sie konnte nicht umhin, den Hals zu recken, um hinauf in den Himmel zu spähen, der dunkel war und an dem doch Tausende Sterne funkelten.

Einen Moment lang erschien ein Schatten, angestrahlt vom Mond, eine scharfsichtige Kreatur mit ledrigen Flügeln.

Konnte sie sie sehen? Würde sie herabstürzen? Sie duckte sie tiefer, damit das Weiß ihrer Augen sie nicht verriet. Sie lag zusammengekauert da, regungslos und kaum atmend.

Der Jäger kreischte verärgert, drehte ab und flog davon.

Einige Herzschläge später wagte sie es, ihre Lunge mit Luft zu füllen und sich nach vorn zu richten, nur um angesichts ihrer neuesten Zwickmühle zu blinzeln.

Grrr.

Das üble Geräusch kam von einer scharfäugigen Kreatur, deren pelzige Lefzen zurückgezogen waren, um winzige spitze Zähne zu entblößen.

Grrr.

Wollte das Ding ihr ernsthaft drohen? Sie hatte Eichhörnchen als Snack gegessen, die größer gewesen waren als das.

Aber besorgniserregender als der aggressive Appetithappen war der Schatten, der sich über ihnen beiden erhob. Eine tiefe Stimme sagte: »Na, Prinzessin, was haben wir denn da?«

»Schwierigkeiten, wenn du mir nicht aus dem Weg gehst.« Aria funkelte den großen Kerl unter einer dreckigen Haarsträhne heraus an. Selbst sie konnte zugeben, dass es ihr an Einschüchterungsfaktor mangelte, aber als er es wagte zu lachen, dachte sie nicht zweimal nach, bevor sie handelte.

Die Handvoll Schlamm traf den Koloss mit einem befriedigenden Platschen mitten im Gesicht.

»Hast du das gerade wirklich getan?«, fragte er mit deutlichem Ärger, während er sich mit einer Hand den Schlamm aus dem Gesicht wischte.

Dumme Frage, wenn man bedachte, dass sie es getan hatte. »Geh mir aus dem Weg.«

»Oder was?«

Vielleicht war es nicht gerade eine erwachsene Reaktion, eine zweite Handvoll zu schleudern. Ihre Ausrede? *Ich bin müde.*

Bevor sie erklären konnte, warum er es verdiente, griff Prinzessin an.

Der winzige Hund sprang über Arias Schulter, woraufhin sie den Kopf drehte, um zuzusehen, wie der Zwerg seine Zähne in der Schlange vergrub, die auf dem Felsen neben Aria lag. Prinzessin schüttelte heftig den Kopf und ließ nicht los, während die Schlange zischend und spuckend ihr Missfallen kundtat.

Der seltsame Anblick ließ Aria blinzeln, was die Szene jedoch nicht veränderte. Der winzige Hund hielt weiterhin fest und der krampfartige Todeskampf der Schlange ließ nach.

Aria klimperte erneut mit den Wimpern, als eine große Hand vor ihren Augen bewegt wurde.

»Lass mich dir aus dem Schlamm helfen.« Das tiefe Grummeln veranlasste sie dazu, nach oben zu blicken, ganz nach oben, zu dem Sprecher.

In der Dunkelheit konnte sie nicht viel über den Kerl aussagen, außer dass er groß – verdammt groß – sowie unbeeindruckt war, dass der kleine Hund sich auf brutale Weise mit einer Giftschlange angelegt hatte.

»Solltest du nicht deinem Köter helfen?«

Er prustete. »Prinzessin wäre beleidigt, wenn ich mich einmische. Sie ist mehr als fähig, auf sich selbst aufzupassen.«

Das kam ihr bekannt vor. Aria hatte ebenfalls eine eigenständige Ader, weshalb sie auf seine angebotene Hand verzichtete, um ihr aus dem Sumpf zu helfen – denn es war so viel beeindruckender, als sie sich durch den an ihr saugenden Schlamm kämpfte und auf das niedrige Gras kroch.

Aber sie schaffte es, genau wie sie Merrill, Harold und all den anderen entkommen war, die sie jagten.

Erschöpft ließ Aria sich auf den Rücken fallen, was vermutlich nicht die klügste Vorgehensweise war, besonders da sie die Absichten des großen Typen nicht kannte. Er konnte genauso gut ein Hinterwäldler-Psychopath sein, der eine Rolle bei der Entstehung des Films *Hügel der blutigen Augen* gespielt hatte – die dämliche Cynthia hatte sie dazu gezwungen, ihn anzusehen. Die gute Neuigkeit war, dass sie kein Banjo hörte. Und wirklich, wie gefährlich konnte ein Kerl sein, der einen winzigen Köter Prinzessin nannte?

Ihr Magen zog sich nicht zusammen. Ihr innerer Adler krächzte nicht und flatterte auch nicht aggressiv mit den Federn. Aria vertraute ihrem Instinkt und blieb auf dem Boden liegen, um ihrem müden Körper einen dringend nötigen Moment der Ruhe zu geben.

Da der große Kerl sicherlich nicht jeden Tag Frauen aus dem Sumpf kriechen sah, erwartete sie eine Welle von Fragen. Normale Leute würden Fragen stellen wie: »Was machst du hier draußen?«, oder: »Wie lange beabsichtigst du zu leben?« Männer mit Temperament begrüßten es nicht, wenn Frauen ihnen Schlamm ins Gesicht schleuderten.

Der Fremde sagte jedoch kein Wort, sondern zog sich sein Hemd aus, um sich damit das Gesicht abzuwischen. Die Schatten erlaubten ihr keinen klaren Blick, aber sie sah genug, um zu erkennen, dass seine Masse aus Muskeln bestand, nicht aus Fett. Aus vielen Muskeln.

Wir sollten ihn streicheln und beruhigen, schlug ihr Adler vor.

Es würde kein Streicheln geben. Aria wandte den Blick ab und bemerkte, dass sein Hund mit der Schlange fertig war. Das giftige Tier lag leblos auf dem Felsen, wo Prinzessin herumhüpfte und kläffte, um ihre Beute zu feiern.

»Was für ein braves Mädchen. Hat Daddys Prinzessin die böse Giftschlange getötet?«

Hatte sich der große Kerl gerade ernsthaft in Babysprache mit seinem Hund unterhalten?

Sie stützte sich auf einen Ellbogen und starrte die beiden mit offenem Mund an.

Der Typ war in die Hocke gegangen, um sein kleines Haustier hochzuheben, und hielt sie vorsichtig in einer seiner Armbeugen. Das verdammte Ding war kaum ein Bissen, und doch trug der große Kerl, der selbst ein wenig nach Reptil roch, Prinzessin, als wäre sie aus dünnem Glas, während Aria im Dreck lag, wo sie wie ein Haufen Müll aussah und auch roch.

So unfair. Warum sie sich darum scherte, hätte sie jedoch nicht sagen können. *Was kümmert es mich, wenn er seinen Hund verhätschelt? Und wen interessiert es, ob ich schmutzig bin? Ich bin nicht darauf aus, ihn zu beeindrucken.*

Wir brauchen ein Bad, beschwerte sich ihre Vogelseite. Auch wenn sie mit ein wenig Dreck umgehen konnte, erschauderte ihr innerer Adler angesichts der Sauerei, die sie überzog. Vögel tauchten ihre Körper nicht gern in Dreck. Es behinderte ihre Fähigkeit zu fliegen.

Apropos fliegen, es war an der Zeit, aus dem Sumpf herauszukommen. Sie hatte bereits zu viel Zeit damit verbracht dazuliegen und musste sich in Bewegung setzen, bevor der Jäger wieder zurückkam.

Aria sprang auf die Füße, bewegte sich jedoch zu schnell. Ihre Sicht schwankte, genau wie ihr Körper. Eine Hand stabilisierte sie.

»Vorsichtig. Ich will nicht, dass du hier draußen auf dem Gesicht landest.«

»Lass mich raten, du hast eine weichere Stelle für mich, auf der ich landen kann? Wie dein Bett oder die Rückbank deines Wagens?« Sie hatte all diese schon mal Anmachsprüche gehört, und keiner davon beeindruckte sie.

»Äh, nein. Ich meinte damit, dass Prinzessin ihr Geschäft hier in diesem Bereich erledigt. Deshalb sind wir auch hier. Sie musste ihr Geschäft erledigen.«

Klatsch. Arias Zehen vergruben sich in dem warmen Haufen, und sie konnte das hysterische Kichern nicht zurückhalten, das ihr entwich. »Scheiße.«

KAPITEL ZWEI

Was sollte er von der Frau halten, die soeben in nichts als BH und Unterhose aus dem Sumpf gekrochen war? In all seinen Jahren war dies das erste Mal, dass so etwas passiert war, jedenfalls was Constantine betraf.

Während er Prinzessin an seinem Körper hielt, konnte er nicht umhin, das Rätsel zu katalogisieren, das vor ihm stand.

Was für ein zierliches Ding, sie reichte ihm nicht einmal annähernd bis zum Kinn, und schlank war sie auch. Eine Schicht aus Dreck überzog sie. Er konnte nicht riechen, ob sie ein Mensch oder Gestaltwandler war, aber so, wie sie sich bewegte, würde er auf Gestaltwandler tippen – ein Tier mit Anmut, angesichts ihrer flüssigen Bewegungen.

Fragen lagen ihm auf der Zunge, allen voran: *Wer bist du?* Und doch hielt er sich zurück. Er spürte eine gewisse Scheu an ihr. Es wäre nicht viel nötig, um sie in die Flucht zu schlagen.

Sie kann nicht weglaufen, wenn wir sie umarmen. Sie drücken. Sie festhalten.

Seine innere Schlange hatte immer nur eine Lösung für alles.

Anstatt sie zu Tode zu quetschen, sollten wir vielleicht versuchen, sie sauber zu machen und ein paar Antworten zu bekommen.

Denn er würde wetten, dass ihre Geschichte viel mit dem zu tun hatte, dem er, sein Bruder und seine Freunde bereits seit einer Weile nachgingen.

Etwas jagte die Leute von Bitten Point. Irgendetwas legte sie rein, und es war an der Zeit, dass sie zurücklegten.

Oder uns auf sie legen.

Böse Schlange, und er meinte nicht seine Gestaltwandler-Seite. Ein gewisser Teil von ihm zeigte etwas zu viel Interesse an der schlammbedeckten Frau vor ihm. Wie pervers, eine Sumpfkreatur zu begehren, besonders eine, die in Scheiße getreten war und ein sehr schmutziges Mundwerk besaß.

Sehr schmutzig ...

Er unterbrach ihre Litanei an Flüchen. »Hör zu, mein Haus ist nicht weit von hier entfernt. Ich habe eine Außendusche, wenn du dich abwaschen willst.«

Ihr mit Schlamm besprütztes Gesicht zeigte Argwohn, als sie ihn ansah. »Ich ziehe mich nicht zu deiner Unterhaltung nackt aus.«

»Dann lass deine Kleidung beim Duschen an, mir wird es egal sein, aber du könntest sie als unbequem empfinden, und es wird schwieriger sein, deine ähm, privaten Bereiche zu waschen.« Obwohl er für gewöhnlich kein schüchterner Mann war, stockte Constantine bei der Erwähnung ihrer weiblicheren Körperstellen, besonders da er daran mehr interessiert war, als es normal wäre.

»Mach dir keine Sorgen um meine privaten Bereiche. Was das Ausziehen angeht, was genau soll ich nach meiner Dusche tragen? Und wenn du dich vorschlägst, werde ich dir vermutlich wehtun.«

Die Drohung entlockte ihm ein Lachen. Eine winzige Frau, aber temperamentvoll. Das gefiel ihm. »Ich habe ein paar Ersatzklamotten, die du dir leihen kannst, damit du nicht in deiner Unterwäsche oder nackt herumlaufen musst.«

Sie verschränkte die Arme vor der Brust, was ihre kleinen Vorzüge verbarg. »Woher weiß ich, ob ich dir vertrauen kann?«

»Lady, ich weiß nicht, mit welchen Kerlen du sonst verkehrst, aber ich kann dir versichern, dass ich keinerlei Interesse daran habe, jemanden zu begaffen oder zu belästigen, der kaum größer ist als mein Hund. Ich bevorzuge meine Damen mit mehr Fleisch.«

Die Worte sollten beruhigend wirken, und doch flammten ihre Augen auf. »Es ist nichts falsch daran, zierlich und schlank zu sein.«

»Das ist es, wenn man etwas will, woran man kauen kann.« Constantine hörte, wie sie den Atem einzog, und hätte stöhnen können. *Das habe ich nicht gerade gesagt.* Aber das hatte er. Seltsam, denn normalerweise war er niemand, der Frauen gegenüber geschmacklose Bemerkungen machte.

Da ihnen eine Diskussion im Sumpf nichts bringen

würde, drehte er sich auf dem Absatz um. Trotz der Dunkelheit hatte er keine Probleme, den Weg zu finden. Er lebte schon am Sumpf, seit er denken konnte. Eine lange Zeit mit vielen Erinnerungen. So ziemlich das Einzige in seinem Leben, an das er sich nicht erinnerte, war sein Vater. Diese kaltherzige Schlange war verschwunden, sobald Constantines Mutter ihre Schwangerschaft verkündet hatte, und das Arschloch war nie zurückgekehrt.

Aber wie seine Mutter zur Verteidigung seines Vaters erklärte, läge es in der Natur einer männlichen Schlange, zu verschwinden, sobald sie ein Weibchen befruchtet hatte.

Constantines Erwiderung, als er alt genug war, um zu antworten: »Richtige Männer laufen nicht vor ihren Verpflichtungen weg.«

Worte, die er so meinte, und doch ließ ihn die Angst, er könnte so werden wie sein Vater, vor Beziehungen zurückschrecken. *Ich will nicht mein Vater sein.* Da er von Natur aus ein Python-Gestaltwandler war, wollte er dieser Beschreibung nicht noch »gemeiner Mistkerl, der diejenigen hat sitzen lassen, die ihn brauchten« hinzufügen.

Während er vom Ufer des Sumpfes davonmarschierte, den Hund unter den Arm geklemmt, machte er sich nicht die Mühe nachzusehen, ob die Frau folgte. Prinzessin passte für ihn auf. Sie hatte den kleinen Kopf gedreht, um nach hinten zu spähen, ihr Körper war angespannt in seinem Griff.

Es dauerte nur wenige Minuten, bis die Verandabeleuchtung erschien, ein Signalfeuer in der Dunkelheit, das allerhand fliegende Insekten anzog. So nahe bei den Everglades sahen sie einiges an Insekten, von denen manche genügend Beine und zwickende Mundwerkzeuge hatten, dass es ihm Sorgen machte. Prinzessin hatte empfindliche Haut.

Noch ein paar Schritte und das Haus, das er mit seiner Mutter teilte, wurde sichtbar. Nach den meisten Maßstäben war es nicht viel. Ein kompakter Vierzimmerbungalow auf Holzpfählen. Schwerer Regen ließ es gelegentlich aussehen, als würde das Haus schwimmen wie eine Insel.

Es ärgerte ihn festzustellen, dass er sich fragte, was die Frau von seinem Zuhause hielt. *Ich schäme mich nicht dafür, wo ich herkomme.* Er schämte sich nicht, und doch steckte er immer wieder Geld in Renovierungsprojekte. Außerdem steckte er viel Schweiß und Flüche hinein.

Das Ergebnis? Das Haus sah wesentlich präsentabler aus als zuvor. Das war auch besser so, denn Constantine hatte den Großteil seiner Gehaltsschecks ausgegeben, seit er begonnen hatte, das Haus zu verbessern. Neue Verkleidung, neue Fenster, zusammen mit einem Dach, das er und Daryl, der beste Freund seines älteren Bruders, selbst ersetzt hatten.

Im Inneren hatte er die Küche entkernt und neue Schränke für seine Mutter eingebaut. Nichts Besonderes. Er hatte diese vorgefertigten weißen Schränke im Ausverkauf des Baumarkts in der Nachbarstadt geholt. Aber seine Mutter liebte sie. Genau wie sie den Laminatboden liebte, den er überall verlegt hatte.

Es mochte nicht nach viel aussehen, aber es war ein Zuhause. *Mein Zuhause. Ob es anderen gefällt oder nicht.*

Erneut hätte er nicht sagen können, warum er sich darum scherte. Außerdem war es nicht so, als würde sie bleiben. Er würde sie so schnell er konnte sauber machen und wieder wegschicken.

Nicht weggehen. Unsssser.

Nicht unser, und scheiße ja, sie würde gehen. Constantine führte kein Zuhause für schlammige Obdachlose. Nicht einmal für temperamentvolle, die ihn faszinierten.

Als er den Garten erreichte, bog er vor dem Haus ab und ging zur Außendusche. Sie bot nicht viel Privatsphäre, da sie aus einem einzigen Pfosten bestand, der im Boden in Beton eingelassen war. Der grüne Gartenschlauch, den er vom Haus zur Außendusche hin im Boden vergraben hatte, war an dem Pfosten befestigt und endete oben in einem rostigen Duschkopf.

»Da ist die Dusche, wenn du sie benutzen willst. Ich werde dir ein Handtuch holen. Ma hat immer einen Stapel davon neben der Hintertür.« Denn manchmal spielte Constantine auch gern im Schlamm.

Die Frau antwortete nicht. Tatsächlich hatte sie kein einziges Wort gesagt. Was auch immer. Er hielt nicht inne, um nachzusehen, ob sie das Wasser aufdrehte. Ihm war auch egal, ob sie davonging. Weniger Mühe für ihn, wenn sie es tat.

Das Quietschen des Griffs und das Geräusch rauschenden Wassers ließen ihn wissen, dass sie geblieben war – aber wie lange?

Die Frau hatte noch nicht erklärt, warum sie aus dem Sumpf gekrochen war, und auch wenn sie von seiner Anwesenheit nicht begeistert zu sein schien, hatte sie weder die Flucht ergriffen noch nach einem Telefon verlangt.

Wer war sie?

Unsssser.

Trotz der Überzeugung seines inneren Reptils war er sich sicher, dass sie einander nie zuvor getroffen hatten. Auf der anderen Seite konnte sie angesichts der Schlammschicht auf ihrer Haut auch genauso gut sein direkter Nachbar gewesen sein. Nur dass der alte Kenny nebenan ungefähr neunzig Kilo mehr wog und ein Kerl war.

Prinzessin, die noch immer unter seinen Arm geklemmt war, wand sich, woraufhin er sie neben sich auf dem Boden absetzte. Seine treue Begleiterin klebte an seinen Fersen, als er sich zum Vorraum an der Rückseite des Hauses begab, das er mit seiner Mutter teilte. Und nein, er war kein Muttersöhnchen. Nicht allzu sehr.

Allerdings hatte er keinen Grund auszuziehen, wenn seine Mutter ein Haus von perfekter Größe besaß, das sie teilen konnten. Er half mit den Rechnungen und den handwerklichen Tätigkeiten, die erledigt werden mussten, während sie kochte und seine Wäsche wusch. Aber es sollte angemerkt werden, dass er das Geschirr spülte.

Im Vorraum, der praktisch eine Sperrholzbox auf Betonsteinen war und mehr oder weniger als Unterstand für die Waschmaschine und den Trockner diente, nahm er sich ein sauberes Handtuch mit lebhaftem Muster darauf. Seine Mutter hatte weiße Wäsche bereits vor langer Zeit aufgegeben. Er und sein Bruder waren zu schmutzig dafür.

Während er im Vorraum war, öffnete er auch den Trockner und zog ein langes T-Shirt heraus, bemühte sich jedoch nicht um eine Hose. Er bezweifelte, dass ihr seine oder die seiner Mutter passen würden. Die Taille der Frau, die er gefunden hatte, war so schmal, dass er sich sicher war, dass er sie mit beiden Händen umfassen könnte und noch Luft hätte.

Jemand muss sie füttern.
Ich habe etwas, mit dem ich sie füttern kann.

Verflixt, was zum Teufel war heute Abend mit ihm los? Seit dem Fiasko in den Tunneln vor einem Tag oder so war er angespannt. Er zuckte vor Schatten zurück. Drehte sich um, um jedes einzelne Geräusch zu kontrollieren. Wachsam zu sein erklärte jedoch nicht sein seltsames Interesse an der schlammigen Obdachlosen. Nur dass sie jetzt vermutlich nicht mehr so schlammig war.

Ich frage mich, wie sie aussieht.

Als er den Vorraum verließ, ließ er den Blick in ihre Richtung wandern und bemerkte, dass sie am Rand der Außendusche stand, die Hand unter das herabschießende Wasser gestreckt.

»Für gewöhnlich funktioniert es besser, wenn man sich unter das Wasser stellt«, sagte er, als er näher kam.

»Es ist kalt.«

»Was denn sonst? Es ist eine Außendusche. Du hast hier draußen doch nicht ernsthaft warmes Wasser erwartet.«

Der böse Blick, den sie ihm unter einer nassen Haarsträhne hervor zuwarf, brachte ihn beinahe zum Lächeln.

»Warmes Wasser wäre nett gewesen.«

»Nett wäre es auch gewesen, nicht grundlos Leuten, auf die du triffst, Schlamm entgegenzuschleudern. Aber ich schätze, wir können beide nicht bekommen, was wir wollen.«

Ihre Lippen zuckten. »Der Punkt geht an dich. Dann eben Unterkühlung.«

»Sobald du den Schlamm abgewaschen hast, können wir dich in warme Sachen stecken.«

»Was? Wirst du mir nicht anbieten, mich selbst aufzuwärmen?« Ein schelmisches Lächeln ihrerseits offenbarte strahlend weiße Zähne. Zähne, die liebend gern an ihm knabbern könnten.

Nein, können sie nicht. »Ich habe es bereits gesagt, Lady. Du bist nicht mein Typ.« Das musste jetzt nur noch jemand seiner Libido klarmachen, die in seinem Kopf immer wieder durchtriebene Bemerkungen losließ.

»Gut zu wissen. Dann schätze ich, ich muss dir nicht sagen, dass du dich umdrehst, während ich diese Fetzen hier ausziehe.«

Der BH verabschiedete sich als Erstes, und bevor er die Augen abwenden konnte, erhaschte Constantine einen Blick auf kleine Pfirsiche mit harten Spitzen, kaum ein Mund voll. Und doch so verlockend …

Er drehte schnell den Kopf weg und hörte ihr leises Lachen. »Prüde.«

»Die meisten Frauen würden es als Respekt bezeichnen.«

Sie prustete. »Also das ist ein Wort, das ich nicht oft höre. Die meisten Männer scheinen zu denken, dass mich die Tatsache, dass ich ein Loch zwischen den Beinen habe, zu Freiwild macht.«

»Dann tust du mir leid, denn in meiner Welt werden Frauen geschätzt und beschützt.«

»Muss schön sein.«

Lag es an ihm oder enthielten ihre Worte einen wehmütigen Unterton? Er wagte es nicht, sich umzudrehen, um es zu sehen, aber er wollte. Er wollte sehen, wie das Wasser ihren Körper hinunterlief, während einzelne Tropfen an den Spitzen ihrer Brüste perlten.

Reiß dich zusammen. Er ließ den Kopf sinken und schloss die Augen. Er ballte auch die Hände zu Fäusten, während er tief atmete und sich über die seltsame Wirkung wunderte, die sie auf ihn hatte.

Langweilige Gedanken, wie das Gras, das er mähen musste, halfen ihm, ihrer Anziehungskraft einigermaßen zu widerstehen. Das Klappern ihrer Zähne, während sie sich unter dem Wasser abwusch, trug ebenfalls zur Wiedererlangung seiner Kontrolle bei.

Sobald das Wasser abgestellt wurde, streckte er ihr das Handtuch entgegen, das an seiner Faust baumelte, wobei er es noch immer nicht wagte, sich umzudrehen.

Sie nahm es ihm ab. »Das war v-verdammt kalt«, stotterte sie.

Ich werde dich aufwärmen. Er dachte es, sagte aber: »Bist du angezogen?«

Ein wenig damenhaftes Geräusch entwich ihr. »So kann man das wohl kaum bezeichnen.«

»Ich meine, trägst du das Handtuch?«

»Ja, warum?«

Constantine drehte sich auf dem Absatz um und

vergaß, was er sagen wollte, als er ihr Gesicht sah. Ein Gesicht, das er erkannte.

»Heilige Scheiße. Du bist Aria. Das Mädchen, nach dem wir gesucht haben.« Die Frau, nach der sie die Stadt durchkämmt hatten, nur um in Sackgassen zu enden. Währenddessen stieg die Opferzahl weiter an.

Die Ironie, dass sie praktisch vor seiner Haustür erschienen war, hätte ihn zum Lachen gebracht, nur dass seine Schlange diesen Moment wählte, um zu zischen.

Endlich haben wir die Frau gefunden, auf die wir gewartet haben.

Einen Teufel hatten sie.

KAPITEL DREI

Verflixt und zugenäht. Warum erkannte dieser Kerl sie?

»Nein, bin ich nicht«, erwiderte sie schnell. Sie konnte wirklich nicht gebrauchen, dass sich verbreitete, dass sie entkommen und wiederaufgetaucht war. Die korrupte Truppe, die im Untergrundlabor von Bittech arbeitete, würde sie sicherlich verfolgen, wenn sie es herausfand. Es war besser, sie denken zu lassen, sie sei im Sumpf gestorben.

Tatsächlich sollte sie niemandem ihren Aufenthaltsort mitteilen, bis sie mit ihrem Boss gesprochen und ihren Hintern in den sicheren Unterschlupf befördert hatte, den sie auf seinen Befehl benutzen sollte, falls die Dinge haarig wurden – oder in diesem Fall ledrig.

Der große Kerl schnaubte als Reaktion auf ihre Zurückweisung. »Natürlich bist du es. Ich bin kein verdammter Idiot. Cynthia hat uns genügend Fotos von dir gezeigt, um zu wissen, wie du aussiehst, besonders jetzt, da dein Gesicht sauber ist.«

»Du kennst Cynthia?«

»Verdammt richtig, das tue ich. Sie ist mit Daryl zusammengekommen, sobald sie in die Stadt kam, und wir haben alle nach dir gesucht.«

Sie verzog die Lippen zu einem Schmollmund. »Cynthia hätte nach Hause fahren und vergessen sollen, nach mir zu suchen.« Aber sie hätte wissen sollen, dass ihre beste Freundin ihr Verschwinden nicht einfach so hinnehmen würde.

»Mach sie nicht fertig, weil sie sich gesorgt hat.«

Ihr entwich ein Seufzen. »Ich mache sie nicht fertig, aber dass sie sich gesorgt und nach mir gesucht hat, hat die Dinge komplizierter gemacht. Und woher kennst du Thea überhaupt? Wer bist du?«

»Constantine Xavier Boudreaux.«

Sie blinzelte. »Wow, das ist ein Mundvoll.« Erst zu spät bemerkte sie, wie das klang, und dem Grinsen in seinem Gesicht nach zu urteilen tat er das auch.

»Mehr als ein Mundvoll, und eine Handvoll.«

Sie konnte nicht umhin, mit den Augen zu rollen. »Und schon beweist du meinen Standpunkt, dass Männer nur einen Gedanken in ihren kleinen Gehirnen haben.«

»Ich dachte, wir hätten gerade festgestellt, dass es bei mir groß ist.« Sein Lächeln wurde breiter.

Ein schriller Schrei unterbrach ihren Starr-Wettbewerb.

Sofort spannte sie sich an und blickte zum Himmel auf. »Wir müssen in Deckung gehen.«

»Das ist nur irgendein Sumpfvogel auf der Suche nach seinem Abendessen«, sagte der große Mann, während er sich bückte, um seinen Hund hochzuheben.

»Ich weiß. Das ist das Problem. Ich glaube, ich könnte sein Abendessen sein.« Den letzten Teil murmelte sie, aber er hörte es dennoch.

»Keine Sorge. Was auch immer das ist, wird es nicht wagen, sich mit uns anzulegen.«

»Hast du eine Ahnung. Und wenn du nicht besorgt bist, warum nimmst du dann deinen Hund hoch?«

»Weil sie gern gekuschelt wird.« Er sagte es so ernst.

Und sie erwiderte beinahe: *Ich würde auch gern gekuschelt werden.* Nur dass sie das nicht tat. Jedenfalls für gewöhnlich.

Aria mochte es nicht, wenn Leute sie anfassten, aber aus irgendeinem Grund konnte sie nicht umhin, sich zu fragen, wie es sich anfühlen würde, wenn dieser große Kerl sie berührte.

Wahnsinn. Vielleicht ein Ergebnis ihrer Zeit als Gefangene. *Werde ich verrückt?*

Bevor sie den Verstand verlor, musste sie mit ihrem Boss sprechen. »Ich brauche ein Telefon.« Und einen Ort, der nicht im Freien war. Trotz Constantines Versicherung, dass nichts angreifen würde, wusste er nicht, was sie tat.

Die Jäger waren keine gewöhnlichen Raubvögel, und auch wenn er riesengroß war, wäre Constantine diesen Psycho-Bestien in keiner Hinsicht gewachsen.

»Warum ziehst du nicht zuerst das hier an?« Er streckte eine Hand aus, in der er dunklen Stoff hielt. »Ich habe dir ein T-Shirt gebracht.«

»Ist das ein besonderes Hemd, das ich benutzen kann, um jemandes Nummer zu wählen?«, war ihre sarkastische Antwort. Sie riss es ihm jedoch aus der Hand und zog es sich über den Kopf. Sobald es sie bedeckte, löste eine ruckartige Bewegung am Handtuch den feuchten Frotteestoff von ihrem Körper. »Was soll ich damit machen?« Sie wedelte mit dem nassen Handtuch.

»Du kannst es in die Waschküche bringen.«

»Die wo ist?«, fragte sie.

»Hier entlang.« Ohne jegliche Vorwarnung bückte er sich und zwang sie auf eine breite Schulter, bevor er sich wieder aufrichtete.

Schockiert brauchte sie einen Moment, in dem sie an seinem Rücken baumelte, bevor sie brüllte: »Lass mich runter. Was denkst du, was du da tust?« Ihr Schock über seine Handlungen erklärte ihr rasendes Herz, aber was sie nicht verstand, war die ausbleibende Reaktion ihres Adlers. Wo war die Empörung? Der Zorn?

Ein Mann sollte seine Dominanz zeigen.

Bevor sie dieses fremde Konzept verdauen konnte, erklärte Constantine seine Unlogik. »Ich trage dich, damit deine Füße nicht dreckig werden. Und bevor du noch mehr ausflippst, möchte ich hinzufügen, dass ich dasselbe mit Prinzessin tue.«

»Und das ist die einzige Art, die dir eingefallen ist, um mich zu tragen?«, brachte sie hervor, und das nicht mit wenig Ungläubigkeit.

»Ich habe nur eine Hand, Lady. Was hast du erwartet?«

»Du hättest deinen Hund absetzen und mich in beiden Armen tragen können.«

Ein Prusten erschütterte seine Gestalt. »Ja, nein. Ich will nicht die Hände voll haben, während mein Hund schutzlos dem ausgeliefert ist, was auch immer am Himmel ist.«

Als sollte es seinem Argument noch mehr Bedeutung beimessen, durchschnitt ein weiterer Schrei die Nacht, diesmal näher. Aria konnte nicht anders, als zu erschaudern. Auch wenn er sich vielleicht ein übliches Raubtier vorstellte, wusste sie es besser. Sie mussten raus aus dem Freien.

Sie hielt den Mund, damit er es sich nicht anders überlegte, sie das Telefon benutzen zu lassen. Ein anderer Teil von ihr wunderte sich jedoch über ihr blindes Vertrauen diesem Koloss gegenüber.

Aus dieser Nähe konnte sie seine Haut wirklich riechen. Sie hatte in letzter Zeit genügend Zeit mit Gestaltwandlern verbracht, um zu erkennen, dass er irgendeine Art von Reptil war. *Art* war hier das Schlüsselwort.

»Was bist du?«, platzte sie heraus.

Er zögerte nicht. »Eine Schlange. Python, um genau zu sein.«

»Ich habe noch nie zuvor einen Schlangen-Gestaltwandler gesehen.«

»Das liegt daran, dass wir ziemlich selten sind. Ich habe das Gen von meinem Vater bekommen. Und du musst gerade von selten reden, wenn man bedenkt, dass Adler-Gestaltwandler praktisch ausgestorben sind, soweit ich es gehört habe.«

»Woher weißt du, was ich bin? Ich wusste nicht, dass Schlangen einen so guten Geruchssinn haben.« Sie beantwortete ihre eigene Frage sofort. »Cynthia.« Gab es irgendetwas, das ihre beste Freundin nicht ausgeplaudert hatte?

Mentale Notiz: Klebeband für ihre geschwätzige beste Freundin besorgen.

»Waren deine Eltern beide Adler?«, fragte er. Eine berechtigte Frage, da gleichen Arten die Fortpflanzung leichter fiel.

»Ich weiß es nicht. Ich habe sie nie kennengelernt.« Da sie bereits jung zur Waise geworden war, hatte Aria einfach keine Erinnerungen an ihre Eltern. Sie hatte auch keine Fotos oder Namen. Sie wusste gar nichts darüber, wer und was sie war.

Als Jugendliche ihr Gestaltwandler-Erbe anzutreten war Furcht einflößend gewesen. Die erste Schmerzexplosion, als sie sich zum ersten Mal verwandelt hatte, hatte sie in blinde Panik getrieben. Es war ein Wunder, dass sie überlebt hatte, da sie aus ihrem Schlafzimmerfenster gestürzt und zu Boden gefallen war, wobei sie sich einen Arm brach. Dafür bekam sie Schwierigkeiten, denn ihre Pflegeeltern nahmen das, was sie für einen Fluchtversuch hielten, nicht gut auf.

In gewisser Hinsicht hatten sie recht. Sie wollte weglaufen ... vor sich selbst. Ein paar Jahre lang hielt sie sich für einen Freak, ein Monster, bis sie Thea kennenlernte.

Eigentlich bin ich mit ihr zusammengestoßen. Sie hatte Thea gegen einen Baum geknallt und gesagt: »Du riechst anders. Du bist wie ich. Nur hündischer.«

Nicht gerade eine vielversprechende Vorstellung, und doch waren sie von diesem Moment an beste Freundinnen gewesen.

Es half Aria zu erkennen, dass sie nicht allein war. Thea war genau wie sie, na ja, nicht ganz, da Thea sich in einen Wolf verwandelte, aber ihre Freundin wusste von der Verwandlung. Mit ihrer Anleitung und dem Unterricht von Theas Eltern begann Aria zu verstehen, *was* sie war. Sie hatte nur nie entdeckt, *wer* sie war.

Als sie das Haus betraten, ertönte ein weiterer Schrei in der Nacht, diesmal noch näher. Constantine schloss die Hintertür, was sie vor den Augen des Jägers verbarg. Oder waren es die Jäger? Merrill und seine Truppe hatten mehr als eine Art von Kreatur zur Verfügung. Aber würde er es wagen, sie alle loszulassen, in der Hoffnung, dass sie sie zurückbrachten – tot oder lebendig?

Constantine ging in die Hocke, aber wenn sie dachte, dass er sie absetzen wollte, dann lag sie falsch. Nur der Hund bekam dieses Privileg.

Es schien, als würde Prinzessin ihr Statusverlust nicht gefallen.

Kläff.

»Entschuldige, Prinzessin, Daddy muss Aria aufwärmen, bevor sie vor lauter Zittern auseinanderfällt.«

»Ich w-werde nicht zerbrechen.« Es hätte vielleicht überzeugender geklungen, wenn sie es ohne klappernde Zähne hätte aussprechen können.

»Nein, aber du wirst vielleicht krank. Wir müssen dich aufwärmen.«

Wie wäre es, wenn du mich einfach in deine großen Arme nimmst? Er fühlte sich jedenfalls schrecklich warm an für einen Mann, der angeblich kaltblütig war.

Sie kicherte beinahe. Dann runzelte sie die Stirn. Was stimmte nicht mit ihr? Aria kuschelte nicht.

Genauso wenig wollte sie, dass ein Mann sie hielt oder aufwärmte.

Schwindel überkam sie, als Constantine sie von seiner Schulter nahm, um sie in den Armen zu halten. *Wer ist jetzt die Prinzessin?* Sie biss sich auf die Zunge, bevor sie den Hund laut verspotten konnte.

»Bringen wir dich ins Bett.«

Ins Bett mit dem großen Adonis?

»Ich schlafe nicht mit dir«, murmelte sie. Ihr Zittern wurde so stark, dass sie kaum zusammenhängende Sätze bilden konnte.

»Würdest du endlich mit deiner Annahme aufhören, dass ich dich belästigen werde? Ich habe kein Interesse an dir. Nur daran, dafür zu sorgen, dass du nicht krank wirst und mir wegstirbst.«

»Ich werde nicht krank.« Das wurde sie wirklich nicht. Gestaltwandler hatten die faszinierende Fähigkeit, von Dingen zu heilen.

»Du wirst vielleicht nicht von normalen Dingen krank, aber so wie du aussiehst, hast du einige Zeit im Sumpf verbracht. Es gibt Dinge da draußen, die selbst die Härtesten von uns krank machen. Mit Sumpffieber ist nicht zu spaßen.«

»Ich habe kein Fieber. Mir ist kalt.« So kalt, bis auf das Mark ihrer dünnen Knochen.

»Gib mir eine Sekunde und wir werden daran arbeiten.« Er ließ sie auf ein Bett fallen, dessen Matratze so hart war, dass sie keine Vertiefung hinterließ.

»Ich brauche eine Decke.« *Vergiss das Telefon.* Im Moment wollte sie einfach nur diese Taubheit aus ihren Gliedmaßen herausbekommen.

Er zog eine dicke Decke über sie. Dennoch zitterte sie.

»Mir ist kalt«, beschwerte sie sich mit einer wehleidigen Stimme, die sie nicht erkannte.

»Ich sollte einen Arzt rufen.«

Bei dieser Erwähnung riss sie die Augen auf und erwiderte hektisch: »Nein. Ruf niemanden. Niemand darf wissen, dass ich hier bin.«

»Was ist los, Aria? Vor wem läufst du weg?«

»Den Monstern.« Sie kicherte.

»Welchen Monstern? Wovon sprichst du?«

»Darf ich nicht sagen. Es ist ein Geheimnis. Pssst.« Sie murmelte die Worte, während sich ihre Augen schlossen. »So kalt.« Das Zittern hörte nicht auf, sodass ihre Knochen schmerzten.

Ein schweres Seufzen erfüllte die Stille, bevor die Matratze neben ihr nachgab.

Sofort riss sie die Augen auf und betrachtete Constantine, der ihr zugewandt dalag.

»Was tust du da?«

»Dich aufwärmen. Dreh dich um.«

»Aber –«

»Musst du ständig widersprechen? Dreh dich um, damit ich dich aufwärmen und wieder gehen kann.«

Die harte Seite, die sie als Fassade gegen die Welt entwickelt hatte, wollte seiner Hilfe widersprechen, selbst wenn sie sie brauchte. Sie ignorierte diese Stimme und gehorchte stattdessen Constantines tiefem, gegrummeltem Befehl. Sie drehte sich auf die Seite, weg von ihm.

Er legte einen Arm um sie und zog sie an sich, wobei

er sie gegen seine riesige Länge drückte. Die Intimität der Position brachte sie dazu, den Atem einzusaugen. So eng an ihn gepresst konnte sie die Härte seines Körpers spüren, aber noch besser, die Hitze.

Er strahlte köstliche Wärme aus. Ein leises Seufzen entwich ihr, als ihr zitternder Körper es aufnahm.

Er breitete eine große Hand auf ihrem Bauch aus, was eine andere Art von Wärme in ihr auslöste. Sie wackelte mit dem Hintern, um näher an ihn heranzurücken. Als sie eine gewisse unverwechselbare Härte bemerkte, erstarrte sie.

»Äh, was ist damit passiert, dass ich nicht dein Typ bin?«, fragte sie, als der Beweis einer riesigen Erektion gegen ihren Po drückte.

»Du bist immer noch nicht mein Typ, aber ich bin ein normaler Mann und du bist eine Frau. Ich kann nicht viel tun, um das zu ändern. Aber keine Sorge. Ich beabsichtige nicht, etwas diesbezüglich zu unternehmen. Ich bin müde, also wenn es dir nichts ausmacht, könntest du nur eine Minute nicht diskutieren und stattdessen schlafen?«

Nicht diskutieren? Aber es war das, was sie am besten konnte.

In diesem Fall jedoch wollte sie ihn sowieso nicht dazu überreden, sich wegzubewegen. In diesem Moment genoss Aria eine Wärme und einen Frieden – *ich fühle mich sicher* –, die sie bisher nie genossen hatte.

Erschöpft von ihrer Flucht und sicher im Kokon seines Körpers fiel Aria in einen unruhigen Schlaf.

KAPITEL VIER

Kein Schlaf für mich heute Nacht.

Constantine, trotz seiner Behauptung des Gegenteils, fühlte sich viel zu sehr zu Aria hingezogen, um in irgendeiner Form zu schlafen.

Es ergab keinen Sinn. Er hatte nicht gelogen, als er Aria erzählte, dass er fülligere Mädchen mochte. Größere Mädchen. Frauen, die mit einem Mann seiner Größe umgehen konnten.

Aria hatte nicht ein zusätzliches Gramm Fett an sich. Auf der anderen Seite, da sie zur Vogelfamilie der Gestaltwandler gehörte, war schlank zu sein nicht nur eine Notwendigkeit, sondern eine Tatsache des Lebens. Um die Fähigkeit zu besitzen, tatsächlich zu fliegen, mussten Vogelarten leicht bleiben.

Alles an ihr war schlank, selbst ihr kleiner Hintern. Klein, aber nicht unbemerkt, wo er an seinen Schritt gepresst war.

Zischhhh.

So viel zu purer Folter. Nie zuvor hatte ihn eine

Erektion dieses Ausmaßes gequält, und das, ohne dass sie etwas tat.

Was für ein Perverser begehrte eine Frau, wenn sie so offensichtlich von ihrer Tortur erschöpft und erschüttert war? Sicher, er war mit selbstlosen Absichten zu ihr ins Bett gekrochen, aber Selbstlosigkeit hielt nicht die schmutzigen Gedanken in seinem Kopf ab.

Wickel dich um sie. Drück sie.

Sein Reptil sah das Problem wirklich nicht. Der Mann allerdings erlaubte seinem niedrigeren Selbst nicht, seine Handlungen vorzuschreiben.

Als Wärme in ihre Gliedmaßen zurückkehrte, entspannte sich ihr Körper.

Er hörte es mehr, als dass er es sah, als Prinzessin auf das Bett sprang, dessen Rahmen niedrig war, sodass sie den Sprung schaffen konnte. Er öffnete die Augen und bemerkte, dass die seines Hundes auf Arias Gesicht fixiert waren. Prinzessin gab ein leises Knurren und ein Kläffen von sich.

»Psst«, beschwichtigte er sie. »Sie schläft. Weck sie nicht auf.«

Seinen winzigen Hund schien das nicht zu interessieren. Sie knurrte erneut. Jemandem gefiel es nicht, dass ihr der Platz in seinem Bett genommen worden war.

Wie süß. Seine kleine Hündin war eifersüchtig. »Komm her, Baby. Komm mit Daddy kuscheln.«

Seit er Prinzessin vor ein paar Jahren bekommen hatte, gerettet aus einer Tierhandlung, die in Flammen stand, musterten viele Leute ihre Paarung voller Ungläubigkeit. Aber das lag daran, dass sie es einfach nicht verstanden. In dem Moment, in dem diese großen Augen in die seinen blickten, während sie in ihrem Käfig stand und mit der Wildheit eines Pitbulls bellte, obwohl sie nur von der Größe eines Hamsters war, hatte er sich verliebt.

Seine Freunde machten sich nur einmal über seine Haustierwahl lustig, es sei denn, sie hatten eine gute Zahnzusatzversicherung. Manche Kerle liebten ihre Autos. Andere sammelten irgendwelchen Mist. Constantine war in seinen Hund vernarrt.

Außerdem lebte er praktisch nach dem Motto auf einem seiner T-Shirts, das besagte: »Wenn mein Chihuahua dich nicht mag, dann werde ich es auch nicht tun.«

Als Prinzessin unter die Decke kroch und sich an seinen Rücken kuschelte, konnte er nicht umhin, sich zu fragen, ob er diese Einstellung würde korrigieren müssen, denn auch wenn Prinzessin Aria nicht mochte, tat er es schon.

Anziehungskraft bedeutete jedoch nicht, dass er die Seltsamkeit ihres Wiederauftauchens ignorierte. Wovor war sie weggelaufen? Wo hatte sie diese Tage verbracht, während derer sie vermisst wurde?

Er und seine Freunde hatten die Stadt durchkämmt, aber keiner von ihnen hatte nach ihrem letzten Besuch im *Bitten Pint*, der örtlichen Kneipe, eine Spur von Aria gefunden.

Letzten Endes fanden sie ihre Sachen im Bedbug Bites, einer geschlossenen Frühstückspension. Innerhalb dieser Frühstückspension hatten sie nicht nur ihre zurückgelassenen Habseligkeiten gefunden, sondern auch die Leiche der Besitzerin. Noch wichtiger, sie hatten alte Schmugglertunnel unter dem Haus gefunden.

Allerdings gab es weder Hinweise noch Spuren zu Aria oder den Übeltätern, die ihre Stadt terrorisierten.

Ein korrupter Sheriff setzte den Ort in Brand und brachte sie wieder zurück zum Ausgangspunkt.

Aber jetzt hatten sie vielleicht endlich einen Vorteil. *Ich habe Aria gefunden.* Eigentlich hatte sie ihn gefunden, aber so oder so, er würde wetten, dass viele der Antworten in ihrem Kopf waren. Fragen, die bis zum Morgen würden warten müssen, wenn sie aufwachte.

Scheiß auf ihre Müdigkeit. *Ich sollte sie wecken und Antworten verlangen.* Während sie sich ausruhte, wurde ihre Stadt heimgesucht. Freunde und Familien wehrten Angriffe ab, und diejenigen, die scheiterten, wurden vermisst.

Wer steckte dahinter? Der Dinosauriermann und Hundemann, mutierte Kreaturen, waren das Herzstück der Konflikte, und doch waren sie nicht aus dem Nichts gekommen. Jemand hatte sie erschaffen.

Der Besitzer von Bittech, einem medizinischen Institut, das Experimente an Gestaltwandlerblut und -genen durchführte, beteuerte seine Unschuld und dass all deren Arbeit vom HRG – dem Hohen Rat der Gestaltwandler, das Leitungsorgan für ihre Art – genehmigt sei.

Sollte die Schuld Sheriff Pete gegeben werden, dessen Sohn Merrill scheinbar damit zu tun hatte?

Auf wen konnten sie mit dem Finger zeigen? Wen konnten sie bestrafen?

Jede Spur, der sie folgten, hatte in eine Sackgasse geführt. Bis jetzt. Er konnte nicht umhin, Arias Duft einzuatmen und sich zu fragen, ob in seinen Armen das fehlende Puzzleteil schlief.

Was hatte Aria gesehen? Was wusste sie? Und die größere Frage, konnte er sie vor dem beschützen, wovor sie weglief?

Also bitte. Natürlich würde er das tun. *Ich werde jeden zerquetschen, der sie auch nur anrührt.* Und wenn derjenige schmackhaft war, würde er ihn fressen.

KAPITEL FÜNF

Die Jäger verfolgten sie mit lärmenden Schreien und mörderischer Absicht. Sie sprintete durch den Wald, schlug mit den Armen Zweige zur Seite und spuckte die Spinnennetze aus, die an ihrem Gesicht kleben blieben, als sie hindurchlief.

Aber sie wagte es nicht, stehen zu bleiben oder langsamer zu werden.

Sie werden mich töten, wenn sie mich erwischen. Oder noch schlimmer, sie würden mit ihr machen, was sie zahllosen anderen angetan hatten. *Mich in ein Monster verwandeln.*

Sie stolperte aus dem Blattwerk heraus und fand sich am Rand einer Klippe wieder. Sie wedelte mit den Armen, um das Gleichgewicht zu halten. Der Weg nach unten schien mit seinem steilen Gefälle und den spitzen Felsen keine Option zu sein. Hinter ihr bellte eine Kreatur, ein Ding, das einst ein Mann gewesen war, jetzt aber niedriger als ein Tier war.

In diese Richtung kann ich nicht zurückgehen. Damit blieb ihr nur eine Option.

Nach oben.

Sie stürzte sich in die Luft, breitete die Arme aus und rief nach ihrem Adler. Der Schmerz war qualvoll, aber nur von kurzer Dauer. Arme verwandelten sich in Flügel. Füße in Krallen. Ihr Gesicht verzog sich zu einem Schnabel, während ihre Augen messerscharfes Sehvermögen bekamen.

Mit einem kräftigen Flügelschlag stieg sie auf und gab ein lachendes Krächzen von sich, als die Jäger die Klippe erreichten, an der sie gerade noch gestanden hatte, und ihre Enttäuschung in den Himmel heulten.

Ha, ha. Ihr kriegt mich nicht, ihr kriegt mich nicht. Jetzt könnt ihr –

Das schwere Gewicht knallte auf sie, trieb ihr die Luft aus der Lunge und sie fiel nach unten, unten, unten, in einer tödlichen Spirale. Der Boden kam ihr immer näher und –

»Wach auf.«

Das Zittern ihres Körpers und die fast schon gebellten Worte ließen sie die Augen aufreißen. Einen Moment lang litt sie unter Desorientiertheit, während sie hektisch den Blick schweifen ließ. »Wer bist du? Wo bin ich?«

»Es ist okay, Aria. Du bist sicher. Ich bin es, Constantine, erinnerst du dich an mich? Ich habe dir geholfen, nachdem du aus dem Sumpf gekrochen warst.«

Ah ja, der große Schlangenmann mit dem kleinen Hund. Sie erinnerte sich an ihn, genau wie sie sich daran erinnerte, noch keinen Anruf getätigt zu haben, um irgendjemanden wissen zu lassen, wo sie war.

Sie hatte Schwierigkeiten, sich aufzusetzen, schaffte es aber nicht vollständig, bevor sie vor Schwindel die Augen schließen musste und wieder zurücksackte.

»Was stimmt nicht mit mir? Warum ist es hier drin so heiß?« Sie trat mit den Beinen, um sich der Bettdecke zu entledigen.

Eine kühle Hand wurde auf ihre Stirn gedrückt. »Du bist fiebrig.«

Fiebrig vor Verlangen. Durch zusammengekniffene Augen hindurch betrachtete sie Constantine. Im Tageslicht stellte sich der Mann als recht attraktiv heraus. »Du bist süß.«

Seine Augenbrauen schossen in die Höhe. »Wie bitte?«

»Und höflich. Hast du eine Freundin?« Sie wand sich auf dem Bett, als Feuer durch ihre Adern floss.

»Ich sehe wirklich nicht, inwiefern dich das etwas angeht.«

Arias Lippen verzogen sich zu einem Lächeln, während sie sich ausstreckte. »Ich hoffe, dass du keine hast, denn es würde ihr nicht gefallen, wenn sie wüsste, dass ich in deinem Bett geschlafen habe.«

»Ich habe keine Freundin, also musst du dir keine Sorgen machen.«

»Ich, mir Sorgen machen?« Sie kicherte, ein übersprudelndes Geräusch, das zu dem schwimmenden Gefühl in ihrem Kopf passte. »Ich würde ihr in den Arsch treten. Ich teile nicht.«

»Ich glaube, du bist im Delirium.«

»Ich glaube, du hast recht«, murmelte sie. Seine Bemerkung war nicht nötig, um zu erkennen, dass ihre Gedanken seltsam wirkten.

»Wir sollten wirklich einen Arzt rufen.«

»Kein Arzt. Niemand darf wissen, wo ich bin. Nicht einmal Thea.« Sie fuchtelte mit den Händen herum und packte sein lockeres T-Shirt. »Versprich mir, dass du es nicht verraten wirst. Versprich es.«

Er atmete lautstark aus. »Das ist verrückt. Du brauchst einen Arzt. Du hast das Sumpffieber.«

»Dann gib mir irgendwelche Tabletten. Schwör einfach, dass du niemandem sagen wirst, dass ich hier bin. Du wirst in Gefahr sein. Alle sind in Gefahr.«

»Ich habe noch ein paar Antibiotika, nachdem ich mich bei der Arbeit geschnitten hatte. Ich habe sie nicht gebraucht, aber der Arzt in der Notaufnahme war ein normaler Kerl, der das nicht wusste. Ich werde sie holen. Rühr dich nicht von der Stelle. Prinzessin, bewache sie.«

Als könnte Aria sich in irgendeiner Form rühren. Ihre Gliedmaßen fühlten sich schwer an, ihre Knochen waren voller Beton.

Etwas blies ihr heiß ins Gesicht und sie öffnete die Augen, von denen sie nicht bemerkt hatte, sie geschlossen zu haben. Ein winziges pelziges Gesicht funkelte sie an.

»Was willst du?«, murmelte sie.

Grrr.

»Keine Sorge, Quietschspielzeug, das Gefühl beruht auf Gegenseitigkeit.«

Und sie war offensichtlich in einem größeren Delirium als gedacht, da sie sich mit einem Hund unterhielt –

sofern man etwas, das nicht einmal eine vollständige Mahlzeit abgeben würde, überhaupt als Hund bezeichnen konnte.

Etwas Nasses und Kaltes landete auf ihrer Stirn. »Mach den Mund auf.« Finger zogen an ihren Lippen, die sie weit genug öffnete, damit er einige Tabletten in ihren Mund schieben konnte. Der bittere Geschmack sorgte dafür, dass sie das Gesicht verzog und sich beschwerte.

»Oh, widerlich.«

»Trink.« Der strenge Befehl kam, als er ihren Oberkörper anhob und den Rand eines Glases an ihren Mund drückte.

Sie schluckte. Sie hatte keine Wahl. Entweder das oder ertrinken.

»Du bist gemein«, murmelte sie.

»Sagt das Mädchen, dem ich bisher nur geholfen habe.«

»Ich brauche ein Telefon.« Während ihr Körper dazu entschlossen zu sein schien, zu einer Pfütze nutzlosen Glibbers dahinzuschmelzen, hatte ihr Verstand Momente der Klarheit.

Zu ihrer Überraschung zog er ein Handy aus seiner Tasche. Sie nahm es mit zitternden Händen entgegen und ließ es fallen.

»Fuck.«

»Nicht jetzt, du bist irgendwie krank«, gab Constantine zurück.

»Du bist nicht witzig. Aber du bist trotzdem süß.« Igitt. Jemand sollte sie erschießen. Es schien, als könnte sie nicht darauf vertrauen, dass ihr Mund ihre Gedanken für sich behielt.

»So süß, dass ich dir beim Wählen helfe. Wie lautet die Nummer?«

Nummer? Verdammt. Sie kannte die Nummer ihres Chefs nicht auswendig. Sie war in ihrem Handy eingespeichert, und dieses Mistding hatte sie nicht länger. Was wirklich Mist war, denn es war erst ein paar Monate alt. Es würde sie ein Vermögen kosten, ihren dämlichen Vertrag vorzeitig zu kündigen.

Vor ihr wurde mit den Fingern geschnippt. »Erde an Aria, bitte melden, Aria.«

Sie richtete den Blick wieder auf ihn, wobei sie versuchte, scharf zu sehen, was ihr jedoch schwerfiel. »Würdest du aufhören, dich zu bewegen?«, beschwerte sie sich.

»Das tue ich nicht. Du bist krank und musst dich hinlegen.«

»Nicht, bis ich Thea angerufen habe. Ich muss wissen, dass sie sicher ist. Ich habe ihr bei meinem letzten Anruf Sorgen gemacht, und das hätte ich nicht tun sollen. Aber ich musste. Nur für den Fall, dass ich nicht zurückkommen würde.«

»Du bist jetzt zurück. Du bist sicher.«

»Sicher?« Erneut brach das hysterische Lachen aus ihr heraus. »Niemand ist sicher. Ich muss mich von ihr fernhalten. Ich sollte mich auch von dir fernhalten.« Sie schwang die Beine über die Bettkante, wurde aber sofort wieder auf die Matratze befördert.

»Du gehst nirgendwo hin.«

»Du verstehst nicht, sie suchen nach mir.«

»Wer?«

»Die Monster.« Sie schlug sich eine Hand vor den Mund. Davon hätte sie ihm nicht erzählen sollen.

»Ich weiß von den Monstern, Aria.«

»Wirklich?«

Er nickte. »Ich suche bereits eine Weile nach ihnen, hatte bisher aber kein Glück. Weißt du, wo sie sind?«

»Ja.« Sie waren in Käfigen. Eine ganze Reihe von ihnen.

»Wo, Aria?«

Sie öffnete den Mund, aber anstatt Worte auszuspucken, spuckte sie Wasser aus.

Unter anderen Umständen wäre sie vielleicht entsetzt gewesen, dass sie den spärlichen Inhalt ihres Magens auf den Mann erbrochen hatte, der ihr zu helfen versuchte, aber da ihre Gliedmaßen diesen Moment wählten, um sich zu verkrampfen, konzentrierte sie sich mehr darauf, sich nicht die Zunge abzubeißen.

Aber unkontrollierbare Zuckungen bedeuteten nicht, dass sie nicht ein sehr passendes »Verdammt!« von sich gab.

KAPITEL SECHS

Ein anderer Mann wäre vielleicht über die Tatsache beleidigt gewesen, dass die Frau, der er sein Bett lieh, auf sein Lieblings-T-Shirt – »Ich liebe Chihuahuas« – gekotzt hatte. Allerdings war Constantine kein Arschloch.

Als Arias Augen in ihren Hinterkopf rollten und ihr Körper sich verkrampfte, trat er in Aktion. Er nahm seine Fernbedienung vom Nachttisch und klemmte sie ihr zwischen die Zähne. Dann setzte er sich rittlings auf ihre Taille, um ihren Körper mit seinem eigenen zu fixieren, wobei er die Hände um ihre Handgelenke legte und über ihren Kopf hielt, damit sie sich nicht vom Bett schüttelte.

Es war dieser Moment, den seine Mutter wählte, um hineinzukommen.

»Constantine Xavier Boudreaux. Was um alles in der Welt tust du diesem armen Mädchen an?«, rief sie.

Oh, oh, sie hatte all seine Namen verwendet. »Kannst du nicht sehen, dass ich ihr helfe? Sie hat einen

Krampfanfall.« Und zwar einen ordentlichen. Er ließ ihren ganzen Körper vibrieren.

»Ich werde den Arzt rufen.«

Aber das ist die eine Sache, die Aria nicht will.

Bevor seine Mutter sich umdrehen und genau das tun konnte, brüllte er: »Nicht. Du darfst niemanden rufen.«

»Bist du wahnsinnig? Die Frau ist offensichtlich krank.«

Ja, aber wenn es das Sumpffieber war, würde es vorübergehen, wenn er es mit den Tabletten behandelte, die er hatte. *Aber was, wenn es etwas anderes ist?*

Er war kein Mediziner. Er konnte sich nicht um sie kümmern. Und doch erinnerte er sich an den Schreck in ihren Augen, an die Bitte, niemanden wissen zu lassen, dass sie hier war.

Ich habe es versprochen.

Das Zittern ließ nach. Arias Körper erschlaffte, und auch wenn sie blass war, ging ihre Atmung in gleichmäßigem Rhythmus.

Er kletterte von ihr herunter. »Es hat aufgehört.«

»Das sehe ich«, war die sarkastische Antwort seiner Mutter. »Aber diese Krämpfe könnten zurückkommen.«

»Wenn sie das tun oder wenn es ihr schlechter geht, dann rufe ich den Arzt. Währenddessen hat sie mich darum gebeten, ihre Anwesenheit zu verschweigen.«

»Warum? Was hat sie getan? Ist sie eine Kriminelle? Wer ist sie?«

»Das ist Aria.«

Die Augenbrauen seiner Mutter gingen in die Höhe. »Ist das nicht das Mädchen, nach dem ihr gesucht habt?«

»Ja. Ich habe sie letzte Nacht am Sumpf gefunden. Sie war erschöpft und ist vor jemandem weggelaufen.« Oder vor etwas.

»Wissen deine Freunde, dass du sie gefunden hast?«

Er schüttelte den Kopf, woraufhin seine Mutter die Stirn runzelte.

»Sieh mich nicht so an. Ich werde es sie wissen lassen, aber ich dachte, ich warte, bis sie es ihnen selbst sagen kann.« Keine komplette Ausrede. Sie wüssten es bereits, wenn Aria keinen Krampfanfall bekommen hätte.

»Das gefällt mir nicht.« Seine Mutter schürzte die Lippen. »In dieser Stadt ist etwas faul.«

»Das ist es. Aber keine Sorge, Mom, wir werden es finden.« Und zerquetschen.

Wenn er nur zerquetschen könnte, was auch immer Aria plagte. Er meldete sich bei der Arbeit krank, damit er den Tag damit verbringen konnte, sich um sie zu kümmern. Nicht dass es viel gab, um das er sich kümmern konnte. Sie lag da, reglos wie eine Leiche, ihre Haut von einer wachsartigen Blässe. Die flachen Atemzüge, die sie nahm, schienen kaum auszureichen, um ihr Herz weiter schlagen zu lassen.

Während er Wache an ihrem Bett hielt, wobei Prinzessin auf seinem Schoß saß und half, suchte er an seinem Handy im Internet nach den Symptomen des Sumpffiebers und wie es zu behandeln war. Nur war er sich nicht sicher, ob sie darunter litt.

Sicher, sie zeigte einige der Symptome – das Fieber, das Frieren und das Erbrechen. Allerdings waren diese Krämpfe nicht typisch. Sie kehrten auch nicht zurück.

Das Fieber hingegen schon, weshalb er die Nacht damit verbrachte, sie immer wieder mit einem kalten Waschlappen abzuwaschen, um gegen die extreme Hitze anzukämpfen, die von ihrer Haut ausging.

Als das Fieber kurz nach dem Morgengrauen am nächsten Tag auf einundvierzig Grad hochschoss, war er bereit, den Arzt zu rufen, aber als er zu wählen begann, erwachte Aria zum Leben.

Sie nahm einen tiefen Atemzug. Ihre Augen öffneten sich weit. Sie saß aufrecht im Bett.

Er legte sein Handy weg und ging langsam auf sie zu, wobei er bemerkte, dass ihre Pupillen ihn zu verfolgen schienen, während sich ihre Nasenflügel aufblähten, als würde sie seinen Geruch testen.

Auch wenn es subtil war, fiel ihm auf, wie sich die feinen Haare auf ihren Armen aufstellten, dann wurden ihre Augen schmal. Sie wirkte wie ein Tier, das über Kampf oder Flucht nachdachte.

»Wo bin ich?«

»In meinem Bett.«

»Wo ist das? Und wer bist du?«, fragte sie mit einem Anflug von Ungeduld in der Stimme.

Er zog die Augenbrauen zusammen, als er antwortete: »Wir sind in meinem Haus am Stadtrand von Bitten Point. Was die Sache angeht, wer ich bin, erinnerst du dich nicht daran, dass ich dich im Sumpf gefunden habe?«

»Nein.« Eine ausdruckslose Aussage. »Ich erinnere mich nicht daran, in diese Stadt gekommen zu sein. Oder an dich. Oder an mich, was das betrifft.« Die Falten auf ihrer Stirn wurden tiefer und sie flüsterte ihre nächsten Worte. »Wer bin ich?«

KAPITEL SIEBEN

Die Panik in ihr drohte sie zu überwältigen. Wohin sie auch sah, sie hatte kein Glück. Sie erinnerte sich an keine einzige Sache. Nicht an das Zimmer mit den vertäfelten Wänden, die grau gestrichen waren. Nicht an die verkratzte Holzkommode mit der kleinen Stereoanlage darauf. Vor allem erinnerte sie sich nicht an den großen Kerl, der am Fuß des Bettes über ihr aufragte und sie aufmerksam beobachtete.

Ist er mein fester Freund?

Er war jedenfalls attraktiv genug, mit einem groben Gesicht, das von einem kantigen Kiefer, durchdringenden Augen und einer starken Nase unterstrichen wurde. Seine Größe war beeindruckend. Wie schaffte er es, so breite Hemden zu finden?

Und wer zur Hölle trug ein Hemd, auf dem stand: »Komm nicht zwischen einen Mann und seinen Chihuahua«? Sie konnte den ungläubigen Tonfall nicht zurückhalten, als sie es laut las.

Eine pelzige Ratte wählte diesen Moment, um auf das Bett zu springen und ihre Zähne zu entblößen.

Ohne überhaupt innezuhalten, um darüber nachzudenken, beugte sie sich vor und knurrte zurück. »Fang nicht diesen Mist mit mir an, Prinzessin.«

»Du erinnerst dich an den Namen des Hundes, aber nicht an meinen?«

Wie beleidigt er klang. Sie zuckte die Achseln. »Ich kann mich auch an meinen nicht erinnern. Ich schätze, wir sind quitt.«

»Du bist Aria.«

Sie rümpfte die Nase. »Das ist ein fürchterlich mädchenhafter Name.«

»Vielleicht weil du ein Mädchen bist.«

Aus irgendeinem Grund veranlasste sie das zu einem Prusten. »Okay. Was auch immer. Wie lautet dein Name?«

»Constantine.«

»Der Name kommt mir bekannt vor. War er nicht irgendeine Art Engel?«

»Ich bin wohl kaum engelsgleich.«

Das behauptete er, und doch konnte sie nicht umhin zu glauben, dass er mühelos die Rolle des Beschützers einnehmen konnte.

Er beschützt mich.

Eine seltsame Aussage, und doch fühlte sie sich richtig an.

»Bist du mein fester Freund?« Das würde erklären, warum sie in seinem Bett war und nichts als ein T-Shirt trug – ein T-Shirt, von dem sie bezweifelte, dass es ihr gehörte, und das nicht nur aufgrund des dämlichen Hundespruchs, der darauf abgebildet war. Der riesige Stofffetzen hing an ihrer schlanken Gestalt.

»Nein, wir sind nicht zusammen.«

Lag es an ihr oder spürte sie ein »Noch nicht« in der Luft? »Wenn wir nicht zusammen sind, warum bin ich dann in deinem Bett, trage dein T-Shirt und sonst nichts?« Nicht einmal einen Slip, wie sie plötzlich bemerkte. »Du verdammter Perverser. Hast du mich betäubt? Kann ich mich deshalb an nichts erinnern?« Ihre Augen wurden groß, als sie ihn lautstark beschuldigte.

»Was? Nein. Zum Teufel, nein. So etwas würde ich nicht tun.«

»Sagst du.«

»Ja, sage ich, und ich weiß den verdammten Vorwurf nicht zu schätzen, besonders da ich dich in meinem Haus aufgenommen habe, nachdem ich dich halb tot im Sumpf gefunden, dir mein Bett gegeben und die letzten vierundzwanzig Stunden damit verbracht habe, deinen Schweiß wegzuwischen und dich dazu zu zwingen, Flüssigkeit zu dir zu nehmen, die du, wie ich erwähnen darf, auf mir erbrochen hast. Ich habe versucht, dich vom Sterben abzuhalten.«

»Wenn du so besorgt bist, warum hast du dann keinen Arzt gerufen?«

Er starrte sie mit offenem Mund an. »Warum? Weil du mich verflixt noch mal darum gebeten hast, es nicht zu tun.«

»Und du hast auf mich gehört?«

»Ich wünschte, ich hätte es nicht getan, glaub mir, Lady.«

»Ich bin keine Lady.« Die Worte verließen sie mit Vertrautheit, als hätte sie sie bereits viele Male zuvor ausgesprochen.

»Du bist außerdem kein freundlicher Gast. Wirst du behaupten, zusammen mit deinem Namen deine Manieren vergessen zu haben?«

»Nein. Ich glaube, dieser Teil meiner reizenden Persönlichkeit ist ganz ich«, antwortete sie mit einem Grinsen.

Er lachte. »Du bist definitiv sehr direkt. Und ich schätze, angesichts der Situation verdienst du eine Ausnahme. Aber lass uns eine Sache klarstellen. Ich versuche nur, dir zu helfen. Also arbeite mit mir.«

Mit ihm arbeiten oder *an* ihm arbeiten? Mit diesem Körper zu spielen würde ernsthafte Kletterfähigkeiten erfordern. Aber jetzt war weder der richtige Zeitpunkt noch der richtige Ort dafür. »Jetzt, da wir irgendwie festgestellt haben, dass du kein mordender Vergewaltiger bist«, zumindest hoffte sie das, »kannst du mir ein wenig mehr darüber erzählen, wer ich bin und wie ich hergekommen bin?«

Also tat er das. Er erzählte ihr von einem Mädchen namens Cynthia, das nach Aria gesucht hatte, als sie verschwand. Wie sie erfolglos die Stadt nach ihr durchsucht hatten. Er erzählte ihr von den Angriffen durch unmögliche Monster. Von den vermissten Leuten. Auch von den Toten. Und schließlich von ihrer Ankunft in der Nacht zuvor.

Als er fertig war, pfiff sie. »Verdammt, Engel. Das ist eine verrückte Geschichte.«

»Engel?«

Ihre Lippen verzogen sich zu einem Lächeln. »So wie es klingt, hast du die Rolle meines Schutzengels gespielt. Du hast mich vor Monstern im Sumpf gerettet und dann auf mich aufgepasst, während ich gegen den Bazillus angekämpft habe, den ich mir da draußen eingefangen habe.«

»Ich habe nur das Richtige getan. Wir Gestaltwandler müssen zusammenhalten.«

»Gestaltwandler?« Sie rümpfte die Nase. »Was zur Hölle soll das bedeuten?«

Er betrachtete sie mit ausdruckslosem Blick. »Gestaltwandler? Du weißt schon, du verwandelst dich in einen Adler. Ich verwandle mich in eine Schlange. Auch wenn wir verschiedene Spezies sind, sind wir praktisch von derselben Art.«

»Warte mal, Engel. Ich habe mir deine verrückte Fantasiegeschichte von Monstern angehört, welche die Leute verfolgen, weil du süß bist. Aber wenn du denkst, dass ich auch nur eine Sekunde glauben werde, dass du eine …« Sie verstummte, als sich der Mann vor ihr praktisch zu kräuseln begann. Seine Haut wand und veränderte sich, sie ging von gebräunt und glatt zu etwas Dunklerem über, fleckig und schuppig.

»Scheiße!« Sie schrie das Wort, während sie vom Bett sprang. Ihre Füße landeten auf dem Boden, aber ihre Beine wackelten und weigerten sich, sie zu tragen. Sie sackte zusammen, wobei sie heftig auf den Knien landete, aber das hielt sie nicht davon ab, in Richtung der Tür zu kriechen, bevor dieses *Ding* hinter ihr her war.

»Hör aufff.«

»Oder was?«

»Oder ich hetze meinen Hund auf dich«, war die zischende Antwort des Monsters.

Als wäre er beschworen worden, flog der kleine Höllenhund an Aria vorbei und postierte sich im Türrahmen. Die Lefzen waren zurückgezogen und offenbarten scharfe Zähne, während das Tier ein wildes Knurren von sich gab.

Aria presste ihre Stirn auf den Boden und murmelte: »Das kann nicht wahr sein. Ich muss noch immer krank sein. Ich halluziniere. Ich habe den Verstand verloren.«

»Oder«, grummelte eine tiefe Stimme hinter ihr, »du könntest zugeben, dass ich vielleicht die Wahrheit sage.«

Da seine Stimme wieder normal klang, drehte sie den Kopf zur Seite, um zu ihm zu spähen. Constantine betrachtete sie mit ernster Miene. Mit menschlicher Miene.

»Leute sollten sich nicht in Dinge verwandeln.«

»Menschen nicht, wir aber schon.«

Wir? Aria mochte sich nicht an viel erinnern, im Moment nicht einmal an ihr eigenes Gesicht, aber sicherlich sagte er nicht die Wahrheit. Würde sie es nicht wissen, wenn sie diese Gestaltwandlerkreatur war, wie er behauptete?

Sie blinzelte und plötzlich verschwand der Raum um sie herum. Sie schwebte, hoch am blauen Himmel, während kalter Wind an ihrem Gesicht vorbeiströmte.

Ein weiteres Blinzeln, und das Zimmer kehrte zurück. Aber ihren Verstand brachte es nicht mit.

Muskulöse Arme wurden um ihren Oberkörper gelegt und hoben sie vom Boden hoch, als würde sie nicht mehr wiegen als eine Feder.

Meine Federn sind üppig und weich.

Ein seltsamer Gedanke, und doch fühlte er sich richtig an. Wahr. Aber verrückt.

Auch wenn Constantine sie vom Boden hochgehievt hatte, platzierte er sie nicht wieder im Bett. Stattdessen verließ er das Schlafzimmer und ging in den Flur.

»Wo bringst du mich hin?«

»Du brauchst eine Dusche.«

Eine gewisse Menge weiblichen Stolzes hob ihren Kopf. »Willst du sagen, ich stinke?«

»Jup.«

Vielleicht wäre ihr wahres Ich, das mit Erinnerungen, beleidigt gewesen. Diese Aria hingegen lachte. »Der Punkt geht an dich. Ich schätze, ich bin ziemlich widerlich.« Der saure Gestank von Schweiß überzog nicht nur ihre Haut, sondern auch das Hemd, das sie trug.

Im Badezimmer stellte er sie auf die Füße, aber ihre Beine wollten sie noch immer nicht tragen.

Sie sackte zusammen. Er war schneller, ging auf die Knie und fing sie auf. Um das Gleichgewicht zu halten, warf sie ihm die Arme um den Hals.

»Gute Reaktion, Engel.«

»Wenn hier irgendjemand den Namen verdient, dann das Mädchen, das tatsächlich Flügel hat.«

Sie kicherte. »Ich mag mich im Moment nicht an viel erinnern, aber ich bin mir ziemlich sicher, dass ich bereits vor langer Zeit meine Chance verloren habe, die zu verdienen.« Es war ausgeschlossen, dass sie Flügel hatte. Niemals. Die Vorstellung, dass sie einen Adler in sich hatte, der jeden Moment ausbrechen könnte? Viel zu verrückt. »Also, wenn du kein Engel bist, der darauf aus ist, mich zu retten, was bist du dann?«

»Die Schlange im Garten, zumindest beginne ich langsam, das so zu glauben.« Er richtete sich schnell auf, als er die Worte murmelte, wobei er sie aufrecht am Waschbecken hinsetzte.

Die beruhigende Kraft seiner Hände verließ ihre Taille und sofort bemerkte sie den Verlust. *Ich will nicht, dass er mich berührt.* Absolute Lüge. Sie mochte sich im Moment vielleicht nicht wie sie selbst fühlen, aber sie konnte nicht umhin zu bemerken, dass Constantine *Männlichkeit* ausstrahlte. Er bewegte sich mit verrückter Anmut und hatte den wunderbarsten muskulösen Körper, wenn auch groß. Er fasste sie mit Samthandschuhen an, und doch wagte er es, sie mit seinen Worten herauszufordern – und ja, sie sogar zu necken. Ihre Sinne und ihre Haut.

Was stimmt nicht mit mir?

Warum konnte sie nicht aufhören, an ihn zu denken? Vielleicht wenn sie aufhörte, in seine Richtung zu starren?

Sie blickte auf ihre Zehen hinab – *pinkfarbene Zehennägel?* Seltsam, sie hätte sich nicht für jemanden gehalten, der sich für eine so mädchenhafte Farbe entschied. *Zum Teufel, ich hätte nicht einmal gedacht, dass ich zur Pediküre gehe.*

Aber es war nicht ihre Entscheidung.

»Du musst dir die Zehen machen lassen«, sagte Thea zum millionsten Mal, während sie in dem den Hintern bearbeitenden Massagesessel saß, die Füße vor sich hochgelegt, damit die Kosmetikerin sie schrubben konnte. *»Ich meine, denk darüber nach. Was, wenn du einen Adonis triffst und den horizontalen Tango tanzen willst?«*

»Erstens ist es Ficken, nicht Tanzen, und zweitens verstehe ich immer noch nicht, was meine Zehen damit zu tun haben. Es ist nicht so, als würde ich sie ihm in den Mund stecken, damit er daran lutscht.«

Thea berührte ihr perfekt geglättetes Haar – eine Aufgabe, die über zwei Stunden extremer Geduld erforderte. »An den Zehen lutschen? Niemals. Das würde viel zu sehr kitzeln. Ich rede davon, dass deine Zehen gut aussehen, wenn er dich flach auf dem Rücken liegen hat und deine Beine oben sind, mit den Füßen auf seinen Schultern. Was mich daran erinnert, wir gehen heute auch zum Waxing, meine haarige Bigfoot-Freundin.«

Ein schweres Stöhnen verließ Arias Lippen. »Warum tust du mir das an?«

»Weil ich, wenn du nicht gut aussiehst, auch nicht gut aussehe.« Thea grinste, als Aria den Kopf schüttelte. »Wir wäre es damit, weil du auf jeden Fall flachgelegt werden musst?«

JA, das musste sie, aber es war nicht ihre Schuld, dass die meisten Männer, die Aria traf, Idioten waren, also Kerle, die sie lieber ohrfeigen als vögeln würde. »Meinetwegen. Wir machen die Beine, aber meinen Privatbereich lassen wir in Ruhe.«

»Ich stimme dir zu. Lass den Busch voll. Diese ganze

Siebziger-Retro-Sache ist total in. Du solltest sehen, wie lockig meiner geworden ist.«

Aria schlug sich die Hände auf die Ohren und kreischte. »Zu viele Informationen.«

»... tust?«

»Hm.« Aria wurde aus dem lebhaften geistigen Video gerissen. Ihr war gerade eine Erinnerung gekommen. Das war eine gute Sache. Vielleicht war diese Sache mit der Amnesie nicht von Dauer.

Schnipp. Constantine schnippte ein zweites Mal mit seinen Fingern vor ihr. »Ich frage mich, ob du zurück ins Bett gehen solltest.«

Mit ein wenig Mühe fokussierte sie ihren Blick auf ihn. Bevor sie es realisierte, strich sie mit den Fingern über die Haut seiner Wange, einer Wange, die im Moment sehr normal aussah.

Stille überkam ihn und sie hätte schwören können, dass er sogar den Atem anhielt. Sie konnte diese Reaktion verstehen, denn auch sie hielt den Atem an. Der Moment zwischen ihnen zog sich in die Länge, beinahe sichtbar, eine Sache des Bewusstseins, der Neugier, der Intimität. Sie ließ ihn in ihren Raum.

Bin ich für gewöhnlich verschlossen?

Für gewöhnlich, ja, aber jetzt ... jetzt wollte sie berühren. Also tat sie es. Die Finger an seiner Wange drückten gegen warme Haut. Kein Monster. Keine Schlange. Weiche, geschmeidige Haut traf auf ihre federleichte Erkundung seines Gesichts.

Ihre Hand wanderte nach unten, wo die Spitzen ihrer Finger auf Stoppeln trafen.

»Du hast Bartstoppeln.«

»Ja. Warum sollte ich die nicht haben?«

Sie hob den Blick zu ihm. »Du bist eine Schlange. Ich hätte gedacht, du bist haarlos.«

Mit großen Fingern umfasste er die ihren und zog ihre Hand auf seinen Kopf. Das weiche Haar glitt wie Seide durch ihre Finger. »Fühlt sich das für dich falsch an?«

»Die Textur ist so fein.«

»Ja, und man muss dir zugutehalten, dass du mit der Haarlosigkeit gar nicht so weit entfernt bist. Meine Brust ist ziemlich nackt. Aber die gute Neuigkeit ist, mein Rücken auch.«

Sie zog einen Schmollmund. »Zu viele Informationen, Engel.«

»Nein, zu viele Informationen wäre zu sagen, dass ich da unten einen vollen Busch habe.«

Es war kein Blick nach unten nötig, als ihre Wangen angesichts der Offensichtlichkeit seiner Aussage rot wurden. Aber seine kühnen Worte entlockten ihr eine entsprechende Antwort. »Ist das deine Art zu sagen, dass deine Schlange im Gras unterwegs ist?«

Er lachte schallend, laut und aufrichtig. »Das war verdammt lustig. Aber im Ernst, wir Schlangen haben einen schlechten Ruf. Nur weil die Leute Angst vor uns haben, sind wir nicht grundsätzlich schlecht. Ich halte mich gern für einen anständigen Kerl, der zufälligerweise mit einer coolen Fähigkeit geboren wurde.«

»Also werdet ihr geboren? Nicht gebissen oder ...«

»Oder was? Habe ich Blut getrunken? Kann ich bei Tageslicht rausgehen? Stimmt es, dass meine Zunge dich zum Schreien bringen kann?«

»Ist da jemand arrogant?«

Er zwinkerte. »Es ist keine Arroganz, wenn es wahr ist.« Er wandte sich von ihr ab und ging zur Tür. »Ich werde die Tür offen lassen, damit ich dich hören kann, falls du Schwierigkeiten bekommst.«

»Du wirst nicht bleiben und zusehen?« Sie konnte nicht umhin, ihn aufzuziehen.

Eine Sekunde lang hätte sie schwören können, dass seine Augen sich ein wenig veränderten. Ein schwaches, beinahe gelbes Schimmern lag darin, die Pupillen waren schmal und geschlitzt.

Wie gefährlich er in diesem Moment aussah. Unmenschlich. Sie erschauderte, jedoch nicht vor Angst.

Mein.

Was für eine seltsame Vorstellung und sicherlich nicht der Grund, warum sie eine Hand ausstreckte und sagte: »Kannst du mir in die Dusche helfen?«

Okay, sie kannte sich vielleicht noch nicht allzu gut, aber sie würde gutes Geld darauf verwetten, dass sie nicht der Typ war, der irgendjemanden um Hilfe bat. Besonders nicht irgendeinen Kerl. Einen heißen Kerl.

Oh mein Gott, ich glaube, ich könnte eine Schlampe sein.

Nun, das wäre beschissen, und doch würde es erklären, warum sie sich trotz ihres aktuellen mentalen Dilemmas dennoch sehr zu ihm hingezogen fühlte und definitiv mit ihm flirtete.

Gut, dass er wusste, wie man widerstand.

»Ich glaube, du wirst klarkommen. Ich lasse dich jetzt allein. Ruf, wenn du fertig bist.« Er floh aus dem Badezimmer.

Arschloch, dachte sie mit bösem Blick in seine Richtung.

Feigling. Er war fürchterlich schnell verschwunden. Es sei denn ... Klarheit ließ ihre Augen größer werden. Kein normaler, alleinstehender Kerl würde die Gelegenheit ablehnen, einer Frau dabei zu helfen, sich auszuziehen und unter die Dusche zu gehen.

»Heilige Scheiße, er ist schwul«, murmelte sie laut.

»Bin ich nicht.« Constantine stand plötzlich im Türrahmen.

»Wie zur Hölle hast du das gehört? Ich dachte, du wärst gegangen.«

»Ich habe dir gesagt, dass ich nicht weit weg bin.«

Nicht weit. Er musste direkt vor der Tür gestanden haben. Sie wusste nicht, ob sie ihn als pervers oder feige bezeichnen sollte, dass er sich nicht dazu durchringen konnte, weiter zu gehen.

»Also magst du Mädchen?«

»Ja.«

Sie legte den Kopf schief. »Was ist mit mir?«

Sah er genauso erstaunt aus, wie sie sich fühlte? Es gab direktes Fragen und es gab *sehr offenes* Fragen.

Scheiße. *Was stimmt nicht mit mir?*

Ein Blinzeln, und die Szene änderte sich. Jetzt war sie in einer Zelle, eine Zelle, deren Wände sie sich eingeprägt hatte.

»Was stimmt nicht mit mir?«, fragte sie erneut, nicht dass jemand sich die Mühe machte, ihr zu antworten.

Ein Blick zur Seite ließ sie nach Luft schnappen.

Die Nadel kam gleichmäßig auf ihren Arm zu, das damit verbundene Injektionsfläschchen enthielt eine bernsteinfarbene Flüssigkeit mit Spuren von Dunkelheit.

Rühr mich damit nicht an. Und doch konnte sie sich nicht bewegen, keine einzige Gliedmaße, so sehr sie auch zog. Die Gurte an ihrer Trage hielten sie fest.

Sie hatten sie gefesselt wie ein Tier, weil sie sie wie ein Tier behandelten. Nicht besser als eine Laborratte.

»Das wird nur ein wenig wehtun«, sagte der Mann. Er hatte einen weißen Haarkranz und sein Gesicht zeigte die Falten der Zeit. Er trug den langen weißen Kittel eines Arztes, und doch trug er kein Stethoskop um den Hals, noch gefiel ihr sein Umgang mit Kranken. Immerhin, was für ein Arzt fesselte seinen Patienten?

Ein verrückter Wissenschaftler.

»Rühr mich nicht an«, knurrte sie. »Wag es nicht.«

Ein weiteres Gesicht wurde sichtbar, das ein breites Grinsen zeigte und förmlich um eine Ohrfeige bettelte. »Das passiert mit kleinen Mädchen, die herumschnüffeln.«

»Was genau fürchtet ihr, könnte ich finden?«, gab sie zurück.

»Jetzt nichts mehr. Du wirst dir in einem Moment über wichtigere Dinge sorgen machen als die Tatsache, ob unser Betrieb auf dem aufsteigenden Ast ist oder nicht. In allererster Linie wird es dir darum gehen, am Leben zu bleiben.«

»Das könnt ihr nicht tun«, wiederholte sie, die Augen auf die sich langsam senkende Nadel gerichtet. Sie wehrte sich so gut sie konnte und drehte ihre schlanke Gestalt, konnte aber nicht einmal annähernd ihre Fesseln lösen.

Keine Flucht. Sie haben mich gefangen. Ich bin

eingesperrt. *Ihre Atmung war schnell und hektisch, während ihr Herz hämmerte.*

»Nein«, schrie sie, als die Spitze der Nadel ihre Haut durchstach.

Niemand hörte sie.

Der Kolben wurde gedrückt und flüssiges Feuer trat in ihre Adern ein.

KAPITEL ACHT

Constantine, der wie ein voyeuristischer Perverser in der Tür stand, wusste, dass er gehen sollte. *Ich muss gehen.* Und diesmal weiter als einen Meter von der Tür entfernt, damit Aria duschen konnte. Er wollte sie wirklich in Ruhe lassen, aber ihre Augen wurden glasig und er wusste, dass ihr Verstand wieder abdriftete, womit niemand zurückblieb, um den Körper zu steuern.

Er war bereits in Bewegung, denn er sah, wie ihr Körper sich gleichzeitig an- und entspannte, während die Schwerkraft an ihr zerrte.

Erneut fiel Aria und erneut fing er sie auf, aber nur, weil er wie ein Baseballspieler unter sie rutschte, sodass sie in seinen Armen und seinem Schoß landete.

Er bewahrte sie davor, verletzt zu werden, und doch ... *Sie würde nicht im Badezimmer ohnmächtig werden, wenn ich sie nicht zu einer Dusche gedrängt hätte.* Was sie mehr brauchte als ein Bad, waren mehr Ruhe und etwas zu essen.

»In Ordnung, kleines Vögelchen, zurück ins Bett mit dir.«

»Kleines Vögelchen ist als Name höchst beleidigend«, fauchte sie ein wenig hitzig.

»Sagt die Frau, die mich Engel nennt.«

»Würdest du es vorziehen, wenn ich dich kleines Vögelchen nenne?« Und ja, das Luder richtete den Blick nach unten.

»An mir ist nichts klein, *Käuzchen*.«

Ihre Augen wurden schmal. »Versuchst du ernsthaft, mich zu verärgern?«

»Das würde ich niemals tun, *Spatz*.« Diesmal musste er sich auf die Innenseite einer Wange beißen.

Sie atmete verzweifelt aus. »Hör auf.«

»Oder was?«, forderte er sie heraus.

Ein verschmitzter Ausdruck trat in ihre Augen. »Ich sehe, was du da tust. Wenn du mich küssen willst, dann bring es einfach hinter dich«, gab sie zurück. »Ich weiß, dass du es willst.«

Verdammt, das wollte er. »Will ich nicht«, log er.

»Warum bin ich mir so sicher, dass du lügst?«, überlegte sie laut.

»Dein tierischer Instinkt leitet dich, auch wenn du es nicht erkennst.«

»Er sollte mich zu Wasser und Seife leiten. Ich stinke.«

»Kein Wasser. Bett.«

»Ich werde auf jeden Fall duschen«, beharrte sie stur, während sie gegen seine Brust stieß und sich darum bemühte, von seinem Schoß herunterzukommen.

»Den Teufel wirst du tun. Du wärst gerade fast wieder auf dem Gesicht gelandet.«

»Wenigstens gibt es diesmal keinen Hundehaufen.«

»Du erinnerst dich daran, mich getroffen zu haben?«

Sie grinste. »Ich schätze, das tue ich. Also siehst du, es geht mir gut. Ich werde mit jeder Minute stärker. Ich wurde schwach, weil ich mich an etwas erinnert habe.«

»Bist du sicher, dass es eine Erinnerung ist?«

»Ziemlich sicher, das oder ich habe eine kranke Fantasie.« Als sie ihm erzählte, woran sie sich erinnerte, wurden seine Augen groß.

»Sie haben dir etwas injiziert. Jetzt müssen wir dich wirklich zu einem Arzt bringen.«

Ihre kurzen Haare flogen und trafen sie an den Wangen, als sie den Kopf schüttelte. »Nein.« Sie kämpfte sich auf die Füße. »Wir können es niemandem sagen.«

»Wir müssen es jemandem sagen«, erwiderte er. »Cynthia und meine Freunde suchen immer noch nach dir.«

»Meinetwegen. Wir rufen sie an und lassen sie wissen, dass ich am Leben bin und sie nicht mehr suchen muss. Aber wir rufen nach meiner Dusche an.«

Sie wirkte wesentlich stabiler. Außerdem kannte er die belebende Wirkung einer Dusche nach einer anstrengenden Nacht. Feuerwehrmänner kamen oft erschöpft und dreckig nach Hause, wo sie einen Moment brauchten, um ihren Kopf freizubekommen und sich die Welt von der Haut zu waschen.

»Wie mein *Täubchen* befiehlt.« Constantine erhob sich ebenfalls, beugte sich vor und zog den Vinyl-Duschvorhang zurück, was die glatte, makellose Plastikblende offenbarte, die er während eines langen Wochenendes eingebaut hatte, nachdem er die gerissenen, fleckigen Fliesen herausgerissen hatte.

»Ich werde dir die Augen aushacken«, grummelte sie, als sie an ihm vorbeiging und einen Fuß hob, um in die Badewanne zu steigen.

»Ich habe etwas Besseres, das du *anpacken* kannst.«

Constantine griff für gewöhnlich nicht zu derben Flirtversuchen. Wo diese schmutzigen Anspielungen herkamen, hätte er nicht sagen können. Vermutlich Daryls schlechter Einfluss. Und doch kannte er Daryl bereits seit Jahren und hatte diese Sprüche nie zuvor benutzt, also warum jetzt? Warum sie?

Die meisten Frauen hätten schockiert auf seine frechen Worte reagiert. Zurückweisung war ebenfalls möglich.

Er hatte jedoch nicht erwartet, dass Aria, die ein verschmitztes Funkeln in den Augen hatte, ihm ein strahlend weißes Lächeln schenkte. »Du bist der Mann mit all den gewagten Worten. Nun, lass uns sehen, wie du unter Druck dastehst.« Aria trat vollständig in die Dusche und hob die Hände. »Zieh mir das Hemd aus. Ich fordere dich heraus.«

Das hatte sie nicht gerade getan.

Das hatte sie.

Ich fordere dich heraus. Diese vier Worte waren der Untergang vieler Männer. Constantine hätte gern behauptet, dass er die Stärke besaß zu widerstehen. Er besaß sie nicht. Die Sache war die, er glaubte an den Männerklub, den mit schwachsinnigen Regeln der Doppelmoral. Die Mitgliedskarte mochte vielleicht nur in den Köpfen und Gedanken der Männer existieren, aber das machte sie nicht weniger real oder wirksam. Und er wusste, dass seine verdammte Karte mit Sicherheit geschreddert werden würde, wenn er nicht der heißen Frau in der Dusche das Hemd auszog.

Ich muss es für die Männer tun.

Schluck.

Sei stark.

Auch wenn sein T-Shirt locker an Arias Körper hing, saß es unterhalb ihrer Hüften nicht locker. Er konnte praktisch das V am Ansatz ihrer Oberschenkel sehen.

Ich habe bisher noch nicht gesehen, ob sie die Haare kürzt oder nicht.

Er persönlich mochte Frauen, die es natürlich beließen. Etwas, in dem er seine Nase vergraben konnte.

Wasser aus der Dusche begann, den weißen Baumwollstoff zu treffen, den sie trug, woraufhin dieser an ihr klebte, besonders an der Brust.

Wie hatte er denken können, ihre Brüste wären zu klein? Niemals. Er gab seinen Fehler gern zu. Sie waren perfekt. Zwei perfekte Rundungen mit hervorstehenden Spitzen, die nach seinem Mund bettelten.

»Wirst du es tun, *Engel*?« Ihre Worte fuhren heiser über seine Haut.

Tu. Es. Mit. Ihr.

Nein, Moment. Sie meinte etwas anderes. Das Hemd. Das Hemd musste weg.

Auf steifen Beinen stakste er in die Dusche und platzierte sich ihr gegenüber. Angesichts der Enge war er ihr nahe.

Sie blickte zu ihm auf. »Du lässt dir nicht viel Platz, um das Hemd auszuziehen, großer Junge.«

Er beugte sich nach unten, bis sein Mund vor dem ihren schwebte. »Ich muss nahe sein, um das zu tun.«

Reiß.

KAPITEL NEUN

Okay, das machte sie vielleicht wirklich zu einer Hure, aber heilige verdammte Scheiße. Als Constantine das Hemd packte und in zwei Hälften riss, während der Rest seiner Worte ihre Lippen mit heißer Luft streifte, war es wahnsinnig sexy, ja sogar heiß.

»Herausforderung angenommen«, murmelte er, wobei er mit seinem Mund leicht über ihren strich. »Jetzt duschen, mein stinkendes Entchen.«

Bevor sie ihn ankreischen konnte, ergriff er die Flucht, womit nur sein leises Lachen zurückblieb.

Außerdem blieb eine sehr erregte Frau zurück, die ihn zur Rache – von der nackten Art – verfolgen wollte, aber auch eine Frau, die über seine Hinterhältigkeit lachte. »Ein Punkt für die Schlange.«

Und ein Dankeschön. Einen Moment lang waren die Dinge zwischen ihnen ziemlich intensiv geworden. Das Geschehen wäre vielleicht mit nur einem einzigen Kuss von »hilf mir« zu »fick mich« übergegangen. Selbst wenn sie in ihrem vorherigen Leben eine Schlampe gewesen war, bedeutete das nicht, dass sie jetzt eine sein musste. Es war an der Zeit, ihren Kopf zwischen ihren Beinen hervorzuziehen und sich wieder darauf zu konzentrieren, was um sie herum geschah.

Während sie unter dem Wasser stand, dessen belebende Hitze jeden Teil ihres Körpers stimulierte, überdachte sie einige der Schlüsselinformationen dessen, was Constantine ihr erklärt hatte.

Erstens. *Ich bin in Gefahr.* In Gefahr und davor fliehend, so wie es klang.

Zweitens. Jemand hatte ihr etwas angetan. Ihr eine unbekannte Droge injiziert. Daher konnte sie sich nicht zwingend auf ihren Instinkt oder überhaupt ihre Vernunft verlassen. Verursachte die Flüssigkeit, die ihr injiziert worden war, irgendeine Art von mentaler oder bisher unbekannter Beeinträchtigung?

Als sie ihr Gesicht unter das heiße Wasser hielt, fragte sie sich ebenfalls, ob ihre Amnesie mit der Injektion in Verbindung stand.

Es dauerte nicht lange, sich zu waschen. Sie wollte keine Zeit verschwenden. Jetzt, da sie wieder gesund zu sein schien, jedenfalls körperlich, musste sie einige Antworten finden.

Zum Beispiel, wie sehe ich aus?

Bisher hatte sie in ihren Visionen andere Leute gesehen. Seltsamerweise hatte sie, obwohl sie ein Selbstempfinden hatte, kein visuelles Bild dazu.

Sie trat aus der Dusche, nahm sich ein Handtuch und wickelte es um ihren nassen Körper. Sie klemmte die Ecke zwischen ihre kleinen Brüste, um es zu befestigen.

Über dem Waschtisch entdeckte sie einen Spiegel.

Sie stellte sich davor, die Hände auf die Vinyl-Oberfläche gestützt, die ein pinkfarbenes, muschelförmiges Keramikbecken umrahmte. Sehr retro.

Ich zögere es hinaus.

Der Dampf aus der Dusche ließ den Spiegel beschlagen, weshalb sie sich vorbeugte, um mit der Hand darüberzuwischen. Es dauerte nicht lange, eine Fläche zu befreien und sich selbst zu sehen.

Das bin ich. Auch wenn sie sich nicht daran erinnerte, ihr Bild zuvor gesehen zu haben, kam es ihr dennoch bekannt vor. Aria war ziemlich klein, was sie bereits wusste. Sie stellte andere Tatsachen fest, wie zum Beispiel den feinen Knochenbau, das spitze Kinn. Die geschwungenen Augenbrauen. Die lange, schräge Nase. Die dünnen Lippen mit der kleinen Einkerbung. Ihre Haare, schulterlang und zum Bob geschnitten. Mit einem ...

»Aaaaah!«

Ihr schriller Schrei lockte Constantine an. Er kam rutschend im Badezimmer zum Stehen. »Was ist? Was ist los?«

»Meine Haare«, keuchte sie.

»Was ist damit?«, antwortete er. »Sie sind sauber. Nass, aber unter dem Waschbecken ist ein Föhn, wenn du einen brauchst. Kein großer Notfall.«

»Nicht das, du Idiot«, grummelte sie. »Sieh dir das an.« Sie hielt eine Strähne in die Höhe, damit er sie inspizieren konnte.

»Ja?« Er blinzelte sie an.

Sie erklärte es langsam, als spräche sie mit einem Schwachkopf. Es war entweder das oder sie würde ihn ohrfeigen. »Sie sind weiß.«

»Ja.«

»Verstehst du es nicht?«, rief sie.

»Nein.«

So ein Mann. Sie bemerkten nie, was direkt vor ihnen war. »Sie sollten nicht weiß sein.«

»Woher weißt du das? Hast du dich an noch etwas erinnert?«

»Nein, aber das bedeutet nicht, dass ich mich nicht daran erinnere, dass *das* hier nicht weiß sein sollte.« Sie schüttelte die betreffende Strähne.

»Bist du dir da sicher? Denn so war es, als ich dich kennengelernt habe.«

Seine Antwort überraschte sie. »Was meinst du damit, dass es schon so war?«

»Ich habe es nicht gesehen, als du aus dem Sumpf gekrochen bist, weil du so dreckig warst.«

Angesichts seiner Erinnerung blickte sie finster drein.

»Aber nachdem du dich abgewaschen hattest, habe ich es gesehen. Und seither hast du es. Obwohl«, er streckte eine Hand aus, um die weiße Stelle zu berühren, »sie scheint breiter zu sein als vorher.«

»Das ist großartig. Einfach großartig. Zuerst werde ich offensichtlich von etwas im Sumpf verfolgt, nachdem ich eine Weile vermisst wurde. Dann finde ich heraus, dass mir irgendein seltsames Mutantenvirus injiziert wurde.«

»Das wissen wir nicht mit Sicherheit.«

Sie funkelte ihn aufgrund seiner Unterbrechung an. »Oh bitte, das glaubst du doch selbst nicht. Und jetzt, sieh dir das an, weiße Haare. Das ist falsch. Ich sage es dir. So falsch. Ich bin erst vierundzwanzig.«

»Du erinnerst dich an dein Alter?«

Sie blinzelte, als er völlig das Thema wechselte. »Das tue ich. Verdammt. Es ist seltsam, wie die Dinge einfach wieder zurückkommen.«

»Und du wirst dich an noch mehr erinnern, da bin ich mir sicher, sobald du etwas gegessen hast.«

»Essen?« Allein bei der Frage knurrte ihr der Magen. »Ja, essen. Ich könnte jetzt wirklich frittierte Calamares vertragen.«

»Meeresfrüchte? Habe ich gesagt, du seist ein Adler? Wohl eher eine Möwe. Zieh dich an und wir werden welche holen.«

Sie schüttelte den Kopf. »Unmöglich. Ich wage es nicht rauszugehen, bis ich mich an mehr erinnere. Und außerdem hast du gesagt, ich müsse Thea anrufen.«

»Cynthia anzurufen wird nur ein paar Minuten dauern. Dann können wir los.«

»Ich habe keine Kleidung.«

»Ich habe im Trockner ein paar von Rennys Sachen gefunden. Meine Mutter hat diese Angewohnheit, ihre, Calebs und die Wäsche meines Neffen zu klauen und sie zu waschen.«

»Das ist eine seltsame Angewohnheit.«

»Sie hat einen Wäschefetisch. Es ist harmlos. Jetzt hör auf, es hinauszuzögern.«

Als er sanft an ihr zog, folgte sie ihm aus dem Badezimmer zurück in sein Schlafzimmer, wo Prinzessin auf dem Bett lag und Aria anfunkelte.

»Ich habe dir einen Stapel Klamotten hingelegt ...« Er

verstummte. »Das ist seltsam. Ich hätte schwören können, sie auf das Bett gelegt zu haben.«

»Redest du hiervon?« Aria zeigte auf einen Haufen Stoff auf dem Boden.

»Prinzessin. Hast du diese Klamotten auf den Boden gezerrt?« Er redete mit ernster Stimme mit ihr, die sie schelten sollte.

Seine Hündin drehte sich auf den Rücken, alle vier Pfoten in der Luft, und schenkte ihm ihren Hundeblick.

Es war dummerweise süß. So süß. Aria wappnete sich dagegen. Allerdings schmolz Constantine dahin wie ein Marshmallow über dem heißen Feuer. »Wer braucht eine Bauchmassage? Braucht Daddys süßes Mädchen eine?«

Aria seufzte, bevor sie murmelte: »Das ist ernsthaft erbärmlich.«

»Ich glaube, da ist jemand eifersüchtig, dass du eine Bauchmassage bekommst«, erwiderte der Mistkerl selbstgefällig, während seine Finger jemand anderen als Aria kitzelten.

Oh, zum Teufel, nein. Er gehört mir. Er gehört ...

Die Eifersucht kam schnell und heftig. Sie musste ihr entgegenwirken. Er musste weggehen – und aufhören, diesen verdammten Hund zu kraulen.

»Ich bitte dich nicht um eine Bauchmassage.« Sie zog das Handtuch weg und warf es auf den Boden. »Aber ich habe einen magischen Knopf, der gern gestreichelt wird.« Sie zog eine Augenbraue hoch und sie hätte lachen können, als er aus dem Zimmer floh, wobei er rief: »Du spielst schmutzig.«

Das tue ich vielleicht, aber verdammt, es macht Spaß.

Es würde noch mehr Spaß machen, wenn er geblieben wäre, anstatt die Flucht zu ergreifen.

Schnell zog sie sich an. Die Klamotten, die er gefunden hatte, saßen locker, aber wenigstens bedeckten sie alle wichtigen Stellen.

Mit zögerlichem Schritt verließ sie das Schlafzimmer und begab sich den Flur hinunter. Knapp außerhalb ihrer Sichtweite konnte sie hören, wie ein Schrank und eine Schublade geschlossen wurden.

Das Haus war nicht offen geschnitten, also bog sie vom Flur rechts in eine schlichte Küche ab, wo sie Constantine entdeckte. Er hatte ihr zum Teil den Rücken zugewandt, während er ihnen heißes Wasser aus dem Wasserkocher in Tassen einschenkte.

»Ich trinke keinen Tee.« Sie zog Kaffee vor. Schwarz. Und stark genug, dass ihre Federn hervorstanden wie Stacheln. Eine weitere Tatsache über sie.

»Ich auch nicht. Ich bin kein Fan von Koffein, aber Schokolade hingegen«, er reichte ihr eine Tasse, »ist das Getränk der Champions.«

Heiße Schokolade? Sie hob die Tasse an ihre Lippen und atmete den reichhaltigen Kakaoduft ein. »Nett.« Eigentlich himmlisch. Sie ließ sich auf einen Hocker plumpsen, schloss die Augen und atmete erneut ein, was einen weiteren mentalen Film auslöste.

Ihr Finger krümmte sich um den Henkel einer feinen Porzellantasse. Ein Blick über ihren Rand hinweg zeigte, dass sie heiße Schokolade enthielt, auf der kleine Marshmallows schwammen. Dampf stieg auf und kitzelte ihre Nase mit dem reichhaltigen Schokoladenduft.

Aria hob sie an ihre Lippen und nahm einen Schluck,

nur einen winzigen, damit sie sich nicht die Zunge verbrannte. Ihre Geschmacksknospen explodierten vor Freude über die perfekte Mischung. Süß, mit einer Spur Bitterkeit, um es zu unterstreichen.

Sehr lecker, und wie nett von der Frau, der die Frühstückspension gehörte, sie für sie zuzubereiten. Noch besser war, dass die Besitzerin der Pension sie an ihre Tür geliefert hatte.

Da sprich mal einer von hervorragendem Service.

»Klingen Pfannkuchen und Speck gut, Liebes?«, fragte die Besitzerin, als sie einen abgedeckten Teller auf einem kleinen Tisch neben dem Fenster abstellte, wo sich zwei Stühle gegenüberstanden.

»Klingt fantastisch.« Aria nippte erneut an der heißen Schokolade, dann nahm sie einen großen Schluck. Ein herzhaftes Frühstück schien genau das zu sein, was sie brauchte, bevor sie aufbrach und ihre Recherche über die Stadt und besonders Bittech begann. Sie war erst am Tag zuvor angekommen und hatte den Nachmittag und Abend damit verbracht, sich mit der Stadt und der örtlichen Kneipe bekannt zu machen.

Sie setzte sich auf den Stuhl und grinste, als die Frau den Deckel anhob und einen Teller voll mit fluffigen Pfannkuchen und knusprigem Speck offenbarte. Sie stellte ihre Tasse ab, die sofort wieder aufgefüllt wurde.

»Danke.« Seltsam, wie langsam das Wort herauskam. Tatsächlich fühlte sie sich irgendwie träge, vielleicht weil die Schokolade nicht den dringend nötigen morgendlichen Koffeinschub enthielt. Aber Zucker war ein guter Ersatz.

Aria wollte den Inhalt der Tasse leeren, nur um zu spüren, wie ihre Augenlider schwerer wurden und nach unten fielen, in dem Versuch, sich zu schließen. Die Finger, die die Tasse hielten, wurden schwer, woraufhin sie herunterfiel und die heiße Schokolade überall verteilte. Die Tasse war nicht das Einzige, was fiel.

Die Pfannkuchen boten eine weiche Landung für ihr Gesicht.

»Die haben mich betäubt!«, rief Aria, als sie sich aus ihren Erinnerungen löste.

»Wer?«, fragte Constantine, der an die Anrichte gelehnt war und seine großen Hände um die riesengroße Tasse gelegt hatte.

»Die Frau in der Frühstückspension. Wie hieß die noch gleich?« Sie tippte sich ans Kinn.

»Bedbug Bites«, antwortete er.

»Ja. Genau. Das Weib, der sie gehört, hat mir etwas in den Kakao getan.« Die Frechheit. Aria stellte ihre Tasse knallend ab, wodurch der Inhalt überschwappte.

Er zog eine Augenbraue hoch und trank einen Schluck aus seiner Tasse, bevor er sagte: »Ist das deine Art zu sagen, dass du denkst, ich sei wie sie und würde versuchen, dich mit Kakao zu betäuben?«

Sie runzelte die Stirn. »Natürlich nicht. Ich vertraue dir.« Das tat sie wirklich. Seltsam. »Ich werde es beweisen.« Sie nahm die Tasse und kippte den Inhalt herunter, bevor sie sie wieder abstellte. »Tada.«

»Ich nehme nicht an, du kannst dich daran erinnern, dass dir jemals jemand gesagt hat, dass du eine Meise hast.«

»Würdest du mit den Vogelnamen aufhören?«
»Nein.«
»Du bist ein Arsch.«

»Das ist nicht das Einzige, was ich in der Hose habe.«

Sie funkelte ihn an. »Nicht alles ist ein Grund für sexuelle Anspielungen.«

»Das liegt daran, dass es dir an Mannspektive mangelt.«

»Was soll das bedeuten? Wenn ich so darüber nachdenke, ich will es gar nicht wissen.« Ihr Magen knurrte, was ihr den Ausweg bescherte, den sie brauchte. »Was machst du uns zu essen? Ich gehe nicht davon aus, dass du Speck hast?«

»Keinen Speck, aber ich glaube, wir haben noch ein paar Hähnchenflügel übrig.«

Sie rümpfte die Nase. »Kannibale.«

Einen Moment lang stand ihm das Entsetzen ins Gesicht geschrieben. »Es tut mir leid – ich dachte nicht –«

Sie kicherte. »Ich mache nur Witze. Soweit ich mich erinnere, esse ich Fleisch.« Die Anspielung war zu offensichtlich, um sie zu ignorieren, also machte sie weiter. »Ich mag besonders Würstchen. Die langen, dicken.« Sein Blick wurde heiß, als sie sich vorbeugte und flüsterte: »Je länger, desto besser, damit ich die Spitze abbeißen kann. Knack.«

Er verzog das Gesicht. »Ich schätze, das habe ich verdient.«

Ein Kichern entwich ihr. »Nicht allein deine Schuld. Ich glaube, wir beide haben Schuld daran, den anderen zu ärgern. Bevor wir die Sache völlig unangenehm machen, wo ist das Telefon, damit ich Thea anrufen kann?«

»Nimm mein Handy.« Er schob es ihr über die

Theke zu. Sie nahm es entgegen und wählte. Dann hielt sie inne.

»Was ist los?«, fragte er.

»Woher weiß ich, dass das die richtige Nummer ist?«

»Das weißt du nicht, also rufst du an und findest heraus, wer am anderen Ende ist.«

Stimmt. Das Schlimmste, was passieren konnte, war, dass sie die falsche Nummer wählte. Das Telefon klingelte und klingelte, bis ein Kerl abnahm.

»Hey Constantine. Warum rufst du auf Cyns Handy an?«

Einen Moment lang erstarrte Aria aufgrund der unbekannten Stimme. »Wer ist da? Wo ist Thea?« Sorge um ein Mädchen, an das sie sich kaum erinnerte, machte sie angespannt.

»Hier ist Daryl, ihr Freund, und ich versuche immer noch herauszufinden – Cyn, gib das zurück.« Aus dem Handy kamen einige Geräusche, während auf der anderen Seite diskutiert wurde, aber schließlich hörte das Rauschen auf und eine muntere Stimme sagte: »Cynthia hier. Mit wem spreche ich?«

»Thea?«

»Aria! Bist du es wirklich?«

»Ja, ich bin es.« Zumindest körperlich. Am Verstand mussten sie noch arbeiten.

»Wo warst du? Ich war krank vor Sorge um dich.«

»Ich war unterwegs. Hatte mit Dingen zu tun.« Zum Beispiel mit einem riesigen Kerl und seinem wilden Hund.

Als würde sie ihren Gedanken lesen, bellte Prinzessin sie an, direkt neben ihrem Knöchel. Gab es da unten irgendwelche Arterien, um die sie sich Sorgen machen musste? Nur für den Fall zog Aria ihre Füße hinter die Sprosse des Hockers.

»Wo bist du? Ich will dich sehen. Bist du bei Constantine? Rufst du deshalb von seinem Handy aus an?«

»Ja. Nein. Irgendwie. Aber du darfst es niemandem erzählen. Ich meine es ernst, Thea. Keine Seele darf davon erfahren. Ich glaube, ich stecke in Schwierigkeiten.« Mit dieser Frau zu reden war einfach, sogar vertraut.

»Ich glaube, alle in dieser Stadt stecken in Schwierigkeiten«, erwiderte Thea leise.

»Du solltest gehen.«

»Das sagen mir alle. Tastsächlich ist Daryl diesbezüglich die größte Nervensäge, aber ich gehe nirgendwo hin. Wo Daryl bleibt, bleibe auch ich.«

»Ich habe dir gesagt, wir hätten im Bett bleiben sollen«, war seine alles andere als subtile Bemerkung aus dem Hintergrund.

»Ich habe dir gesagt, dass meine Mutter heute ein neues liefern lässt.«

Theas Mutter war da? Aria konnte sie vor ihrem geistigen Auge sehen, drall und mit noch wilderem Haar als Thea, mit einem Blech frisch gebackener Sesamkekse in der Hand.

Vielleicht hatte Constantine recht. Vielleicht würde es ihre Erinnerungen weiter anregen, Leute zu sehen und mit ihnen zu reden.

»Deine Mutter ist in Bitten Point?«

»Mein Vater auch.«

»Warum? Was ist los? Und seit wann hast du einen Freund?« Denn soweit sie sich erinnern konnte, war Cynthia Single. Zumindest dachte Aria das. Mit der ganzen Gedächtnissache war es irgendwie schwer zu sagen.

»Mittlerweile habe ich einen, und wir leben irgendwie zusammen. Es ist irgendwie ernst.«

Wie viele Tage hatte Aria verloren? »Wie lange geht das schon?«

»Nicht lange, ich weiß. Total verrückt, aber ich kann nicht anders, Aria. Ich habe Daryl getroffen und es war einfach *bumm*.«

»Wohl eher *schnarch*«, unterbrach er wieder. »Oder wirst du nicht erklären, dass du mich betäubt hast, damit du mich nach Belieben begrapschen konntest?«

»Ich habe dich nicht begrapscht. Nicht viel.« Kichern. »Entschuldige, Aria. Du musst dieses Zeug nicht hören. Denn ich hoffe, du tust dieses Zeug mit einem gewissen Kerl, den wir beide kennen. Zwinker, zwinker.«

»So ist es nicht«, erwiderte sie hektisch. »Er hilft mir nur aus.« Er half ihr aus Klamotten heraus, unternahm aber dann nichts gegen das Feuer, das er angefacht hatte. *Er ist offensichtlich kein sehr guter Feuerwehrmann.*

»Ich bin mir sicher, dass er dir hilft. Er hilft dir so sehr, dass du keine Zeit hast, etwas anzuziehen und eine Freundin zu besuchen.«

»Du sollst wissen, dass ich vollständig bekleidet bin.«

»Wie lange?«, kicherte Thea.

Gute Frage, wenn man bedachte, dass nur ein Blick auf ihn gewisse Stellen an ihr heiß werden ließ. »Wie auch immer, ich habe nur angerufen, um dir zu sagen, dass du nicht nach mir suchen sollst. Es geht mir gut.«

»Gut und doch verhältst du dich schrecklich seltsam und geheimnisvoll.«

»Ich habe meine Gründe. Bitte, Thea, vertrau mir.«

Ein lautes Seufzen ertönte in der Leitung. »Ich schätze, wenn du bei Constantine bist, kann ich aufhören, mir Sorgen zu machen.«

»Bitte. Und erzähl niemandem, dass du weißt, dass ich am Leben bin.«

»Warum? Steckst du immer noch in Schwierigkeiten?«

»Ich muss los. Glückwunsch zum festen Freund.«

Bevor Thea weitere Fragen stellen konnte, legte Aria auf. Sie runzelte die Stirn.

»Was ist los, mein kleiner Sittich?«

»Ich versuche, mich daran zu erinnern, ob ich einen festen Freund habe.«

KAPITEL ZEHN

Okay, also Constantines heftiges Zischen war vielleicht ein wenig übertrieben. Das entschuldigte nicht Arias Grinsen und spottendes: »Jemand ist eifersüchtig.«

Das war er tatsächlich, was keinen Sinn ergab. Sie waren nicht zusammen.

Noch nicht.

Niemals.

Ha.

Es gab nichts Schlimmeres, als eine Diskussion mit sich selbst zu verlieren.

»Bist du bereit zu gehen?«, fragte er, bevor er zu viel Zeit mit dem Versuch verbrachte, den konfusen Zustand seines Verstandes zu entziffern.

»Ich weiß nicht, ob es eine gute Idee ist, jetzt zu gehen.«

»Da bin ich anderer Meinung. Ein paar Orte zu besuchen, an denen du vielleicht warst, könnte Erinnerungen auslösen.«

»Oder Kugeln. Was, wenn mich jemand umbringen will?«

»Dann wird es eine erste Verabredung sein, die sich in unser beider Gedächtnis einprägt.«

Die Worte hingen in der Luft, ein weiterer Hinweis darauf, dass sich die Dinge zwischen ihnen nicht so verhielten, wie sie es sollten. Er sagte und tat immer wieder Dinge, die er sich nie vorgestellt hätte. Er bekam den Eindruck, dass auch sie das tat. Aber sie beide vertuschten es.

»Komm schon, sei kein verängstigter Wellensittich. Mein Pick-up steht draußen. Innerhalb von zehn Minuten sind wir in der Stadt und essen irgendwo etwas.« Er sah den Kampf der Unentschlossenheit in ihrem Gesicht. »Komm schon, du weißt, dass du gehen willst. Was, wenn du den Imbiss betrittst und bumm, all deine Erinnerungen zurückbekommst?«

»Was für eine Speisekarte haben sie genau?«

»Sie frittieren den Großteil ihrer Meeresfrüchte und haben die besten hausgemachten Pommes und schaumigen Shakes, die du je bekommen hast.«

Die Empfehlung änderte ihre Meinung.

»Lass uns gehen. Aber ich sage es dir gleich, wenn ich umgebracht werde, weil du dich verkalkuliert hast, komme ich zurück, um dich heimzusuchen.«

»Wenn es dich tröstet, wenn du umgebracht wirst, werde ich dich rächen.«

Sie rümpfte die Nase. »Nicht beruhigend, Engel.«

Aber seine temperamentvolle Lady protestierte nicht weiter, weshalb sie kurz darauf miteinander aßen.

Oder zumindest er aß. Sie stocherte in ihrem Essen herum wie ein wählerischer Vogel.

»Ich bin fertig.« Sie schob ihren Teller weg.

Er konnte nicht umhin, ihn anzustarren. »Du hast nur die Hälfte davon gegessen.«

»Ich weiß. Normalerweise esse ich noch weniger, aber ich schätze, ich hatte großen Hunger. Und es war unglaublich gut. Ich bin so voll, dass ich bezweifle, dass ich, selbst wenn mir Flügel wachsen und ich fliegen könnte, überhaupt vom Boden hochkäme.« Aria tätschelte ihren Bauch.

»Das ist keine Mahlzeit.«

»Sagt der Kerl, der doppelt so groß ist wie ich.«

»Ich esse es.« Es war ausgeschlossen, dass Constantine gutes Essen verschwenden würde. Er konnte nicht umhin zu bemerken, dass sie ihn mit dem Hauch eines Lächelns beobachtete.

»Was ist so witzig?«, fragte er, sobald er ihren Teller geleert hatte.

»Du. Ich weiß nicht, warum du dich über meine Essgewohnheiten beschwert hast, wenn es scheint, als wäre das übrig gebliebene Essen genau das, was du gebraucht hast.«

»Ein Mann braucht seine Energie.«

»Energie, um was zu tun?«, fragte sie mit hochgezogener Augenbraue.

Ein langsames Grinsen umspielte seine Lippen. »Für allerhand Dinge.« Dinge, an die ein Mann nicht mit einer Frau denken sollte, die er kaum kannte, die sich nicht einmal selbst kannte.

»Machen wir eines dieser Dinge zu einem Spaziergang in die Innenstadt, um zu sehen, ob irgendetwas meinem Gedächtnis auf die Sprünge hilft.«

Constantine bezahlte die Rechnung, aber bevor er von der Bank aufstehen konnte, bemerkte er, wie Aria sich versteifte. »Was ist los?«

Sie beugte sich vor und senkte die Stimme. »Dieser Kerl, der an der Theke. Ich kenne ihn. Oder zumindest erkenne ich sein Gesicht.«

»Eine weitere aufflackernde Erinnerung?«

Sie nickte.

»Weißt du, wer er ist?«

Sie zog die Schultern hoch und ließ sie wieder fallen. »Keine Ahnung. Ich habe nur einen kurzen Blick auf ihn erhascht, als er von seinem Bier getrunken hat.«

Constantines Blick folgte dem Mann, als er das Restaurant mit einer braunen Essenstüte verließ. »Ich habe ihn noch nie zuvor gesehen.« Er stand auf. »Lass uns gehen.«

»Wohin?«

»Wir werden natürlich herausfinden, wo er hingeht. Er könnte ein Hinweis zum Enträtseln der Erinnerungen sein.«

Sie verließen das *Bayous Bissen* und traten ins helle Sonnenlicht, gerade rechtzeitig, um einen hellblauen Smart vom Parkplatz fahren zu sehen.

Sie konnte nicht umhin, den Kopf zu schütteln. »Da würde ich im Leben nicht einsteigen.«

»Warum nicht? Ich höre, sie sind spritsparend.«

»Ich bevorzuge die Dinge, denen ich vertraue, größer.«

Er konnte sich nicht davon abhalten, die Brust aufzublähen, als sie in seine Richtung blickte. »Groß ist immer besser.«

Sie mochte vielleicht prusten, aber ihre Wangen nahmen einen reizenden Rotton an. »Vielleicht im Falle von Fahrzeugen. Ich vertraue auf keinen Fall darauf, dass mich diese winzige Blechdose beschützt«, bemerkte sie, als sie ihm zu seinem Pick-up folgte.

»Sagt das Mädchen, das Motorrad gefahren ist.«

»Ich fahre Motorrad?«, fragte sie, als er seine Wagentür öffnete.

Er packte sie an der Taille und hob sie hinein. »Jup. Und zwar ein schönes, eine 1200er BMW.«

»Ich frage mich, wie es sich anfühlt, all diese Kraft zwischen meinen Beinen zu haben«, überlegte sie laut.

Tat sie das absichtlich? Er fühlte sich überrumpelt und schlug ihre Tür zu, bevor er auf der anderen Seite einstieg.

Sie sah ihn nicht an, sondern zeigte einfach nur mit dem Finger. »Fahr los, bevor wir ihn verlieren.«

»Geduld, Gans.«

Sie schlug ihm auf den Arm. »Idiot.«

Er lachte.

»Also, woher wusstest du, dass ich Motorrad fahre?«, fragte sie. »Oder lass mich raten. Mal wieder Thea.«

»Eigentlich«, erwiderte er, als er vom Parkplatz fuhr und dem blauen Wagen mit Abstand folgte, »habe ich dein Motorrad an der Frühstückspension gesehen, bevor das Feuer ausgebrochen ist.«

»Du hast mein Baby gesehen? Wo ist es?«

»Baby?«, fragte er mit hochgezogener Augenbraue.

»Du hast deinen Hund. Ich habe meine Maschine.«

»Ich nehme an, dir kamen Erinnerungen an dein Motorrad.«

»Er hat einen Namen.«

»Er?«

»Alles, was es zwischen meinen Beinen so gut vibrieren lässt, muss männlichen Ursprungs sein.«

»Also, wie nennst du ihn?«, fragte er.

Sie rutschte auf ihrem Sitz herum. »Ich erinnere mich nicht.«

Lüge. Er drängte weiter. »Doch, das tust du. Wie heißt er? Sag es mir.«

»Wenn du lachst, werde ich dir wehtun«, drohte sie.

»Du kannst mir gern jederzeit wehtun, Golddrossel.«

Sie rollte mit den Augen, aber er bemerkte den Anflug eines Lächelns, das ihre Lippen umspielte. »Er heißt Fred.«

»Fred? Wer zur Hölle nennt ein Motorrad Fred?«

»Ich tue das, und du sollst wissen, dass es die Kurzversion von Sir Frederick Vollgas ist.«

Er konnte nicht anders. Er lachte. Prustete. Also schlug sie ihn, so fest sie es in dem beengten Fahrerhaus tun konnte. Als würde ihn das aufhalten. Er spürte es kaum. »Mir haben Moskitos schon mehr wehgetan«, neckte er sie.

»Wenn du Schmerzen willst, gebe ich dir Schmerzen«, murmelte sie.

Sie legte eine Hand auf seinen Oberschenkel.

Er spannte sich an. Und er sprach nicht von seinen Muskeln, sondern von einem gewissen Teil seines Körpers, der einen eigenen Willen hatte.

Sie tanzte mit den Fingern näher zu seinem Paket, seinem merklich hervortretenden Paket.

»Was tust du da?«, fragte er, wobei er den Blick vom Heck des Wagens, den er verfolgte, zu Aria wandern ließ, die ihn mit strahlenden Augen anstarrte.

»Ich tue dir weh.«

Scheiße, sie würde ihn fertigmachen. Sie bewegte die Hand und war es möglich, dass er das Lenkrad verriss, als er sich auf den Schmerz ... der Lust vorbereitete?

Ihm stockte der Atem, als sie ihn umfasste und die Hitze ihrer Handfläche ihn selbst durch seinen Jeansstoff hindurch brandmarkte.

Sag ihr, sie soll zudrücken.

Das war das eine Mal, dass seine andere Hälfte eine gute Idee hatte.

Aria hatte jedoch ihre eigene. Sie beinhaltete, ihn zu reiben, vor und zurück, eine heiße Reibung, die Sehnsucht in ihm auslöste.

»Ssssso000 gut.« Vor Erregung konnte er das Zischen nicht zurückhalten.

Sie drückte ihn. Hielt ihn. Entlockte ihm den Atem in schnellen Stößen und –

»Hör nicht auf«, rief er, als sie ihre Hand wegnahm. Er warf ihr einen Blick zu und bemerkte, dass der Übeltäter sittsam gefaltet in ihrem Schoß lag.

»Oh, ich höre auf. Aber lass mich dich fragen, wie geht es deinen Eiern?«

Schwer und schmerzend und ... Er riss die Augen auf. »Das war einfach nur gemein.«

»Ich habe dir gesagt, dass ich mich rächen würde.«

Er richtete den Blick nach vorn, die Lippen zu einer

festen Linie gepresst und alles andere als amüsiert von ihrem Gelächter. Wie konnte er lachen, wenn er sterben könnte, weil seine armen Eier und sein Schwanz die Enttäuschung nicht ertragen konnten?

»Schmollst du, Engel?«

»Nein, mein Tukan.«

»Meine Nase ist nicht groß.«

Nein, verdammt, das war sie nicht. Sie war süß und winzig, mit einer Krümmung an der Spitze.

»Also, was ist mit meinem Motorrad passiert?«, fragte sie, wobei sie so tat, als hätte sie nicht gerade beinahe ihren Unfalltod verursacht, indem sie all das Blut in seinem Gehirn gen Süden schickte.

»Ich bin mir nicht sicher. Ich glaube nicht, dass es im Feuer beschädigt wurde, aber wahrscheinlich hat jemand es abgeschleppt. Ich könnte es herausfinden, wenn du das willst.« Warum er das angesichts ihrer Grausamkeit anbot, hätte er nicht sagen können.

»Das will ich.« Sie beugte sich vor. »Hey, wo fährt unser Kerl hin?«

Das kleine Fahrzeug bog von der Hauptschnellstraße in eine Seitenstraße. »Sieht aus, als würde er im Ort bleiben.« Interessant, da Constantine sich nicht daran erinnerte, den Typen jemals gesehen zu haben. Die Stadt war nicht groß, aber es dauerte nicht lange, die meisten Leute zu erkennen. Auf der anderen Seite wurde ihre Stadt, genau wie die Welt, immer geschäftiger. Es war nicht so, als ginge Constantine oft aus.

»Was liegt in dieser Richtung?«

»Nicht viel. Ein paar Häuser und Bittech. Er könnte ein Angestellter dort sein.«

Allerdings fuhr der Kerl an der Abfahrt für die medizinische Fakultät vorbei und weiter. Sie folgten ihm mehrere Kilometer außerhalb von Bitten Point, bis er vor einem Motel am Straßenrand anhielt.

Constantine fuhr vorbei, nicht allzu weit, bevor er wendete. Er brachte sie in die Nähe des Motels, bevor er auf dem Seitenstreifen parkte. Er dachte über ihren nächsten Zug nach.

Tap, tap, tap. Er trommelte mit den Fingern auf dem Lenkrad.

»Was tust du da?«, fragte Aria. »Lass uns mit ihm reden.«

»Wenn wir das tun, verraten wir, dass du nicht nur am Leben bist, sondern auch nach Hinweisen bezüglich deines Verschwindens suchst.«

»Haben wir das nicht verraten, als wir zu dem Imbiss gegangen sind?«

»Ja, aber du musst zugeben, dass diese frittierten Garnelen es absolut wert waren.«

»Ich denke, wir sollten zu ihm gehen und mit ihm reden. Selbst wenn mir keine Erinnerung kommt, kann er mir vielleicht sagen, wo wir uns getroffen haben.«

Berechtigte Argumente, und doch war Constantine sich nicht sicher.

Angesichts der gewalttätigen Ereignisse, denen er begegnet war, wagte er es da, die vor Kurzem aufgetauchte Aria möglicher Gewalt auszusetzen?

Oder hoffe ich, dass sie eine Weile bleiben wird, indem sie sich nicht erinnert?

Es ärgerte ihn, überhaupt darüber nachzudenken,

dass er Hintergedanken dabei hatte, sich zurückzuhalten. Aria verdiente seine Hilfe.

»Okay, wir werden mit ihm reden, aber bleib hinter mir, bis wir wissen, dass er nicht bewaffnet ist.«

Constantine legte den Gang ein und ließ seinen Pickup langsam über den Parkplatz rollen, dessen Boxen jeweils parallel zu den Motelzimmern lagen. Er parkte am Heck des kleinen blauen Wagens, um die Fluchtmöglichkeit zu blockieren.

Mit einer weiteren strengen Ermahnung, hinter ihm zu bleiben, näherte Constantine sich der abblätternden grünen Tür für Zimmer siebzehn. Er klopfte.

Während er wartete, schnupperte er in der Umgebung herum und runzelte die Stirn über das, was er fand, oder eher das, was er nicht fand. Abgase, Zigarettenrauch in der Luft, Öl von einem Wagen einige Plätze weiter, das aus einer Dichtung leckte. Außerdem roch er Menschen, überwiegend männlich, sowie ein paar parfümierte Frauen. Was er nicht roch, waren Tiere.

Es waren keine Gestaltwandler hier entlanggekommen, was ihren Freund dort drin menschlich machte.

Ein Vorhang neben der Tür wurde leicht bewegt, aber die Tür blieb verschlossen. Jemand versuchte, sie zu meiden.

Klopf, klopf, klopf. »Mach die Tür auf. Ich weiß, dass du da drin bist. Zwing mich nicht dazu, sie für dich zu öffnen.« Der mickrige Zugang würde einem entschlossenen Tritt nicht standhalten.

»Was willst du? Ich kenne dich nicht. Geh weg.«

Aria, die hinter ihm war und sich tatsächlich an seine Anweisung hielt, flüsterte: »Tritt einfach die Tür ein, ja?«

»Und mir damit die Polizei auf den Hals hetzen?«, murmelte er zurück. »Er wird aufmachen.« Er sprach es mit mehr Selbstsicherheit aus, als er fühlte. Lauter: »Ich will dir nur ein paar Fragen stellen. Über ein Mädchen, das du vor ein paar Tagen vielleicht in einer Kneipe getroffen hast.«

»Bist du Polizist?«

»Nein. Nur ein Freund, der nach ein paar Antworten sucht.«

Zu seiner Überraschung wurde die Tür geöffnet, nur wenige Zentimeter, wobei die Sicherheitskette gespannt wurde, als der Kerl sein Gesicht in den Spalt hielt. »Warum denkst du, dass ich irgendetwas weiß? Ich bin nur in der Stadt, um ein wenig Arbeit für ein Labor zu erledigen. Ich kenne niemanden.«

Bevor Constantine sie aufhalten konnte, platzierte Aria sich vor ihm. »Kennst du mich?«

»Du! Oh, scheiße.« Die Tür wurde zugeknallt.

»Ich denke, das beantwortet die Frage«, bemerkte Constantine trocken.

Klopf, klopf, klopf.

»Geht weg. Ich will nichts mit ihr zu tun haben. Ihretwegen bin ich in so viele Schwierigkeiten geraten. Ich hatte Glück, nicht meinen Job zu verlieren.«

»Was habe ich getan?«, rief sie.

Die Tür wurde erneut geöffnet, bevor ein einzelnes Auge sie anfunkelte. »Als wüsstest du das nicht.«

»Das tut sie nicht.« Und Constantine war es leid, dass der Kerl mit ihnen spielte.

Knall. Die Aufmerksamkeit, die das Eintreten einer

Tür möglicherweise verursachen könnte, wollte er nicht, aber eine dürftige Kette zerreißen? Kein Problem.

Er stieß gegen die Tür, was den Kerl, der sie blockierte, ins Stolpern brachte, als Constantine das schäbige, aber saubere Zimmer betrat.

»Wie heißt du? Woher kennst du Aria? Für wen arbeitest du?«

»Ich muss dir gar nichts sagen«, beharrte der sturköpfige Kerl. »Ich rufe die Polizei.«

Ein Finger zeigte in die Richtung des Kerls. »Jetzt erinnere ich mich an dich!«, rief Aria. »Du bist der Kerl, den ich vor der Kneipe geküsst habe.«

Bamm. Constantines Faust hielt den Mann davon ab, den Notruf zu wählen – und er würde in nächster Zeit auch keine verdammten Küsse mehr verteilen.

KAPITEL ELF

Aria konnte nicht anders, als verwirrt zu blinzeln, als Constantine Jeffrey – *das ist sein Name* – niederschlug.

»Warum hast du das getan?«, fauchte sie. Sie hatte die Hände in die Hüften gestemmt, während sie den Bewusstlosen betrachtete. »Wie soll er jetzt unsere Fragen beantworten?«

»Er wollte die Polizei rufen.«

»Und dir ist nicht in den Sinn gekommen, ihm einfach das Handy abzunehmen?«

»Nein, weil ich zu sehr damit beschäftigt war, mich zu fragen, warum du eine Knalltüte wie ihn geküsst hast.«

Sie starrte ihn mit offenem Mund an. »Bist du eifersüchtig?«

Er blähte die Nasenflügel auf. »Ssssehr.« Das Wort entwich ihm zischend. »Aber ich weiß nicht warum.«

Genau wie sie nicht wusste, warum ihr seine Eifersucht gefiel. Ein weiterer Aspekt der verrückten Anziehungskraft zwischen ihnen. Eine Anziehungskraft, die sie leugnen musste – zumindest im Moment. »Sein Name ist Jeffrey. Er ist Labortechniker bei Bittech.«

»Du erinnerst dich an ihn?«

»Ein wenig. Wir haben uns nicht viel unterhalten.«

»Wart ihr zu sehr mit anderen Dingen beschäftigt?«, knurrte Constantine.

»Nein, weil ich erst an diesem Tag in die Stadt gekommen war und mein Bestes getan habe, mit jedem in der Kneipe zu plaudern. Jeffrey war mit ein paar Typen von Bittech da und hat Bier getrunken.«

»Wie kam es dazu, dass ihr euch geküsst habt?«

Da sie bezweifelte, dass Jeffrey ihr Typ war, hoffte sie, dass es nicht ihre gefürchtete Schlampenseite war, die sich mit dem zufriedengab, was gerade in der Nähe war. »Ich habe mit ihm geflirtet. Nichts Ernstes. Ich habe mit allen dort geflirtet und geplaudert.« Zumindest erinnerte sie sich vage daran. Der Barkeeper machte einen großartigen Martini. »Ich habe ihn dazu gebracht, über seinen Job zu sprechen, und als ich herausgefunden habe, dass er nur als einfacher Techniker dort arbeitet, wollte ich weiterziehen. Aber ...«

Jeffrey sah seine Chance, ein Mädchen auf der Flucht zu beeindrucken, also platzte er heraus: »Ich weiß von den geheimen Ebenen.«

»Welche geheimen Ebenden?«, fragte Constantine.

Aria zuckte sichtlich zusammen, da sie nicht bemerkt hatte, laut gesprochen zu haben. »Ich weiß nicht. Ich wiederhole nur die Teile, an die ich mich gerade erinnere. Er hat auch gesagt: ›Es passieren seltsame Dinge bei Bittech, und ich rede nicht nur von dem lausigen Cafeteria-Essen.‹«

»Wes Mercer, der dort als Wachmann arbeitet, ist auch davon überzeugt, dass sie nichts Gutes im Schilde führen, aber er hat es nie geschafft, etwas Konkretes zu finden. Aber Wes ist trotzdem davon überzeugt. Wenn es geheime Ebenen gibt, dann könnte das Wes' Überzeugung erklären, dass gewisse Dinge außer Sichtweite passieren.«

»Dinge, die außer Sichtweite und heimlich getan werden, sind für gewöhnlich ein Zeichen dafür, dass die Leute nichts Gutes im Schilde führen. Ich erinnere mich daran, von dieser Neuigkeit begeistert gewesen zu sein. Ich weiß allerdings nicht warum. Warum sollte ich mich darum scheren, was in einer medizinischen Forschungsfakultät vor sich geht?« Sie rümpfte die Nase.

»Bist du Reporterin?«

Sie schüttelte den Kopf. »Ich glaube nicht. Und laut Cynthia«, die während des Mittagessens angerufen hatte, obwohl sie ihr gesagt hatte, es nicht zu tun, »bin ich irgendwie unklar damit, was ich beruflich mache.«

»Vielleicht bist du Geheimagentin.«

Er sagte es im Scherz, und doch ließ etwas in seinen Worten es bei ihr klingeln. Es löste nur keine Erinnerung aus. »Ich wünschte, ich wüsste, warum ich so an Bittech interessiert war.«

»Es könnte daran liegen, dass es ein medizinisches Institut für Gestaltwandler ist. Die Menschen denken, dass sie die Auswirkungen der Sumpfpflanzen auf menschliche Zellen erforschen, aber in Wirklichkeit sollten sie das Gestaltwandlererbgut erforschen, außerdem bieten sie Befruchtung für unfruchtbare Gestaltwandler-Paare. Aber ich sage *sollten*, weil wir begonnen haben zu vermuten, dass dort nicht nur Forschung stattfindet, sondern auch Experimente.«

»Du denkst, sie sind diejenigen, die mir die Injektion verpasst haben? Aber warum? Warum ich?«

»Vielleicht dachten sie, du wärst ein leichtes Ziel. Cynthia hat erwähnt, dass du Waise warst. Vielleicht gingen sie davon aus, dass niemand nach dir suchen würde.«

Wie traurig, dass sie keine Familie hatte, die sich sorgte. *Ich habe Cynthia und ihre Eltern.* Der Gedanke und die Gewissheit wärmten sie.

Während Aria im Motelzimmer auf und ab ging, bemerkte sie, dass die Tür einen Spalt offen stand. Sie trat sie zu, damit niemand aus Neugier über die seltsamen Geschehnisse hereinkam. Um die Erinnerung zu verdeutlichen, gab sie sie laut und in knapper Form wieder. »Also, ich habe Jeffrey in der Kneipe kennengelernt, wo er mit seinem Superzugang geprahlt hat. Aus irgendeinem Grund musste ich mehr wissen. Ich erinnere mich daran, in das Institut kommen zu wollen, also habe ich seine Zugangskarte gestohlen.«

Ähnlich wie eine Femme fatale in Filmen hatte Aria den leicht beschwipsten Kerl auf den Parkplatz gelockt. Dort angekommen, täuschte sie eine plötzliche Leidenschaft für ihn vor, die – seinerseits – viel Sabber beinhaltete, als er seinen Mund auf ihren drückte. Schauder.

Die arme Sau dachte, er würde flachgelegt werden. In Wirklichkeit begrapschte Aria ihn, damit sie seine Angestellten-Schlüsselkarte stehlen konnte. Sobald sie die Karte in ihre eigene Tasche gesteckt hatte, wobei sie ihre Lippen zusammengepresst hielt, damit ihr keine verirrte Zunge einen Besuch abstattete, stieß sie Jeffrey weg und sagte mit einem schrillen Lachen: »Meine Güte, das war aber heiß. Du könntest ein Mädchen fast vergessen lassen, dass es sich für die Ehe aufhebt.«

Während er verwirrt dastand, war sie auf ihr Motorrad gesprungen und davongefahren.

»Bist du an diesem Abend zu Bittech gegangen?«

Sie verzog die Lippen zusammen mit ihren Augenbrauen, während sie sich darum bemühte, sich an etwas zu erinnern, nachdem sie auf ihr Motorrad gestiegen war. »Ich weiß es nicht. Alles, nachdem ich die Kneipe verlassen habe, ist verschwunden.« Nicht ganz – sie erinnerte sich auch daran, mit dem Arm über ihren Mund gewischt zu haben, um Jeffreys Saber loszuwerden. »Igitt.«

»Warum igitt?«

»Woran liegt es, dass der einzige Kuss, an den ich mich erinnere, ein schrecklicher ist?« Sollte sie als ehemalige Schlampe nicht tonnenweise Erinnerungen an heiße Küsse haben?

»Das können wir nicht zulassen.«

Bevor sie fragen konnte, was er meinte, zog Constantine sie in seine Arme und küsste sie.

Küsste klang jedoch so banal. Dieses Verschmelzen ihrer Lippen, der elektrische Funke, der übersprang, und die wohlige Hitze, die in ihre Gliedmaßen eindrang, war viel mehr als nur ein Kuss. Es war eine Explosion ihrer Sinne. Ein die Knie erweichender und atemberaubender Vorstoß in die Leidenschaft.

Während sein Mund den ihren liebkoste, konnte sie nicht anders, als zu stöhnen und ihre Lippen zu öffnen.

Der Zugang führte dazu, dass er seine Zunge in ihren Mund gleiten ließ, sodass sie sich mit ihrer verschränken konnte.

Sie hätte nicht sagen können, wann sie die Arme um seinen Hals legte oder wann er ihren Hintern umfasste. Zur Hölle, sie war sich in diesem Moment nicht einmal ihres eigenen Namens sicher, und das lag nicht an der Amnesie. Das leidenschaftliche Inferno, das an ihren Nervenenden leckte, machte nur einen Gedanken möglich.

Mehr.

Ihr Körper war fest an seinen gepresst, und doch wollte sie noch näher sein. Wie würde es sich anfühlen, an ihn gedrückt zu sein, Haut an Haut? Kleidung trennte sie voneinander. Erbärmlicher Stoff. Seine Größe hielt sie ebenfalls davon ab, sich so an ihm zu reiben, wie sie es wollte.

Ein frustriertes Wimmern verließ sie, aber er verstand es – oder er fühlte dasselbe, denn er hob sie hoch genug, dass sie die Beine um seine Taille legen konnte, wodurch ihr erhitzter Schritt an ihn gezogen wurde. Wie dekadent, das Gefühl ihrer empfindlichen Muschi, mit der sie sich an der Härte seiner Erektion rieb.

Sie traf mit dem Rücken auf die Wand, woraufhin er sich an ihr zu reiben begann. Ihre Atmung stockte, als er mit seinem Körper Druck auf die Stelle von ihr ausübte, die sich nach seiner Berührung sehnte.

Und dann war Constantine weg. Im einen Moment hielt er sie fest, befriedigte sie, brachte sie an den Rand der Sehnsucht, und im nächsten setzte er sie ab, sodass sie an die Wand gelehnt war.

Warum?

Sie blinzelte mit ihren vor Leidenschaft schwer gewordenen Augenlidern, um festzustellen, dass die Tür zum Motelzimmer offen stand. Sonnenlicht strömte hinein und offenbarte, dass sie völlig allein war.

»Scheiße!« Wo war Jeffrey? Vermutlich versuchte er, den Abstand zu Constantine zu wahren, der ihn verfolgte.

Sie stürzte zur Tür und spähte gerade rechtzeitig hinaus, um zu entdecken, dass Constantines schwere Schritte auf dem Asphalt ihn fast in Griffweite des davonlaufenden Jeffreys brachten, der die Beine in die Hand nahm und schrie: »Hilfe! Hilfe!«

Hilfe kam von unerwarteter Stelle. Aus dem Himmel schoss eine Echse herab, oder zumindest schien es so. Der Körper wirkte schlangenartig, selbst mit den beiden Armen und Beinen. Die Haut sah grün und schuppig aus, jeder Zentimeter davon bedeckte kräftige Muskeln. Die ledrigen Flügel hatten eine größere Spanne, als sie es außerhalb eines Märchens mit Drachen für möglich gehalten hätte.

Die fliegende Echse kam tiefer, die Klauen ausgestreckt. Sie gab einen schrillen Schrei von sich.

Jeffrey blickte zufällig nach oben und sie sah, wie er erblasste. Er stolperte, als er die Arme hob, um seinen Kopf zu bedecken.

Mit den Krallen an seinen Händen packte das fliegende Monster Jeffreys Arme.

»Ahhh!« Der markerschütternde Schrei lockte ein

paar Leute vor die Tür, um hinauszuspähen. Was mussten sie denken, als sie die zappelnden Beine des Mannes sahen, als dieser in die Luft gehoben wurde, von einer Kreatur, die nicht existieren sollte, einer Kreatur, die ihren Anhaltspunkt stahl und sie mit einem rauen Schrei des Triumphs verspottete?

Auch wenn Aria sich nicht an die Bestie erinnerte, löste das Geräusch ein tiefes Schaudern aus. Und sie hätte schwören können, dass eine Stimme in ihrem Kopf flüsterte: *Versteck dich.*

Sie ignorierte den Vorschlag, als sie in Constantines Pick-up kletterte. Er sprang einen Moment später hinein und ließ den Motor aufheulen. »Lass uns von hier verschwinden, bevor die Bullen auftauchen und uns Fragen stellen.«

»Bist du nicht begierig darauf zu erklären, wie eine fliegende Echse den Kerl geklaut hat, den wir k. o. geschlagen haben?«

»Wenn es so viele Zeugen behaupten, werden sie zuhören müssen. Und das ist ein Problem. Diese unverfrorene Sache wird Aufmerksamkeit erregen.«

»Nicht unsere Schuld.«

»Aber jemandes Schuld ist es. Hast du das Halsband an diesem Ding gesehen?«

Sie schüttelte den Kopf. Benebelt durch den Kuss und verblüfft von der Kreatur hatte sie nicht viel bemerkt.

»Ich habe schon mal von diesen Halsbändern gehört. Daryl und Cynthia haben gesagt, dass die beiden Hybride, mit denen sie zu tun hatten, welche getragen haben. Wir denken, dass es irgendeine Art von Gerät ist, um die Monster zu kontrollieren.«

»Du denkst, jemand zwingt diese Kreaturen, diese Dinge zu tun. Aber warum? Ich meine, warum sollten sie Jeffrey in aller Öffentlichkeit entführen?«

»Vielleicht weil sie dachten, er würde zur Belastung werden.«

Sie verschränkte die Finger ineinander. »Bin ich eine Belastung? Werden sie als Nächstes hinter mir her sein?«

»Nein.«

»Das weißt du nicht.« Sie konnte das Gefühl der Beklemmung nicht abschütteln.

»Du hast recht, das tue ich nicht, aber ich beabsichtige nicht, dich aus den Augen zu lassen, wenn es das also versucht, wird es an mir vorbeimüssen.«

Die Erklärung wärmte sie, auch wenn sie sie gleichzeitig erschaudern ließ. *Ich will nicht, dass er verletzt wird.* »Ich bringe dich in Gefahr.«

Er wandte den Blick von der Straße ab, um sie anzustarren. »Du tust mir gar nichts an. Ich habe mich dazu entschieden, dir zu helfen. Ich beabsichtige immer noch, es zu tun. Ein wenig Gefahr wird mich nicht in die Flucht schlagen.«

»Das ist mehr als nur ein wenig Gefahr.«

»Was soll ich sagen? Bei mir ist alles groß.« Er schenkte ihr ein Zwinkern.

Sie hielt ein Lächeln zurück. »Das beginne ich zu sehen. Wohin jetzt?«

»Ich denke, du hattest genügend Aufregung für einen Tag. Wir fahren nach Hause. Prinzessin braucht mich.«

Prinzessin war nicht die Einzige.

KAPITEL ZWÖLF

Als Constantine auf die Kiesauffahrt vor seinem Haus bog, bemerkte er nicht nur den Wagen seiner Mutter, sondern auch den seines Bruders. Seltsam, denn für gewöhnlich arbeitete Caleb tagsüber. Was hatte ihn zu einem Besuch veranlasst?

Als Constantine aus seinem Pick-up stieg, hatte er kaum die Tür zugeschlagen, als seine Mutter, deren rundlicher Körper noch immer in der Uniform steckte, die sie früher während ihrer Arbeit im Altersheim getragen hatte, aus dem Haus gestürzt kam.

»Ich habe es getötet!«

»Was getötet?«, fragte er, als er um die Motorhaube seines Pick-ups herumging, um Aria eine Hand zu reichen, die sie jedoch nicht brauchte, da sie bereits behände herausgesprungen war.

»Ich habe ein Monster getötet. Sieh es dir an. Er ist im Garten.«

Constantine packte Aria an der Hand und folgte

seiner aufgeregt wankenden Mutter um das Haus, bis sie den Garten betraten.

Ein fremder Duft schlug ihm entgegen. Reptil, mit einem Anflug von *falsch*. Abartigkeit, mit einer süßen, verfaulten Färbung. Und Tod in Form von Blut, eine riesige Pfütze unter einer geflügelten Kreatur, aber nicht dieselbe, die sie vor dem Motel gesehen hatten.

Diese war kleiner. Wesentlich kleiner. Die schlanke Gestalt war mit flaumig grauem Fell bedeckt, keine Schuppen, und doch stach der Reptilgeruch hervor.

»Was ist das für ein Ding?«, fragte Constantine, als er sich seinem Bruder näherte, der neben der Leiche kniete.

Prinzessin wählte diesen Moment, um ein aufgeregtes Kläffen von sich zu geben, und verließ ihren Posten neben der Kreatur, um mit schiefer Gangart auf ihn zuzulaufen, die unbeholfen, aber niedlich wirkte.

Er ließ Arias Hand los und nahm seinen Hund in die Arme. »Wie geht es meiner kleinen Prinzessin?«, fragte er, während er ihren wackelnden Körper kraulte.

Kläff. Er kuschelte sie an sein Gesicht, denn seine Zuneigung für seinen Hund war nichts, das er versteckte.

»Ich würde mich über dich und euren Moment der Bindung lustig machen, aber ich muss sagen, dass dein Hund mir allmählich ans Herz wächst«, verkündete Caleb. »Sie ist ein verdammt guter Wachhund und der Grund, warum Ma überhaupt wusste, dass dieses Ding hier war.«

»War meine kleine Prinzessin ein tapferes Hündchen?«, gurrte er, woraufhin sie vor Freude beinahe zerfiel.

»Mehr als tapfer«, antwortete seine Mutter. »Ich habe Prinzessin rausgelassen, als ich von der Arbeit nach Hause kam. Bevor ich michs versah, hat sie wie verrückt gebellt, und ich sehe da draußen dieses *Ding*«, sie richtete einen Blick der Abneigung darauf, »das versucht, unseren heldenhaften Wachhund zu packen. Also habe ich die Schrotflinte geholt und es umgelegt.«

Das hatte sie tatsächlich, und zwar mit einem faustgroßen Loch im Oberkörper. Seine Mutter machte keine halben Sachen, wenn es um die Munition für ihre Waffe ging. Wie sie erklärte: »Wenn ich mich vor etwas beschützen muss, das groß und dumm genug ist, sich mit mir anzulegen, dann sorge ich dafür, dass es nicht wieder aufsteht.«

»Wer ist ein braves Mädchen? Wer ist sie?«, sang Constantine, während er seinen Hund unter dem Kinn kraulte.

Wackel, wackel. Prinzessin liebte das Lob. Aria hingegen schien alles andere als begeistert von den beeindruckenden Fähigkeiten seiner Hündin zu sein. Sie verdrehte die Augen, bevor sie auf die Leiche zuging. Er hielt ihr zugute, dass sie weder zusammenzuckte noch erbrach. Das Ding befand sich ganz unten auf der Schönheitsskala. Die Gliedmaßen waren irgendwie unförmig, das Gesicht eine sonderbare Mischung aus Mensch und verschiedenen Dingen, wie es schien. Affe und noch etwas anderes. Die Finger hatten Krallen an den Spitzen, ähnlich wie die Klauen eines Raubvogels.

»Es sieht irgendwie aus wie ein fliegender Affe«, bemerkte Aria, als sie den Kopf zur Seite neigte, um es zu betrachten. »Du weißt schon, wie die in diesem Film *Der Zauberer von Oz*.«

»Erneut, du erinnerst dich an einen alten Klassiker, aber nicht an dein Leben?« Constantine konnte nicht umhin, sie aufzuziehen.

Sie grinste. »Was soll ich sagen? Ich bin wählerisch mit dem, woran ich mich erinnere. Seltsame Sache, ich habe Schwierigkeiten mit meinen Erinnerungen von vor ungefähr einer halben Stunde.« Und ja, sie zwinkerte.

Es brachte ihn völlig aus dem Konzept. *Möchte sie andeuten, dass sie einen weiteren denkwürdigen Kuss will?*

»Ich habe noch nie so etwas wie dieses Ding gesehen«, merkte Caleb an. »Was auch immer es ist, ich würde wetten, dass es nicht natürlich ist. Seht ihr die Flügel?« Sein Bruder streckte einen aus, wobei sich die Membran entfaltete und spannte. Der Flügel schien mit ledriger Haut bedeckt zu sein, nicht mit Federn oder Fell. »Die Flügel sind genau wie die dieser Dinosaurierkreatur, die wir vor einer Weile getötet haben. Die, die Luke entführt hat.«

Eine beängstigende Zeit. Die Furcht, die sie alle durchgemacht hatten, als der kleine Junge von dem Monster entführt worden war, war nichts, das Constantine noch einmal erleben wollte. Glücklicherweise war sein Neffe unbeschadet aus der Sache herausgekommen und der Übeltäter war tot. Allerdings hatten sie zu schnell gefeiert, da die Abscheulichkeit nicht allein war.

»Ähnlich und doch nicht. Wie ich mich erinnere, hatte das Ding Schuppen, kein Fell, und es war mindestens doppelt so groß wie das hier.«

»Das liegt daran, dass ich denke, dass dieses hier ein Kind ist. Ein Jugendlicher, um genau zu sein.«

Bei Arias leisen Worten richteten sich alle Blicke auf sie.

»Warum sagst du das?«, fragte er.

»Weil ich es schon mal gesehen habe.«

KAPITEL DREIZEHN

Die nächste Erinnerung überkam sie wie ein Sturm.

Der Stoß in ihren Rücken beförderte sie nach vorn und sie stolperte, wobei sie eine Hand ausstreckte und die Metallstäbe einer Zellentür umfasste. Als sie sich umsah, stellte sie fest, dass es sich tatsächlich um Käfige handelte. Keine wirklich großen, gerade tief genug, dass der Insasse ausgestreckt schlafen konnte.

Zwischen den Käfigen war genügend Platz, dass sie trotz ausgestreckter Arme niemand anderen berühren konnten.

Das Scharren von Krallen zog ihren hektischen Blick auf den Käfig, den sie umklammerte.

Finger, halb hautfarben, halb mit blassgrauen Fellbüscheln bedeckt, hielten sich an den Stäben fest. Große Augen, blau und vor Angst und Panik weit aufgerissen, blickten ihr entgegen. Der Mund, der aus dem Gesicht herausragte und zu einem O geformt war, gab das schrecklichste Geräusch überhaupt von sich.

Noch entsetzlicher als das Erscheinungsbild war die

Erkenntnis, dass es ein Kind war, vermutlich ein Jugendlicher, wenn man das Skateboard-T-Shirt und die Boardshorts bedachte, die es trug.

»Du siehst dir gerade die nächste Generation an«, flüsterte eine Stimme an ihrem Ohr. »Und du wirst auch ein Teil davon sein dürfen.«

Leider konnte sie ihnen nicht mehr erzählen als das. Die Szene entfaltete sich blitzschnell in ihrem Kopf und ließ sie mit der Erinnerung an die Augen zurück, die so traurig hinter den Stäben hervorblickten, die sie einsperrten. Diese Kreatur hatte noch ein wenig Menschlichkeit an sich gehabt, wenn auch kaum. Dieses Ding, das tot auf dem Boden lag? Ganz Monster.

Es wurde entschieden, die Leiche für den Moment geheim zu halten, und das nicht, weil sie Schwierigkeiten befürchteten, wenn sie sie zu den richtigen Behörden brachten. Jede angreifende Kreatur war Freiwild. Wenn in der Welt der Gestaltwandler jemand wild geworden war und eine Gefahr für andere darstellte, besonders für Menschen und ihre Liebe zur Entdeckung, mussten schnelle Maßnahmen ergriffen werden. Für gewöhnlich waren dies dauerhafte Maßnahmen. Gerechtigkeit kam auf schnellen Flügeln.

Sie blinzelte, als das Wissen verfügbar wurde.

»Ich sage, wir behalten es für den Moment für uns. Daryl hat einen Freund, der es sich vielleicht ansehen könnte«, erklärte Caleb ihnen.

»Tu es. Ich meine, es dem Freund zu geben kann nicht schlimmer sein als das, was wir bei Bittech versteckt haben. Vielleicht wird es diesmal nicht verschwinden und wir bekommen keine schwachsinnigen Berichte, dass das, was wir gefunden haben, ein normales Tier war.«

Bittech. Bittech. Bittech. Sobald Caleb mit der Leiche verschwunden war, mit seiner Mutter im Schlepptau, damit sie bei Renny und Luke blieb, blieb Aria mit Constantine allein zurück. Und seinem Hund, der Anstandsdame Prinzessin.

Keuschheitsgürtel konnten diesem Hund nicht das Wasser reichen. Jedes Mal wenn Aria auch nur in Constantines Nähe kam, drückte sich der Hund zwischen die beiden.

Da er ein Mann war, bemerkte er das Spiel nicht, das sein Hund spielte, aber Aria erkannte es und würde nicht zulassen, dass er ihr in die Quere kam.

In die Quere von was?

Constantine zu beanspruchen.

Was? Sie weigerte sich, darüber nachzudenken. Nicht, wenn sie sich behaupten musste.

Das Reifelevel im Raum, als ihr großer Engel verschwand, um auf die Toilette zu gehen, fiel merklich tiefer, als Aria auf die Knie sank, um Prinzessin anzuknurren. Zu ihrer Verteidigung, der Hund hatte damit angefangen.

Als er zurückkehrte, fand er Aria auf einem der Hocker vor, wo sie völlig brav und gesittet saß.

»Habe ich gehört, wie Prinzessin irgendetwas angeknurrt hat?«

Ihre Lippe zuckte. »Ich glaube, sie hat ein Eichhörnchen gesehen.«

Er musterte sie misstrauisch, drängte sie aber nicht weiter. Währenddessen warf Prinzessin ihr einen Blick zu, der Arias Meinung nach ausdrückte: *Danke, dass du mich nicht verpfiffen hast.*

Als würde sie das tun. Constantin würde sich vermutlich auf die Seite seines Hundes schlagen, wenn sie es täte.

»Willst du eine Tasse Kakao?«

»Sicher.«

Während Constantine sich damit beschäftigte, Wasser auf dem Herd zum Kochen zu bringen, lehnte sie sich mit den Ellbogen auf die Anrichte, damit sie ihr Kinn auf die Hände stützen konnte. Sie sah zu, wie Constantine sich in der Küche bewegte, recht flink für einen Mann seiner Größe.

Sie grübelte laut. »Also, ich habe nachgedacht.«

»Warum habe ich das Gefühl, dass das mit einer Warnung einhergehen sollte?«

»Ich bin nicht Cynthia. Du bist sicher.« Die Gewissheit, dass ihre Freundin diejenige mit den verrückten Ideen war, blieb hängen. Genau wie die Überzeugung, dass Aria immer mitmachte und diese wilden Pläne gelegentlich ausschmückte.

»Ich bezweifle stark, dass ich sicher bin«, murmelte er. Er hatte ihr den Rücken zugewandt, während er die heiße Schokolade in Tassen schenkte.

Was sollte das bedeuten? »Wenn du wegen der Gefahr aussteigen willst, sag es einfach und ich gehe.«

Er wirbelte herum. »Wag es nicht zu gehen.«

»Okay, werde ich nicht. Aber du hast gerade gesagt, dass du dich in meiner Nähe nicht sicher fühlst. Und du hast recht. Es ist nicht sicher. Es scheint, als würde alles, was mit mir in Verbindung steht, zu Monstern führen.«

»Mit den Monstern kann ich umgehen. Ich bin mir allerdings weniger sicher, wie ich mit dir umgehen soll.« Mit diesem Beitrag wandte er sich wieder den Tassen zu, als er den pfeifenden Teekessel vom Herd zog.

Sie blinzelte ein paarmal, während sie seine Worte verdaute. Was meinte er damit, mit ihr umzugehen? Da sie sich nicht sicher war, ob sie die Antwort wollte, lenkte sie ihre Unterhaltung wieder in die richtige Spur. »Mir fällt ein roter Faden bei meinen Erinnerungen und den Monstern auf. Hast du bemerkt, dass alles immer auf Bittech hindeutet?«

»Das habe ich, weshalb es mir schwerfällt, es zu glauben.«

»Ockhams Rasiermesser.«

»Ich kenne den Begriff, weiß aber nicht, was er bedeutet«, erwiderte er, während er das Gebräu in den Tassen mit einem Löffel rührte.

»Die einfachste Antwort gewinnt. Mit anderen Worten, versuch nicht, die Wahrheit zu verkomplizieren. Vielleicht deuten die Dinge immer auf Bittech hin, weil die Angestellten dort selbstgefällig und dadurch faul darin geworden sind, ihre Spuren zu verwischen.«

»Das erscheint mir zu einfach«, sagte er, als er ihr eine Tasse zuschob. »Denk mal eine Sekunde darüber nach. Wenn man bedenkt, wie lange diese Dinge schon geschehen, selbst wenn sie nachlässig werden, finde ich es ziemlich seltsam, dass die Geschehnisse plötzlich so weit eskalieren, dass sie nicht einmal versuchen, verborgen zu bleiben. Monster am helllichten Tag. Leichen. Leute, die überall verschwinden. Und natürlich scheint sich die Schuld auf die eine Firma zu konzentrieren, die berechtigt ist, legale Forschung an Gestaltwandlern zu betreiben.«

»Ich finde, das ist eine großartige Deckung. Ich meine, sie haben Zugang zu medizinischem Zubehör, Personal, sogar zu Blutbildern und anderen Gewebeproben. Ist es so weit hergeholt, zu denken, dass unter der Fassade legaler Aktivitäten auch schändliche Dinge vonstattengehen?«

Er legte die Hände um seine Tasse und nickte. »Stimmt. Ich meine, wer würde von einer von Gestaltwandlern geleiteten Einrichtung erwarten, dass sie so korrupt ist? Ich schätze, ich will einfach nicht glauben, dass eine Firma, in der unsere Leute arbeiten, so etwas tun würde. Ich meine, um Himmels willen, Daryls Schwager ist der Sohn des Geschäftsführers.«

»Hat Daryl mit ihm darüber geredet?«

»Ja. Wes auch, der Wachmann, der dort arbeitet. Andrew behauptet, dass sie nichts tun, das nicht vom HRG genehmigt wurde.«

»Genehmigt?« Sie runzelte die Stirn. Irgendetwas daran störte sie. »Bist du sicher, dass sie ihre Zustimmung gegeben haben und wissen, wofür diese Zustimmung ist?«

Die Frage hätte leicht zu beantworten sein sollen, und doch öffnete Constantine den Mund und schloss ihn wieder, als er sich einen Moment zum Nachdenken nahm. »Weißt du was, ich weiß nicht, ob irgendjemand sie jemals wirklich gefragt hat. Ich meine, Pete hat uns gesagt, dass sie wollen, dass wir uns zurückhalten, aber auf der anderen Seite hat sich herausgestellt, dass Petes Sohn damit zu tun hatte, also sind seine Informationen jetzt fragwürdig. Was den Rest angeht ... bis auf Andrews Behauptung haben meine Quellen alles aus zweiter und dritter Hand.«

Sie schluckte das reichhaltige, zuckrige Getränk, bevor sie antwortete: »Also sollten wir nicht jemanden im Hohen Rat der Gestaltwandler anrufen?« Ihr Verstand flackerte und sie fand sich in einem Flur wieder, dessen Teppich dunkelblau und fast neu war, die Wände waren in gedämpftem Grau gestrichen. Ein älterer Kerl packte sie am Arm, um sie zur Seite zu ziehen, und flüsterte: »Denk daran, sag es niemandem. Vertraue niemandem. Erstatte nur mir Bericht.«

Wer ist er?

Constantine sah sie stirnrunzelnd an. »Man ruft nicht einfach den HRG an und befragt die Mitglieder.«

»Vielleicht sollte es jemand tun.«

Er stellte seine Tasse ab und fuhr sich mit einer Hand durch die kurzen Haare. »Als jemand das das letzte Mal getan hat, ist derjenige verschwunden. Wes' Bruder hat versucht, etwas gegen den Mist zu unternehmen, der passiert, und er hat sich in Luft aufgelöst.«

»Leute lösen sich nicht einfach in Luft auf.«

»Im Sumpf tun sie das gelegentlich«, war seine unheilvolle Antwort.

Sein Handy klingelte, ein schriller, altmodischer Klingelton, der die verhängnisvolle Stille füllte, die seine Worte ausgelöst hatten.

Er betrachtete das aufleuchtende Display. »Da muss ich rangehen.«

Sie trank einen weiteren Schluck ihres Kakaos, bevor sie aus dem Fenster spähte. Constantine entfernte sich von ihr und sprach mit leiser Stimme zum Anrufer.

Das Gefühl von etwas knapp außerhalb ihrer Reichweite quälte sie. Etwas, das sie erfahren hatte, plagte sie. Die Antwort schien nahe, so nahe. Wenn sie nur den Faden finden und ziehen könnte, der das Mysterium in ihrem Kopf auflösen würde.

»Ich muss für eine Weile weg.«

Sie kehrte in die Gegenwart zurück. »Wo musst du hin? Wer hat da angerufen?«

»Die Feuerwache, in der ich arbeite. In einem Baum im Sumpf wurde eine Leiche gefunden. Da es vielleicht mit Gestaltwandlern zu tun hat, wurde ich gerufen.«

»Was soll ich tun, während du weg bist?« Aria würde es niemals laut zugeben, aber der Gedanke daran, allein in seinem Haus zu bleiben, mit dem Sumpf in der Nähe, der so viele Gefahren verbarg, machte ihr Angst. Sie war sich nicht sicher, was in einem Kampf ihre Stärken waren.

Gift.

Was?

Diese seltsame, körperlose Stimme, die immer wieder mit ihr sprach, machte sie wirklich wahnsinnig.

»Engel, ist es normal, Stimmen im Kopf zu hören?«

Ihre unerwartete Frage ließ ihn die Augen zusammenkneifen. »Das kommt darauf an, wie viele davon dir sagen, du sollst jemanden töten.«

Sie schürzte die Lippen und funkelte ihn an. »Du bist nicht lustig, Arschloch.«

»Ist es falsch, dass mir dieser Name besser gefällt als der entmannende Spitzname Engel?«

»Du wirst vor deinen Kumpels mein süßer kleiner Engel sein, wenn du mir nicht antwortest. Hörst du Stimmen?«

»Ich? Seit wann dreht sich diese Frage um mich?« Als sie sich praktisch knurrend zu ihm beugte, lachte er. »Ja, ich höre *eine* Stimme. Die Betonung liegt auf dem einen Wesen, das es gelegentlich für nötig hält, mit mir zu plaudern.«

»Also redet deine Schlange mit dir.« Gewinner für die seltsamste Unterhaltung des Jahres.

»Redet, denkt. Wenn unsere tierische Seite in den Hintergrund tritt, ist sie mehr oder weniger inaktiv. Sie wacht für extreme Emotionen oder aufgrund eines sechsten Sinns auf, wenn es um Gefahr geht. Sie mischt sich auch gern ein und gibt ihren Senf dazu.«

»Mit sie meinst du es, oder ist es er?« Sie zog die Augenbrauen zusammen. »Was auch immer zum Teufel in dir ist, bringt es dich nicht dazu, Dinge töten zu wollen?«

Constantine mochte vorher vielleicht Witze gemacht haben, aber jetzt wirkte er völlig ernst. Er legte beide Handflächen auf die Küchentheke und beugte sich näher zu ihr. Sein aufmerksames Starren konzentrierte ihren Blick auf ihn.

»Aria, sagt dir etwas, dass du Dinge töten sollst?«

»Nicht ganz. Eine Stimme hat mir gerade gesagt, dass ich Gift benutze.«

»Gesagt, aber du hast dich nicht tatsächlich dabei gesehen, wie du es tust?«

»Nein.«

»Dann ist das nicht gerade ein zuverlässiger Beweis für irgendetwas, oder?«

»Nur dass es wahr klang. Es hat sich wahr angefühlt. Ich vergifte Dinge.« Sie sackte zusammen. »Und ich hatte gehofft, ich hätte insgeheim irgendwelche coolen Judo-Techniken, die ich nutzen kann, falls jemand mich angreift.«

»Du wirst keine coolen Techniken brauchen, weil ich dich an einem sicheren Ort absetze, während ich mir die Dinge ansehe.«

Dieser sichere Ort war bei Cynthia und Daryl.

KAPITEL VIERZEHN

Als Constantine wegfuhr und Aria in der liebevollen Obhut ihrer besten Freundin zurückließ, die Aria an ihre Brust drückte und schwor, sie würde sie nie wieder aus den Augen lassen, konnte er nicht umhin, über die Worte zu lachen, mit denen Aria ihm gedroht hatte.

»Ich werde dein Bier vergiften.«

Was konnte ein Mann auf eine solch fatale Drohung antworten?

»Wenn ich nicht trinken kann, dann werde ich etwas mit meinen Lippen tun müssen. Bis nachher, mein kleiner Pfau.« Zwinker.

Und dann floh er. Dafür würde er später vermutlich bezahlen. Er konnte sehen, wie Aria es ihm heimzahlte, sie bei Cynthia gelassen zu haben, die rief: »Hast du schon deine Zehen an seine Ohren gelegt?«

Noch nicht, aber er hoffte, dass sein kleines Vögelchen es bald tun würde. Die verdammte Frau stellte seine Welt auf den Kopf. Sie löste in ihm den Wunsch aus, der Mann zu sein, der sein Vater nicht war, ein Mann, auf den sie zählen konnte.

Verrücktes Denken. Die Art von verrückt, die daher kam, wenn man zu lange Gas roch.

Er kannte Aria kaum. Ein Mann wollte nicht plötzlich eine Bindung zu einem Mädchen, das er gerade erst getroffen hatte, das sich nicht einmal erinnerte, wer es war.

Vergiss nicht, dass Prinzessin sie hasst.

Auf der anderen Seite hasste Prinzessin fast jeden. Sie tolerierte seine Freunde. Sie versuchte jedoch immer wieder, zwischen ihn und Aria zu kommen.

Sollte er das als Zeichen sehen?

Die Sache war, dass er keinen Abstand halten wollte. Er konnte nicht. Selbst jetzt ärgerte es ihn, Aria abzusetzen, um zur Arbeit zu gehen.

Er wollte mehr Zeit mit ihr verbringen. Sie zum Reden bringen, denn er genoss es, Stück für Stück die verschiedenen Fragmente zu entdecken, aus denen Aria bestand.

Je mehr er sah, desto mehr gefiel ihm. Und doch lenkte ihn das immer wieder ab.

Sie wäre meinetwegen heute beinahe gestorben.

Eine Übertreibung, aber angesichts dessen, was mit Jeffrey passiert war, eine Möglichkeit. Was, wenn die geflügelte Bestie stattdessen Aria gepackt hätte? Was, wenn dieser pelzige fliegende Affe heute vor seinem Haus mehr getan hätte, als nur seinen Hund zu verärgern, weil er nicht gelandet war, damit sie ihn ordentlich terrorisieren konnte?

Ma hat ihn getötet. Aber wie er heute mit dem fliegenden Ding gesehen hatte, hatte derjenige, dem sie auf der Spur waren, mehr als eine Kreatur zur Verfügung. Außerdem wurde derjenige unverfrorener damit, sie zu benutzen.

Sobald das Monster aus dem Keller raus ist, kann man es dann wirklich wieder hineinstopfen?

Die Antwort erschreckte ihn auf eine Art, wie es noch nie zuvor etwas in seinem Leben getan hatte.

Was, wenn die menschliche Welt von ihnen erfuhr? Gelehrte in der Welt der Gestaltwandler hatten schon seit Langem die Theorie, dass die Menschheit sie akzeptieren könnte, aber selbst wenn es der Großteil von ihnen tat, würde es immer eine Fraktion geben, die *den Tieren* nicht vertraute.

Ein Mob begann für gewöhnlich mit nur einer überzeugenden Stimme. Genau wie nur eine Kugel nötig war, um das Leben eines Gestaltwandlers zu beenden.

Dunkle Gedanken, die zu sinnlichen führten.

Wie? Denn wenn ihre Existenz am Rande eines Abgrundes stand, wo sie am morgigen Tag entlarvt und bis zur Ausrottung gejagt werden konnten, dann sollte er den Tag nutzen. *Ich sollte Aria nutzen.*

Nimm sie. Umarme sie. Drücke sie.

Oder er könnte die Monster zerstören und denjenigen finden, der sie kontrollierte. Diese Gefahr aus Arias Leben eliminieren, damit er sich mit ihr Zeit nehmen konnte.

Prust.

Warum nicht beides tun? Dabei helfen, seine Stadt zu retten, sein Vögelchen retten und vielleicht etwas versuchen, das sein Vater nie getan hatte – ein glückliches Ende.

Er würde darüber nachdenken. Zuerst hatte er Arbeit zu erledigen.

Die Fahrt zum Tatort dauerte nicht lange, da er auf direktem Weg dorthin steuerte. Er schloss sich mehreren anderen seiner Gestaltwandler-Brüder an, die ebenfalls für die Feuerwache von Bitten Point arbeiteten.

Glücklicherweise arbeiteten nur ein paar Menschen mit ihnen, die einzustellen sie aufgrund des Arbeitsgesetzes verpflichtet waren. In Fällen wie diesen, die eine verdächtige Leiche beinhalteten, wurden sie der Einfachheit halber nicht dazugerufen.

Die Leute empfanden es als seltsam, dass die Feuerwehr an so vielen Orten auftauchte, bei denen nicht einmal ansatzweise von einer Rauchentwicklung zu sprechen war. Die meisten dachten für gewöhnlich nur an sie, wenn es sich um Feuer drehte. Aber Feuerwehrmänner, besonders in kleineren Gemeinden, spielten eine größere Rolle.

Außerdem hatten sie die größten Leitern.

Während Constantine die Leiter für seinen Kumpel Mick abstützte, sah er sich um. Die Szene, an der er sich wiederfand, war nicht ganz im Sumpf, denn der Boden unter seinen Füßen war fest und trocken. Das kleine Wäldchen, das hier wild wuchs, befand sich auf staatlichem Boden und war für niemanden zugänglich außer für Angestellte des Jagdamtes.

Wie hatte also jemand die Leiche entdeckt?

Betreten-verboten-Schilder stellten eine unwiderstehliche Verlockung für Jugendliche dar. Wenn sie ein

Mädchen an der Hand zogen und behaupteten, sie würden sie vor den Krokodilen und Schlangen beschützen, wurden einige Jungs in diesem Wald flachgelegt.

Nicht der arme Boyd. Der arme Boyd hatte auf Steph gelegen und sein Bestes getan, sein großes Ziel zu erreichen, als seine Begleitung zu schreien begann – und das nicht aufgrund seiner Technik.

Wie sich herausstellte, reichte es nicht aus, an ihrem Hals zu knabbern und eine Hand unter ihr Hemd zu schieben, um die arme Steph davon abzuhalten, eine Leiche in den Zweigen des Baumes über ihnen zu entdecken, als sie die Augen öffnete.

Es versetzte der Verabredung einen Dämpfer, auf jeden Fall für Boyd. Steph, die gerade frisch die Highschool abgeschlossen hatte, zwirbelte eine Haarsträhne und unterhielt sich mit dem jungen Polizisten, der mit beeindruckender Marke und Waffe am Tatort erschienen war.

Mick kletterte die Leiter hinauf und murmelte seine Erkenntnisse, nicht zu laut, da er wusste, dass Constantine ihn hören würde.

»Er ist männlich.«

»Tot oder lebendig?« Auch wenn er sich ziemlich sicher war, dass es sich um Letzteres handelte, konnte es nie schaden nachzufragen.

»Definitiv tot, aber noch nicht allzu lange. Das Blut ist immer noch frisch. Keine Anzeichen von Leichenstarre. Der arme Mistkerl, ich hoffe, er ist schnell gestorben, nachdem ihm das, was auch immer ihn erwischt hat, das Gesicht zerfetzt hat.«

Constantine konnte ein Zusammenzucken nicht

zurückhalten. Das musste wehtun. »Irgendwelche Identifikationsmerkmale? Wissen wir, wer das Opfer ist?«

»Die Finger sind weg. Abgekaut, wie es aussieht. Verdammt, was auch immer ihm das angetan hat, es ist fast so, als wollte derjenige nicht, dass wir ihn identifizieren können.«

Aber sobald Mick die Leiche gelöst und Constantine herabgereicht hatte, erkannte dieser, wer es war. Er erkannte das Hemd.

Jeffrey. Zuletzt gesehen in den Klauen einer geflügelten Echse. Jetzt tot. Verdammt.

Sobald die Leiche die Äste des Baumes verließ, lag es an der Polizei und anderen Tatortermittlern, die Sache zu übernehmen – Beweise aufzunehmen und sie zu unterdrücken, falls sie zu viele Alarmglocken läuten ließen.

Da seine Dienste nicht länger gebraucht wurden, blieb Constantine nicht dort. *Es gibt einen anderen Ort, an dem ich sein sollte.*

Und so sehr seine Python auch an Arias Seite sein wollte, war das nicht sein Ziel.

Wenn er davon ausging, dass die geflügelte Kreatur es gezielt auf Jeffrey abgesehen hatte, dann bedeutete das, dass der tote Bittech-Mitarbeiter etwas gewusst hatte.

Ich hatte ihn. Verdammt. Wenn ich ihn nur nicht hätte flüchten lassen.

Wenn er nur nicht mit den Küssen – nein. Er würde das Zusammenkommen mit Aria nicht bereuen. Zum Teufel, wenn er im Voraus gewusst hätte, dass Jeffrey entführt werden würde, hätte er vielleicht nie aufgehört.

Die Gedanken an Jeffrey stellten sich jedoch als

ernüchternd heraus. Der Mann war tot. Getötet. Aber warum? Was wusste der Kerl, und noch interessanter, hatte er vielleicht etwas aufgeschrieben? Konnte es einen Hinweis in seinen Sachen geben?

Ich muss sein Zimmer durchsuchen, bevor die Polizei seine Leiche identifiziert und sich darum kümmert.

Obwohl er einige Geschwindigkeitsbegrenzungen überschritt, erreichte Constantine das Motel zu spät.

»Scheiße.« Er konnte nicht umhin, das Schimpfwort zu murmeln, als er den aufsteigenden Rauch bemerkte, der den dämmrigen Himmel verdeckte.

Da Polizeiwagen die Straße blockierten, zusammen mit Lösch- und Nachrichtenfahrzeugen, parkte er auf dem Seitenstreifen und ging das restliche Stück. Er konnte dem Feuer nicht allzu nahekommen – sie hatten den Bereich abgesperrt –, aber er stand inmitten der Menge, ein Zuschauer, der das hypnotische Züngeln greller Flammen beobachtete.

Das Motel brannte, und aufgrund seines geschulten Blicks konnte er bereits erkennen, dass nichts zu retten wäre.

»Irgendeine Ahnung, wie es angefangen hat?«, fragte er einen Typen neben sich.

»Hat in Zimmer siebzehn angefangen. Ich sollte es wissen, ich war direkt neben dem verdammten Ding, als der Alarm losging. Aber seltsamerweise war das Zimmer leer, da der Kerl, der darin gewohnt hat, von irgendeiner riesigen Fledermaus weggeschleppt wurde.«

Fledermaus? Man musste es lieben, wie die Menschen die Wahrheit in die Schublade stopften, die ihnen am besten passte.

Da es nicht sein Zuständigkeitsbereich war, durfte Constantine zusehen, während andere das Feuer löschten. Er hätte vermutlich nicht so viel Zeit damit verbringen sollen, sich von der Zerstörung hypnotisieren zu lassen, und doch konnte er nicht anders.

Zum einen war es warm und seine Schlange mochte die Hitze.

Zum anderen brauchte er die Hitze, weil ihm die Brandstiftung das Blut in den Adern gefrieren ließ. Die Dinge wurden immer schlimmer und er hatte Angst davor, wie weit sie gehen würden. Und wer noch sterben würde.

Diese gewaltsame Tat bestätigte nur seine Überzeugung, dass die Zeit knapp wurde. Mit der Geschwindigkeit, in der die offensichtlichen Ereignisse passierten, und das vor Zeugen, schien eine Entdeckung unmittelbar bevorzustehen. Tod und Verletzung wurden alltäglich. Seine Zeit und sein Fenster mit Aria könnten begrenzt sein.

Er sollte zu ihr gehen und diesen Kuss fortsetzen, den sie begonnen hatten. Ihn zu seinem rechtmäßigen Ende bringen.

Es schnürte ihm die Kehle zu – ironisch, wenn man bedachte, dass seine Python für gewöhnlich anderen die Kehle zuschnürte. Aber der Gedanke daran, die Dinge auf die nächste Stufe zu heben, erschreckte ihn.

Was, wenn ich genau wie mein Vater bin?

Aria war Waise. Konnte er ihr eine Familie geben, nur um sie ihr wieder zu entreißen, weil seine Schlange gelangweilt war?

Du hast Ma nie verlassen.

Das war die Wahrheit, aber bei Ma gab es weder Vorwände noch Erwartungen. Sie würde ihn lieben, egal was war. Er konnte nichts falsch machen – es sei denn, er ließ versehentlich die Brille hochgeklappt und sie fiel mitten in der Nacht in die Toilette. Dafür bezahlte er mit gestärkter Wäsche.

Du würdest niemals Prinzessin verlassen.

Natürlich würde er das nicht tun, weil sie ihn liebte und sich auf ihn verließ. Er hatte die Pflicht, sie im Gegenzug zu beschützen, in sie vernarrt zu sein und sich um sie zu kümmern.

Könntest du nicht dasselbe mit Aria tun?

Warum nicht? Für gewöhnlich nahm Constantine seine Pflichten ernst. Nur weil sein Vater gegangen war, bedeutete das nicht, dass er dasselbe tun würde. Er hatte sich bisher als verlässlich erwiesen. Warum sollte er sich plötzlich ändern?

Ich treffe noch keine Entscheidung über Aria und die Zukunft.

Er hatte bessere Dinge zu tun, wie zum Beispiel einen Boxenstopp bei Wes zu machen, dem Freundfeind seines Bruders. Persönlich hatte Constantine keine Probleme mit dem Kerl. Er schien nett zu sein. Es war nicht seine Schuld, dass Wes diesen pechbelasteten Nachnamen trug – Mercer.

Alle kannten die Mercers, die Familie, deren Name für gewöhnlich mit herablassendem Spott ausgesprochen wurde. In mancher Hinsicht verdienten sie es. Eine gute Handvoll der Mercers neigte dazu, das Gesetz zu umgehen oder es unverblümt zu verspotten.

Und doch versuchten andere, wie Wes, Bruno und

ein paar andere Mercers, auf dem rechten Weg zu bleiben. Nicht dass es im Großen und Ganzen etwas brachte. Als Mercer geboren, immer ein Mercer.

Wes tat Constantine irgendwie leid. Der Kerl hatte einen schlechten Ruf aufgrund seiner Herkunft, nicht aufgrund seiner Handlungen, ähnlich wie seine Schlange.

Aber Busenfreunde zu werden war nicht der Grund, warum er bei Wes vorbeifuhr. Er wollte ihn über die neuesten Aspekte des Falls unterrichten. Ein Anruf wäre vielleicht schneller gewesen, aber Paranoia warf in ihm die Frage auf, ob das überhaupt noch sicher war.

Jemand schien schrecklich gut über ihre Bewegungen informiert zu sein. Spionierte jemand sie aus? In Filmen wirkte es jedenfalls äußerst leicht.

Ironischerweise suchte er Wes an seinem Arbeitsplatz auf – Bittech. Obwohl er mehr oder weniger die ganze Sicherheitsabteilung leitete, wechselte Wes gern seine Schichten, angeblich um ein Gefühl für die Mitarbeiter und Vorgänge zu behalten.

Als Constantine vor dem mit Spiegelglas verkleideten Gebäude vorfuhr, schaltete er den Motor aus. Er wollte hören, wenn etwas näher kam.

Die hellen Sicherheitslichter waren grell, ihr fluoreszierender Schimmer überzog die Dinge und verlieh ihnen ein krasses, totes Aussehen. Wes allerdings stand nicht unter dem blendenden Licht. Alligatoren waren überwiegend nachtaktive Kreaturen. Und gemeine Mistkerle, wenn man sie verärgerte. Der große Kerl, ein Konkurrent für Constantines eigene Masse, war an das

Gebäude gelehnt, wobei die rote Spitze seiner Zigarette seine Anwesenheit präzise offenbarte.

Eine fiese Angewohnheit, die Constantine nicht verstand. Feuer und Rauch waren die größten Feinde eines Gestaltwandlers – abgesehen von der Entdeckung. Warum sollte irgendjemand den Mist absichtlich einatmen?

»Was war so wichtig, dass du nicht mit mir telefonieren konntest?«, fragte Wes, der den Stummel unter dem Absatz seiner mattschwarzen Kampfstiefel ausdrückte. Sie hätten in Kombination mit seiner gebügelten Anzughose und dem Hemd fehl am Platz wirken sollen, aber auf der anderen Seite waren zwei Knöpfe des Hemdes geöffnet, die Krawatte hing locker um seinen Hals und Wes, egal wie viel Gel er in sein widerspenstiges Haar schmierte, würde niemals wirklich achtbar aussehen. Das tat keiner der Mercers.

»Ich habe heute einen unserer Freunde gesehen.«

Die lockere Haltung verschwand, als Wes sich aufrichtete und ihn mit seinen dunklen Augen fixierte. »Welchen?«

»Den fliegenden Dinosaurier. Ich habe ihn eindeutig gesehen, als er aus dem Himmel gestürzt ist. Er hat irgendeinen Kerl angegriffen, den ich besucht hatte.«

»Er hat tatsächlich angegriffen?« Wes' Stimme war beinahe so hoch wie seine Augenbrauen.

»Den Angriff habe ich nicht gesehen, eher die Entführung. Das verdammte Ding hat ihn vom Boden gepflückt und ist mit ihm davongeflogen, als wäre er eine Maus. Irgendwelche Kinder haben die Leiche in einem Baum gefunden. Es war nicht schön.«

»Wer war er?«, fragte Wes scharf.

»Einer eurer Bittech-Kerle namens Jeffrey.«

Wes zog die Augenbrauen zusammen. »Ehemaliger Angestellter. Er wurde vor fast einer Woche gefeuert, weil er die Sicherheit des Instituts gefährdet hat.«

»Er hat eine Schlüsselkarte verloren, nicht wahr?«

»Woher zum Teufel weißt du das?«

Aria zu erklären würde zu lange dauern, also fasste er es zusammen: »Ein kleines Vögelchen hat es mir zugezwitschert. Wie auch immer, das fliegende Echsending ist nicht einfach nur mit Jeffrey davongeflogen. Es hat ihm das Gesicht und die Finger abgerissen. Ich habe ihn nur aufgrund seiner Kleidung erkannt.«

»Das Monster hat Blut geleckt. Das ist keine gute Sache«, bemerkte Wes.

»Was du nicht sagst. Außerdem gefällt mir die Tatsache nicht, dass es bei Tageslicht jagt.«

»Ich frage mich, wo es sich zwischen den Sichtungen verkriecht.«

»Keine Ahnung. Es scheint einfach so aufzutauchen und sich wieder in Luft aufzulösen. Ohne Spuren ist es unmöglich, ihm zu folgen. Das Echsending war nicht das einzige seltsame Monster heute. Ein anderes hat mein Haus besucht. Ma hat es getötet.« Er konnte den Stolz in seinen Worten nicht verbergen.

»Noch eine Echsenkreatur?«, blaffte Wes.

»Nein. Es war mehr wie ein mutierter fliegender Affe. Das seltsamste verdammte Ding, das ich je gesehen habe. Mit Fell bedeckt, nicht mit Schuppen. Und es hatte auch einen ganz schönen Schwanz. Ein langes, peitschenähnliches Anhängsel mit stacheligem Ende.«

Wes riss ein Streichholz an, um damit eine weitere Zigarette anzuzünden. Er nahm einen langen Zug, bevor er fragte: »Hast du es vergraben? Oder es an die Alligatoren verfüttert?«

»Noch nichts davon.«

»Guter Plan. Wir müssen es nach Hinweisen untersuchen. Wir können es als Beweis für den HRG benutzen, dass etwas vor sich geht.«

»Ich glaube, mittlerweile gibt es mehr als genügend Beweise, um zugeben zu müssen, dass der Hohe Rat der Gestaltwandler sich einen Dreck schert.«

»Willst du damit sagen, dass du einfach aufgeben wirst?« Wes blies die Frage so lässig heraus wie die Rauchringe.

Constantine entwich ein Prusten. »Einen Teufel werde ich tun. Ich kann nicht. Es gibt da draußen mindestens noch eine weitere Echsenkreatur, die Leute umbringt. Wir wissen immer noch nicht mit Sicherheit, ob der Hundemann tot ist.« Er schüttelte den Kopf. »Ich kann nicht aufhören. Nicht, bis ich weiß, dass wir uns um alle Leute, oder Dinge, gekümmert haben, die darin verwickelt sind. Ich muss Aria und meine Familie beschützen.«

Wes hielt inne, eine Hand in der Luft, wobei das Glühen seiner Zigarette zwischen seinen Fingern zu erkennen war. »Aria beschützen? Ich dachte, das wäre das Mädchen, von dem Cynthia gesagt hat, sie würde vermisst.«

»Ich habe sie gefunden. Wohl eher hat sie mich gefunden. Wie auch immer, ich passe irgendwie auf sie auf, da sie ihr Gedächtnis verloren hat und sich nicht daran erinnern kann, ob es jemand auf sie abgesehen hat.«

Eine von Wes' dunklen Augenbrauen ging in die Höhe, bis er schließlich sagte: »Hast du Sumpfgase geschnüffelt? Oder hat die Gruppe mir irgendwelchen Mist vorenthalten? Niemand hat mir gesagt, dass sie gefunden wurde.«

»Die Dinge waren irgendwie hektisch und Aria hat darauf bestanden, dass ich niemandem von ihr erzähle.«

»Dafür ist es jetzt zu spät.«

Das stimmte, weshalb Constantine Wes die ganze Sache erklärte, bis auf den Kuss. Den behielt er für sich.

Am Ende zündete Wes sich noch eine weitere Zigarette an.

Diesmal verspürte Constantine das Bedürfnis, etwas zu sagen. »Versuchst du, dich in geräuchertes Alligatorfleisch zu verwandeln?«

Beißender Rauch schlug ihm ins Gesicht. »Wir werden alle eines Tages sterben. Manche von uns früher als andere.«

»Wie du meinst, Mann. Wie auch immer, ich sollte zurück zu Daryls Haus und Aria und Prinzessin abholen.«

»Bleibt ihr bei dir?«

»Ich weiß es noch nicht. Ich habe darüber nachgedacht, ein Zimmer in der Stadt zu nehmen. Das Haus ist ziemlich abgeschieden, und auch wenn Prinzessin zäh ist, ist sie klein.«

»Was ist mit der Frau?«

»Sie ist auch ziemlich zäh und klein, aber sie weiß, wie man sich behauptet.« Und bei den Dingen, mit denen sie nicht umgehen konnte, wäre er da, um zu helfen.

»Sag mir nicht, dass sie dich bereits um den kleinen Finger gewickelt hat.«

»Es ist nichts falsch daran, wenn ein Kerl es mit einem Mädchen ernst meint.«

»Bis dieses Mädchen dich verlässt, weil du nicht gut genug bist. Frauen bringen nur Ärger. Es ist am besten, sie zu meiden.«

Als er wegfuhr, musste Constantine sich fragen, wer Wes' Emotionen so sehr zerstört hatte, dass er so bitter klang. Das einzige Mädchen, mit dem der Kerl je ernsthaft liiert gewesen war, war Melanie, aber ihre Trennung lag bereits einige Jahre zurück. Zum Teufel, sie waren beide noch Kinder auf der Highschool gewesen.

Während Constantine fuhr, brach er ein paar Gesetze in Bezug auf Geschwindigkeit und des Schreibens von SMS am Steuer. Und doch war es das wert, wenn man bedachte, mit welcher Begeisterung Aria aus der Tür stürzte, Prinzessin dicht auf ihren Fersen, und mit einer Hand über ihrem Kopf winkte, während Cynthia von der Tür aus rief: »Wenn diese Zehen auch nur in die Nähe seiner Ohren kommen, erwarte ich Details.«

Als Constantine um die Motorhaube seines Pick-ups ging, beschleunigte sich sein Herzschlag. Freude darüber, sie zu sehen, erfüllte ihn mit Wärme. Es half nicht, dass sie lächelte, als würde sie sich freuen, ihn zu sehen.

Unser. Wir sollten sie umarmen und drücken.

Oder er konnte den feigen Weg einschlagen, auf ein

Knie gehen, die Arme ausbreiten und rufen: »Wo ist Daddys süßes Mädchen?«

Wer sich über ihn lustig machte, würde sterben.

Die gebrabbelten Worte waren den Anblick seiner Hündin absolut wert, die mit ihrem schiefen Gang und heraushängender Zunge auf ihn zu hüpfte, während sie fröhlich kläffte.

»Du hasst den Namen Engel, und doch hältst du diese Darstellung nicht für entmannend?« Aria konnte den sarkastischen Unterton nicht verbergen.

»An der Liebe eines Mannes für seinen Hund ist nichts falsch. Eifersüchtig?«

Er sah sie an, als er seinen Hund in die Arme nahm.

Vielleicht fauchte sie: »Nein.« Aber so nahe bei ihr konnte er ihr Herz hören, ein schnelles Klopfen. Noch seltsamer war, dass er schwören könnte, ihre Enttäuschung zu spüren.

Vielleicht hatte er tatsächlich Sumpfgase geschnüffelt, denn in der nächsten Sekunde richtete er sich auf und presste seine Lippen auf ihre. Es war ein flüchtiger Kuss, bevor er sich löste und grinsend sagte: »Wie geht es meinem flauschigen kleinen Schwan?«

Anstatt beleidigt zu reagieren, trat sie an ihn heran, stellte sich auf die Zehenspitzen, um an seinem Kinn zu knabbern, und knurrte: »Ich habe Hunger.«

Leider hatte sie Hunger auf Essen. Richtiges Essen.

Und wohin konnte ein Kerl sein Mädchen spät abends zusammen mit seinem kleinen Hund ausführen, wo gutes Essen serviert und keine Fragen gestellt wurden?

Natürlich ins *Itsy Bitsy*.

KAPITEL FÜNFZEHN

Es gab nichts Besseres, als ein Mädchen, das kaum einen BH brauchte, in ein Striplokal zu bringen, wo es überall riesige, hüpfende Brüste gab. Es gab Aria irgendwie das Gefühl der Unzulänglichkeit im Brustbereich. Ihren Ärger ließ sie an Constantine aus.

»Ich kann nicht glauben, dass du mich hierhergebracht hast.« Ernsthaft, er schien nicht der Typ zu sein, der in eine Nacktbar ging.

»Ich weiß, wie es aussieht«, murmelte er. Seine Finger waren mit ihren verschränkt, während er sich durch die Tische schlängelte. »Aber vertrau mir, wenn ich sage, dass das Essen hier großartig ist, die Diskretion erstklassig, und außerdem arbeitet Renny hier, also bekomme ich Rabatt.«

Waren Speisen das Einzige, worauf er Rabatt bekam?

Sie schob die absurde Eifersucht beiseite und versuchte, unvoreingenommen zu bleiben. Immerhin wusste Aria, dass Strippen ein anständiges Einkommen bieten konnte.

Woher weiß ich das?
Scheiße, sag mir nicht, dass ich Stripperin bin.

Sie wünschte sich wirklich, sie könnte sich daran erinnern, was ihr Job beinhaltete, bevor sie während ihres angeblichen Ausflugs nach Bitten Point gekommen war. Die Gedanken an ihre Vergangenheit führten jedoch zu einem zischenden Geräusch, als würde ihr eigener Verstand sie zum Vergessen zwingen.

»Lass uns den Tisch da hinten nehmen.« Constantine deutete auf den u-förmigen Sitzbereich, der, das musste sie ihm zugutehalten, am weitesten von der Bühne entfernt war.

Bevor Aria sich hinsetzte, konnte sie nicht umhin zu fragen: »Ich werde nicht daran festkleben, oder?« Es gab nichts Schlimmeres, als durch nicht identifizierbare Kleckse an fremden Möbelstücken festgeklebt zu werden. Sie weigerte sich, überhaupt den Gedanken zu erwägen, woraus diese Kleckse in einem Striplokal bestehen könnten.

»Dieser Ort ist sauberer als die meisten Kneipen. Ähnlich wie Schlangen haben Stripperinnen und ihr Arbeitsplatz meist einen schlechten Ruf.«

Seine Worte wiesen Aria definitiv in die Schranken und erinnerten sie auch daran, dass sie die Nase nicht so hoch tragen sollte. Sie war nicht besser als irgendjemand hier. Aufgrund der Fetzen, an die sie sich erinnerte, hatte sie Dinge getan, auf die sie nicht stolz sein sollte. Seltsam, wie einige dieser selben Dinge, welche die Leute missbilligten, Handlungen waren, an die sie sich noch immer liebevoll erinnerte.

»Was bestellst du? Ich bin am Verhungern.«

Er zog eine Augenbraue hoch. »Ich glaube nicht, dass sie drei Hähnchenflügel und siebeneinhalb Pommes servieren.«

»Haha. Was für ein witziger Kerl. Warte ab, ob ich jetzt meine Reste mit dir teile.«

»Ah, komm schon. Du musst sie mich haben lassen. Du kannst gutes Essen nicht verschwenden.« Dann klimperte der große, dämliche Idiot mit den Wimpern und grinste.

Er sah so verdammt albern und umwerfend gleichzeitig aus. »Du bist bescheuert.«

»Nur mit dir. Die meisten meiner Freunde finden, dass mein Humor irgendwie trocken ist.«

»Oder sie verstehen ihn nicht. Das passiert mir oft.«

Er streckte eine Hand aus, um ihre zu ergreifen. »Das wird idiotisch klingen, aber ich gebe meinem Hunger die Schuld. Ich mag dich irgendwie«, sein Grinsen wurde breiter, »Blaumeise.«

»Ich trage Pink. Und ich mag dich auch.« Das war die unbeholfenste Unterhaltung überhaupt. Seit wann hielt ein Kerl ihre Hand und versuchte, ihr in die Augen zu sehen, während er ihr seine Zuneigung gestand? Oder gab es einen anderen Grund, warum er sich so rührselig verhielt?

»Bist du bekifft?«

Er runzelte die Stirn. »Nein, warum?«

»Weil das seltsam ist, Engel. Kerle bekunden keine Gefühle in einem Stripschuppen.«

Constantine drehte den Kopf von einer Seite zur anderen und begutachtete den Raum. »Was hat der Ort damit zu tun?«

Aria konnte nicht umhin zu kichern. Aufrichtigkeit lag in seinen Worten. Er verstand die Seltsamkeit wirklich nicht. Aber sie ließ es ihm durchgehen. Bis er sagte: »Also, ich habe das Gefühl, ich sollte dir im Voraus sagen, dass ich dir nicht mehr versprechen kann als eine zwanglose Sache, sollten wir die Dinge weiterführen. Wir Schlangen haben keine gute Erfolgsbilanz damit zu bleiben.«

»Also bittest du mich um eine Beziehung und trennst dich gleichzeitig von mir? Wie funktioniert das?«

»Ich habe mich nicht von dir getrennt. Und ich, ähm, wusste nicht, dass wir zusammen sind.«

»Nur weil ich in meinem anderen Leben vielleicht eine Schlampe war, bedeutet das nicht, dass ich in diesem Leben auch eine sein werde. Also, wenn wir regelmäßig miteinander rummachen, sollte ich wenigstens deine Freundin sein.« Denn dann wäre sie keine Hure. Sie würde einfach das tun, was sie tun musste, um ihren Mann glücklich zu machen.

Er blinzelte. »Das war verwirrend, aber soweit ich denke, es verstanden zu haben, bist du meine Freundin.«

»Nun, das dachte ich, aber dann hast du dich von mir getrennt, indem du gesagt hast, Schlangen würden verschwinden.«

»Das tun wir. Zumindest mein Vater hat es getan. Das ist etwas Genetisches unserer Art. Also auch wenn ich dich irgendwie wirklich mag, könnte es sein, dass sich irgendwann in meinem Kopf ein Schalter umlegt, ich einfach meine Sachen packe und gehe.«

»Wohin?«

Erneut betrachtete er sie einen Moment lang. »Was

meinst du mit wohin? Irgendwohin. Ich weiß es nicht genau. Nur, dass es vielleicht passieren könnte.«

»Warum?«

»Warum was?«

»Warum wirst du mich verlassen?« Als sie das fragte, erschien eine Frau in schwarzen Yogashorts, die sich zusammen mit einem engen T-Shirt an jede ihrer Konturen schmiegten, und einem großen Tablett an ihrem Tisch.

»Hey, Renny«, sagte Constantine, der seinen Griff an ihrer Hand löste.

»Wenn das nicht mein Lieblingsschwager ist«, neckte sie, als sie ein paar Teller vor ihnen abstellte. Viele Teller. »Ich habe dein Lieblingsessen und etwas mehr für deine Freundin bestellt.« Ein neugieriger Blick wanderte in ihre Richtung und die Frau wartete.

»Scheiße. Entschuldige. Aria, das ist Renny, Calebs Frau. Das ist Aria«, erklärte er der anderen Frau, die, nachdem sie ihnen Essen und Getränke serviert hatte, das Tablett unter einen Arm klemmte.

Sie musterte sie mit braunen Augen. »Du bist also das Mädchen, nach dem wir gesucht haben. Ich bin froh, dass sie dich gefunden haben. Ich weiß, dass ich schreckliche Angst hatte, als der Echsenmann Luke entführt hat.«

»Ich weiß nicht, was mich entführt hat.« Als Aria blinzelte, verschwand sie in einer neuen Szene.

Durch schwere Augen konnte sie eine Decke sehen. Weißer Putz mit einigen feinen Rissen und einem Fleck. Wessen Decke bewunderte sie?

Eine Drehung ihres Kopfes offenbarte eine tapezierte Wand mit verblasstem Muster.

Ein Blinzeln, und als sie die Augen wieder öffnete, bemerkte sie Beine. Seltsam geformte Beine, die dringend eine Rasur nötig hatten. Wohl eher einen Rasenmäher, wenn man bedachte, wie dicht das Haar wuchs.

Was zum Teufel? Sie drehte den Kopf und spähte nach oben. Sie entdeckte die aufragende Gestalt eines Hundes auf zwei Beinen. Ein verdammter humanoider Hund. Er blickte auf sie herab, ließ aber nicht in fröhlicher Begrüßung die Zunge heraushängen.

Er zog die Lefzen über schwarzem Zahnfleisch zurück, was spitze Eckzähne offenbarte. Ein tiefes, grummelndes Knurren ertönte von ihm. Unheilvoll. Tödlich.

Flieg weg.

Sie warf sich zur Seite in dem Versuch, auf die Hände und Füße zu kommen. Sie musste von dem seltsamen Monster wegkommen.

Sie kam nicht weiter als ein paar Zentimeter, bevor ein hakenförmiger Fuß sie stolpern ließ und sie fast mit dem Gesicht auf dem Boden aufschlug. Bevor sie sich erholen konnte, bemerkte sie, dass sie auf Augenhöhe mit einem Schuh, einem Lederslipper war.

»Und was denkst du, wo du hingehst?«, fragte eine Stimme.

»Hilf mir.« Die Worte kamen schwach heraus, zittrig, genau wie ihr Körper.

»Helfen, oh das beabsichtige ich zu tun. Du hast ihr Angst gemacht, Harold, mit deiner haarigen Visage. Oder ist es dein Atem? Vielleicht solltest du aufhören, deine Nase an den Knochen zu reiben, die ich dir anbiete.«

Ihr langsamer Verstand brauchte einen Moment, um zu verstehen, dass der Mann in den Lederschuhen mit der Hundekreatur sprach.

Ein grummelndes Geräusch erfüllte die Luft. Es enthielt Gefahr und entlockte ihr ein Schaudern der Angst. Es endete abrupt mit einem spitzen Jaulen.

»Tz, tz. Böses Hundchen.«

Der beißende Gestank brennender Haare belebte sie ein wenig, aber während ihr Verstand aufwachte, blieb ihr Körper träge.

»Würdest du endlich den Kamin aufmachen? Wir müssen das Mädchen hier rausschaffen, bevor deine Mutter bemerkt, dass sie weg ist. Es war nicht gerade einfach, das Schlafmittel in den Kakao zu bekommen. Ich kann es wirklich nicht gebrauchen, dass wir erwischt werden. Aber wenn deine Mutter ihre Nase in unsere Angelegenheiten steckt, weißt du, was passieren wird.«

Grrr.

Aria drückte sich auf die Knie, schwankte jedoch, da die Drogen noch immer durch ihren Körper strömten und jede ihrer Bewegungen schwer und anstrengend machten.

»Nimm das Mädchen.«

Das haarige Ding namens Harold zog Aria unter den Achseln hoch, und das nicht gerade sanft.

»Lass mich los«, lallte sie.

»Heute nicht. Heute darfst du uns helfen, Geschichte zu schreiben. Oder du wirst sterben.«

Schnipp.

Die Finger schnippten vor ihren Augen und Constantines besorgte Stimme sagte: »Aria, Erde an Aria, komm zu mir, Aria.«

»Tut mir leid. Ich bin irgendwie abgedriftet.«

»An was hast du dich erinnert?«, fragte er.

»Wie sie mich durch einen Kamin in irgendeinen Geheimtunnel gebracht haben.«

»Wer? Wer hat das getan? Erinnerst du dich?«

Das tat sie, aber wollte sie zugeben, woran sie sich erinnerte? Jetzt erschien es so weit hergeholt.

»Da waren ein Gestaltwandler und ein Mann.«

Constantine lehnte sich über den Tisch, und selbst Renny ging in die Hocke, um näher zu kommen. »Erinnerst du dich an ihre Namen?«

»Harold und ...« Sie zog die Augenbrauen zusammen. »Einen anderen Namen habe ich nicht gehört.«

»War Harold zufällig ein Hundemann?«

Sie starrte ihn mit offenem Mund an. »Ja. Woher weißt du das?«

»Er ist derselbe, über den wir bereits gesprochen haben.«

»Du hast ihm keinen Namen gegeben.«

»Weil es mir schwerfällt, einen Namen wie Harold diesem Ding zuzuweisen.«

Sie erschauderte. »Er hat etwas sehr Unnatürliches an sich.«

»Was ist mit dem anderen Mann?«, drängte Renny. »Kannst du dich an irgendwelche Details über ihn erinnern?«

»Er ist ein Arsch.«

Renny prustete. »Das beschreibt zu viele Männer.«

»Groß, aber sehr schlaksig.«

»Geruch?«

Aria rümpfte die Nase. »Ich weiß es nicht. Ich war

aufgrund des Zeugs, das sie mir in den Kakao getan hatten, zu benommen.«

»Irgendwelche andere Details?«

»Rotblond. Er hatte keine dunklen Haare. Aber sonst nicht viel. Ich habe überwiegend seine Schuhe gesehen.« Hochwertige, butterweich wirkende, handgefertigte Schuhe. Sie würde sie wiedererkennen, wenn sie sie sähe.

An diesem Punkt übernahm der Hunger. Renny ging, um sich um andere Kunden zu kümmern, während sie sich auf ihr Essen stürzten, wobei Constantine für jeden ihrer Bissen drei zu sich nahm. Aber sie genoss diese Bissen, schloss die Augen vor Freude über die knusprigen hausgemachten Pommes und die Schärfe des Zitronenpfeffers auf den Hähnchenflügeln, gesüßt durch eine leichte Zitronensoße. Dann waren da die Maistortillas mit einem Käse-Spinat-Dip. Davon aß sie ganze acht Stück.

Constantine aß den Rest – na ja, fast den ganzen Rest. Er schmuggelte kleine Bissen zu Prinzessin, die neben ihm am Tisch saß.

»Wenn ich weiter so esse, werde ich zu schwer zum Fliegen sein«, sagte sie, während sie sich den Bauch tätschelte. Sie erstarrte. »Heilige Scheiße. Ich habe gesagt, ich kann fliegen.«

»Jetzt klingst du wie Peter Pan. Du konntest immer fliegen. Dein Unterbewusstsein offenbart diese Brocken nur einen nach dem anderen.«

»Das ziehe ich den *Live-und-in-Farbe*-Filmen vor.« Diese rissen sie aus dem Moment und waren erschütternd, aber nicht so erschütternd wie die Show.

Ein schriller Schrei ertönte am anderen Ende des Raumes. Sofort stand Constantine auf und stellte sich vor sie, während er den Raum betrachtete.

Ein weiterer Schrei, diesmal lauter, als ein Mädchen in kariertem Rock und geknoteter weißer Bluse hinter den Vorhängen auf der Rückseite der Bühne herausgelaufen kam. Ihr Auftreten auf dem Laufsteg war nicht der einzige.

Der Stoff, der wie ein roter Samtschild da hing, wurde heruntergerissen. Ein großer Auftritt für Harold, den Hundemann aus ihrer neuesten Erinnerung.

Heilige Scheiße, er ist echt.

Und als er seinen unheilvollen Blick auf sie richtete, schluckte sie schwer, denn sie wusste bis hinunter auf die Knochen: *Er ist hinter mir her.*

KAPITEL SECHZEHN

Auch wenn er nichts gegen ein wenig Fell hatte, musste Constantine zugeben, dass die Show des heutigen Abends diese Grenze überschritt.

Die haarige Bestie schwankte auf die Bühne, wobei sie nicht einmal einen Tanga oder Pasties trug, während die roten, blauen und weißen Lichter schwenkten und strahlten, was der Kreatur ein unwirkliches Aussehen verlieh.

Der Hundemann – denn er konnte ihn einfach nicht als Harold bezeichnen – stieß ein Heulen aus, als er in ihre Richtung blickte. Mit sonderbaren Pfoten/Händen schlug er sich auf die Brust.

»Was ist er, halb Gorilla?«, dachte er laut nach.

»Ist das wichtig?«, zischte Aria. »Wir müssen weg von hier.«

»Warum?« Er drehte sich nicht um, um sie anzusehen, aber er stellte die Frage.

»Weil er hinter uns her ist«, rief sie, als sie sich unter den Tisch duckte.

Ein guter Ort, um sich zu verstecken, wenn sie nicht ihn und Prinzessin hätte – seine tapfere Hündin, die bellend und mit aufgestellten Borsten auf dem Tisch stand –, um sie zu beschützen.

Constantine verankerte seine Füße auf dem Boden, spreizte die Arme von seinem Körper ab und wartete, wobei er seinen nächsten Zug sorgfältig zeitlich abstimmte. Er packte den Hundemann mitten im Sprung und nutzte den Schwung, um ihn davonzuschleudern.

Knall. Der frei stehende Tisch auf dem Boden konnte mit der Kraft des darauf landenden Körpers nicht umgehen und rutschte, bevor er zusammenbrach. Der Aufprall hielt die Bestie nicht auf.

Harold, der noch immer sein Halsband trug und tollwütiger wirkte als ein gewisser Hund in einem Film, sprang auf die Füße und ignorierte die auseinanderlaufenden Gäste, als diese zum Ausgang flohen.

Harold hatte nur Augen für Constantine.

Gut. Sollte sich das Monster auf ihn konzentrieren anstatt auf die anderen. Er spannte die Finger an. Er konnte ein wenig Sport gebrauchen.

Mit einer Bewegung seines Armes räumte Harold einen Tisch ab, der voller Bierflaschen war. Das klirrende Zerbrechen von Glas entlockte einige Schreie derer, die sich noch im Raum befanden. Wie Aria hatten sie sich dazu entschieden, in Deckung zu gehen, anstatt wegzulaufen.

Prinzessin liebte Herausforderungen, und Constantine konnte nur verwirrt zusehen, als seine Hündin mit nur wenigen Metern Abstand zu Harold schoss, wo sie herumhüpfte und wie verrückt bellte.

Grawr.

Als würde das seinen Hund einschüchtern. Prinzessin ging in die Hocke, pinkelte und drehte ihm dann auf herablassende Art den Rücken zu.

GRAWR! »Schnack«, lispelte Harold.

Der Hundemann sprach und Constantine lächelte. »Heute wird niemand gefressen.« Es sei denn, Aria stand auf der Speisekarte – einer Speisekarte ganz für ihn allein. »Vergiss meine tapfere Prinzessin. Was sagst du dazu, dass du und ich spielen, Harold? Will der große, hässliche Hund, der ein Bad nötig hat, das Stöckchen holen?«

»Das klingt nach etwas, das Cynthia sagen würde«, murmelte Aria hinter ihm.

Verglichen mit einem Mädchen. Sein Ego würde sich vielleicht niemals davon erholen. Als Harold wieder auf Constantine zulief, korrigierte er seinen Plan. Nahkampf mit der Bestie wäre vielleicht nicht seine beste Vorgehensweise. Er hatte nicht die Klauen oder das sabbernde Maul wie das Monster.

Und doch war er niemand, der sich ohne guten Grund in seine Schlange verwandelte, besonders da noch immer Zeugen in der Nähe waren. Schlangen machten Leuten Angst. Es war egal, ob er hier der gute Kerl war. Die Leute würden seine Python sehen, schreien oder versuchen, ihn zu töten.

Aber er war weniger darum besorgt als um die Meinung einer gewissen Frau.

Wollte er Aria Angst machen?

Das würde das Problem lösen, dass ich möglicherweise gehe. Indem er sie dazu brachte, zuerst zu gehen.

Was für eine feige Art, um mit seinen Ängsten umzugehen.

Als Harold erneut losstürzte, die mit Klauen ausgestatteten Vorderpfoten ausgestreckt, duckte er sich und ließ Harold über seinen Kopf fliegen, sodass er auf den Tisch hinter ihm prallte.

Aria quiekte, krabbelte jedoch unter dem Tisch hervor.

»Lauf«, riet er ihr. »Geh raus, wenn du kannst, in meinen Pick-up.« Von dem er hoffte, dass dort niemand auf sie wartete.

Constantine drehte sich zu dem wirklich wütend aussehenden Hundeding, zog sein Hemd aus und legte die Hände auf die Knöpfe seiner Hose.

»Warum zur Hölle ziehst du dich jetzt aus?«, brüllte Aria, die nicht weggelaufen war, wie er ihr befohlen hatte.

»Ich werde meine gewaltige Schlange loslassen.«

»Das ist besser keine Anspielung auf deinen Schwanz.«

Nein, aber er sollte anmerken, dass sein Schwanz ebenfalls gewaltig war.

Als Harold sich aus seiner unbeholfenen Verklemmung zwischen Bank und Tisch befreite, entledigte Constantine sich seiner Kleidung. *Jaaa, werde diese unnötige, unnatürliche Haut los.*

Er hob den Kopf und schloss die Augen, als er geistig seine Python rief.

Auch wenn seine wechselwarme Bestie nicht oft mit ihm sprach, nicht wie Wölfe und Katzen, die gesprächige Partner hatten, kommunizierten sie durch Gefühle.

DIE UMARMUNG DER PYTHON

Also spürte er die kalte Zufriedenheit, als sein Körper sich kräuselte. Jedes Molekül wogte, bewegte sich in einer Welle, bevor sie sich sammelten und umformten. Zu etwas anderem umformten.

Eine Gliedmaße. Ein geschmeidiger, glatter Körper.

»Heilige Scheiße!«, schrie seine zarte Lerche.

Vielleicht hatte es mit seiner beeindruckenden Größe zu tun. Lang, so lang, mit einem definierten Muster auf der Haut.

Ich bin attraktiv. Es war nur richtig, dass die Frau seine Eigenschaften bewunderte.

Aber die Paarung würde nach dem Kampf kommen.

Der Feind war fast bei ihnen. Er hielt seinen Schlangenkörper aufrecht, als er seinen Kiefer aushängte und besonders weit öffnete. Er zischte, die spitzen Enden seiner Zähne blitzten.

Das stinkende Ding traf auf ihn und er flog zurück, der Feind auf ihm. Klauen wollten an seinem Fleisch reißen, verfingen sich jedoch im dicken Leder seiner Haut. Dennoch tat es weh.

Er versenkte seine Zähne in der Kreatur, wobei er sich wünschte, sie enthielten Gift wie bei einigen seiner Cousins. Aber er hatte etwas anderes, das fast genauso gut war.

Sein Schwanz, welcher oft einen eigenen Willen hatte, erhob sich vom Boden und bewegte sich voller Absicht. Er glitt über den Rücken des haarigen Dings, legte sich um seine Brust und dann wieder nach hinten.

Der Hund stieß einen ranzigen, heißen Luftzug aus. Definitiv nicht als Abendessen geeignet, aber gut zum Zusammendrücken.

Die Muskeln seines Körpers spannten sich um das Hundewesen herum an. Krallen kratzten an ihm, von denen einige seine Haut durchbohrten. Der Schmerz sorgte nur dafür, dass er sich noch fester zusammenzog, ein zerquetschender Schraubstock um das unnatürliche Ding, bis es ein letztes Mal ausatmete und erschlaffte.

Da es keinen Sinn hatte, den Körper gefangen zu halten, löste er sich und ließ den schlaffen Fleischsack zu Boden fallen.

Bewegung in seinem Augenwinkel erregte seine Aufmerksamkeit. Er drehte den Kopf, als sein Körper sich höher aufrichtete, aufragte, um ihm einen Aussichtspunkt zu bieten.

Das Weibchen beobachtete ihn. *Sein* Weibchen. Sie strahlte keine Angst aus, jedenfalls nicht viel. Er schlängelte sich näher und ging nach unten, um sie zu mustern. Ihr Atem stockte, aber sie wich nicht zurück.

Keine Beute.

Diese nicht.

Er umkreiste sie, immer wieder, bis sie sich inmitten eines losen Haufens aus Ringen befand.

Eine flatterige Berührung seiner Haut, als sie ihre Hände auf ihm ruhen ließ.

»Du bist verletzt«, sagte sie.

Worte, die er verstand, aber auf die er nicht antworten konnte. Die Spitze seiner gespaltenen Zunge schnellte nach vorn, woraufhin sie sich diesmal leicht zurücklehnte.

Das hielt ihn nicht davon ab, ihre Haut zu kosten. Er würde ihren Geschmack kennen.

Stimmen schrien aus der Ferne. Andere schienen näher zu kommen.

Sie drehte sich in ihrem Ring und betrachtete ihn. »Engel, du musst jetzt zurückkommen. Da kommen Leute.«

Vielleicht wären sie eine sauberere Mahlzeit als die stinkende auf dem Boden.

»Du musst dich verwandeln. Wir können nicht wissen, wer kommt. Du weißt, dass deine Art einen schlechten Ruf hat. Ich will nicht, dass sie schießen.«

Kugeln. Sie rissen Löcher. Nein. Das war nicht reizvoll. Und hier drin war es kalt. Zeit für ein Nickerchen.

Constantine warf den Kopf zurück und nahm einen tiefen Atemzug, als er wieder in seine menschliche Form wechselte.

Natürlich ließ sich ein über eins achtzig großer, nackter Mann, der ein wenig zu nahe bei dem nackten Hundeding stand, nicht verstecken.

Aria dachte schnell und begoss ihn mit Bier aus einer intakten Flasche.

Als er befragt wurde, blieb er hart, indem er lallte: »Ich weiß es nicht.«

KAPITEL SIEBZEHN

Aria musste einfach über Constantine lachen, als dieser sie zu seinem Haus fuhr. Prinzessin saß auf seinem Schoß, die Augen wachsam und auf Ausschau nach Ärger – mit anderen Worten, sie sorgte dafür, dass Aria sich nicht an ihren Daddy ranmachte.

Was Constantine anging, der hielt den Blick auf die Straße gerichtet, während er eine ernste Miene beibehielt.

»Oh, komm schon, so schlimm ist es nicht.«

Er prustete. »Nicht so schlimm? Ich glaube, eine Kastration wäre angenehmer gewesen, als dass du den Bullen erzählst, ich hätte für dich gestrippt.«

»Ich habe es nur gesagt, um deine Nacktheit zu erklären.« Denn der arme Constantine hatte keine Zeit gehabt, um seine Hose anzuziehen, bevor die Kavallerie erschien.

»Männer strippen nicht.«

»In Vegas schon.« Sie hatte eine vage Erinnerung an eine sehr betrunkene Cynthia, die sie zu einer Show schleppte, wo die Männer am Ende der Show G-Strings, Lederchaps und sonst nichts trugen. Damals hatte es in ihr den Wunsch ausgelöst, einen Cowboy zu reiten.

»Im Westen können sie tun, was auch immer sie wollen. Ich strippe nicht.«

»Warum nicht?«

»Es ist seltsam.«

Er klang so verunsichert, dass sie nicht anders konnte, als ihn aufzuziehen. »Manche Jungs machen gutes Geld damit. Du hast einen guten Körper und kannst dich wirklich gut bewegen. Ich denke, du könntest ein Riesengeschäft damit machen, dich auszuziehen und deine Schlange zu schütteln.«

»Schlange?«

»Tut mir leid. Hätte ich deine Python sagen sollen?«

Diesmal konnte er das Zucken seiner Lippen nicht verbergen, obwohl er versuchte, ernst zu bleiben. »Ich strippe nicht für Geld.«

»Wie wäre es mit umsonst?«

»Wie wäre es mit gar nicht?«

Sie ärgerte ihn, weil es lustig war. So oft schien er sie aus dem Gleichgewicht zu bringen. Es war an der Zeit, dass sie den Gefallen erwiderte. »Weißt du, das ist theoretisch gesehen nicht wahr, da du es gerade in der Öffentlichkeit getan hast, nicht nur vor mir.«

»Nur weil ich mich verwandeln musste. Meine Beine können sich nicht richtig miteinander verbinden, wenn ich eine Hose trage.«

»Hast du je daran gedacht, ein Kleid zu tragen?«

»Nein.«

»Was, wenn ich vorschlage, dass du einen Kilt trägst?«

»Ich lasse mein Gehänge nicht frei unter einem Rock schwingen. Ich behalte es in der Hose, vielen Dank.«

»Apropos Gehänge ...« Sie schnippte mit den Fingern. »Du hast mich gerade an etwas erinnert, das ich fragen wollte, aber du warst irgendwie beschäftigt. Wo geht dein Wurm hin, wenn du im Schlangenmann-Modus bist?«

»Wurm?« Er warf ihr einen Blick zu.

»Würdest du den Begriff Pillermann vorziehen?«

»Ich würde es vorziehen, wenn wir das Thema fallen lassen. Oder, wenn du so von meinem Schwanz besessen bist, dann bitte, nimm dir eine Handvoll. Oder einen Mundvoll. Ich bin nicht wählerisch.«

Sie wusste, er erwartete von seinen Worten, dass sie sie zum Schweigen bringen würden. Aber es war witziger zu sagen: »Vielleicht werde ich daran saugen.«

Nichts war befähigender, als ihn damit necken zu können, dass sie ihm möglicherweise einen blasen würde, und ihn damit dazu zu bringen, den Pick-up beinahe in den Straßengraben zu lenken.

»Du bist ein gemeines Luder«, knurrte er.

»Nur wenn ich nicht die Beine breitmache.«

Diesmal kontrollierte er das Schlingern des Wagens besser, was jedoch nicht ihr Gelächter zurückhielt. »Also, warum fahren wir zurück zum Haus? Ich dachte, du hättest gesagt, es wäre zu gefährlich«, bemerkte sie, als ihr die bekannte Gegend auffiel.

»Wir sind gerade einen ihrer Hauptakteure losgeworden. Einen weiteren haben wir heute Nachmittag ausgeschaltet. An diesem Punkt haben wir sie geschwächt und ihnen gezeigt, dass wir uns wehren. Und wir haben bewiesen, dass wir gewinnen können. Wer auch immer hinter den Angriffen steckt, wird sich umorganisieren wollen, bevor er erneut zuschlägt.«

»Du meinst, er wird seine Truppen versammeln, um die Chancen zu erhöhen, wenn sie wieder hinter uns her sind. Das ist nicht gerade beruhigend.« Sie rümpfte die Nase.

»Wenn du beruhigend willst, hättest du mittlerweile bereits die Stadt verlassen. Aber du, mein mutiger Falke, sehnst dich nach ein wenig Aufregung.«

Bis zum Angriff in der Kneipe hatte sie das gedacht. »Das bezweifle ich sehr, da mein erster Instinkt darin bestand, mich unter einem Tisch zu verstecken.« Rückblickend schmerzte ihre Feigheit. Aber was hätte sie tun können?

Deinen Drink anzünden und ihn auf den Hundejungen werfen, im Molotow-Stil.

Späte Einsicht war beschissen. Aria hatte sich an die Stimme gewöhnt, die in ihrem Kopf sprach. Womit sie ein größeres Problem hatte, war die Gewalt, die sie für gewöhnlich befeuerte.

Ich dachte, wir vergiften gern.

Unter anderen Dingen.

Es waren die anderen Dinge, die ihr Sorgen machten. Genau wie die Tatsache, dass sie sich dem Sumpf näherten, was näher an seinem Haus und einem Bett war, wo sie sehen würden, was passierte.

Seit dem explosiven Kuss, den sie geteilt hatten, hatte er zugegeben, sie zu mögen, aber gleichzeitig auch die

Angst, dass er sie verlassen würde. Ehrlich, wenn es auch nicht leicht anzuhören war.

Währenddessen konnte sie zugeben, dass sie ihn ebenfalls mochte und Angst davor hatte, dass er sie verließ. Ein schönes Dilemma.

Aber ist das wirklich anders als bei anderen, wenn sie eine Beziehung beginnen?

Alle litten unter Zweifeln. Alle begannen Beziehungen in bester Absicht. Manchmal wurde die Liebe mit der Zeit stärker, so wurde es jedenfalls in Liebesromanen behauptet. In anderen Fällen ließ das Aufblühen der Lust nach und die kleinen Dinge nervten, bis die Paare sich trennten.

Sie hatte es bereits geschehen sehen. Auch wenn Aria vielleicht keine eigene Familie hatte, hatte sie sich das Talent angeeignet, die Familien anderer zu beobachten.

Seltsam, an welche Dinge sie sich erinnerte. Zum Großteil ihres frühen Lebens schien sie einfachen Zugang zu haben. Es waren die kürzlichen Dinge, mit denen sie noch immer Probleme hatte. Das größte Problem von allen war, was sie mit Constantine anfangen sollte.

Ich kenne den Kerl noch nicht lange genug, um wirklich ernsthaft darüber nachzudenken.

Und doch konnte sie nicht anders. Was die Frage nach dem Warum aufwarf. Andere Kerle stillten ein Bedürfnis. Sie machte sich keine Sorgen darüber, sich mit ihnen einzulassen oder ihren Körper auszunutzen. Bei Constantine machte sie sich jedoch Sorgen.

Das ist ein Mann, der mich verletzen könnte. Nicht

körperlich, sondern weil er in ihr den Wunsch auslöste, eine Weile zu bleiben. Vielleicht dieser ganzen Sache mit *Hey, du bist cool, lass uns eine Weile abhängen* eine Chance zu geben.

Bindung. Das war nichts, über das sie sonderlich viel wusste. Nichts, mit dem sie sich wohlfühlte.

Aus irgendeinem Grund konnte sie Constantine nicht als einmalige Angelegenheit sehen. Mit ihm wäre es alles oder nichts.

Sie war schön wieder zu ihrem Hauptdilemma zurückgekehrt, bei dem sie Angst vor dem Sprung hatte, weil sie befürchtete, auf die Nase zu fliegen.

Aber wenn ich diesen Sprung nicht wage, kann ich nicht meine Flügel ausbreiten, um zu fliegen. Vertrauen, dass sie in der Luft bleiben würde. Konnte sie dieses Vertrauen Constantine schenken? Wagte sie es, ein Risiko einzugehen, das zu ergreifen, was sie konnte, und dem, was zwischen ihnen brodelte, eine Chance zum Fliegen zu geben?

Wer nicht wagt, der nicht gewinnt – ein Motto, das in diesem Moment passender war denn je.

Die Scheinwerfer seines Pick-ups beleuchteten sein Haus, ihr greller Schein wurde von den dunklen Fenstern reflektiert.

Er schaltete den Motor aus und sie saßen beide einen Moment lang im Wagen, wo sie den Geräuschen der Nacht lauschten. Das gleichmäßige Zirpen der Grillen. Das Summen der Moskitos. Das Klacken eines abkühlenden Motors.

Die Geräusche der Normalität.

»Worauf warten wir?«, flüsterte sie.

»Das Seltsame ist, wenn ich fliegende Affen sage, ist es tatsächlich die Wahrheit.«

»Ich hoffe, es gibt nicht noch mehr von ihnen.« Schauder. Sie würde definitiv nicht mehr den Film über Oz sehen können, ohne sich an die mutierte Version zu erinnern.

»Das hoffe ich auch, und doch frage ich mich immer wieder, welche anderen Monster da draußen sein könnten, die wir noch nicht gesehen haben.«

»Du denkst, es gibt mehr?«

»Ja. Und soweit ich weiß, warten sie in den Schatten.« Er trommelte mit den Fingern auf das Armaturenbrett seines Wagens.

»Das erscheint mir unwahrscheinlich, nachdem das Nachtleben ziemlich laut und aktiv wirkt.« Das entfernte Quaken einer Kröte unterstrich ihre Überzeugung.

»Oder sie liegen bereits so lange auf der Lauer, dass niemand sie mehr bemerkt.«

»Hast du Angst?«, fragte sie.

Es war nicht nur Constantine, der prustete. Sein Hund auch.

»Ich habe keine Angst um mich, ich mache mir Sorgen um dich. Vielleicht war es keine so gute Idee, hierher zurückzukommen. Ich meine, wir sind ziemlich abgeschieden. Wenn sie massenhaft angreifen, kann ich dich vielleicht nicht verteidigen.«

»Ich dachte, du hättest gesagt, dass du nicht denkst, dass sie irgendetwas versuchen, bis sie sich umorganisiert haben.«

»Diese Ansicht habe ich überdacht.«

Sie rollte mit den Augen. »Hör auf, an dir zu zweifeln. Sie sind entweder hier oder nicht. Und irgendwo anders hinzugehen bedeutet nicht, dass sie nicht folgen werden. Der beste Weg, um mit Sicherheit zu wissen, ob etwas lauert, besteht darin, dass einer von uns als Köder rausgeht.« Kaum hatte sie es ausgesprochen, öffnete Aria ihre Tür, aber bevor sie aus dem Pick-up springen konnte, rutschte Prinzessin über ihren Schoß, auf das Trittbrett und hüpfte dann auf den Boden.

»Du musstest mich einfach wieder übertrumpfen, oder?«, murmelte sie, als Constantine aus dem Fahrzeug stürzte und rief: »Prinzessin, bleib dort, wo Daddy dich sehen kann.«

Auch wenn er Sorge um seinen Hund zeigte, zeigte er auch welche um Aria, indem er um den Wagen herumlief. Er kam rechtzeitig an, um sie zu packen und auf den Boden zu heben.

Sie wich nicht zurück und er nahm seine Hände nicht von ihr. Sie standen einen Moment lang da, die Körper nahe beieinander, jedoch ohne sich richtig zu berühren, und starrten einander an.

»Ich höre keine Monster.«

»Ich rieche auch keine«, erwiderte er mit standhaftem Blick. Die Luft zwischen ihnen knisterte vor Elektrizität. Seine Hände an ihrer Taille waren fest. Wagte sie sogar zu behaupten, sie waren besitzergreifend?

Er zog sie näher an sich.

Kläff.

Mit einem schrillen, genervten Bellen durchbrach Prinzessin die Pattsituation, und doch konnte sie nicht die erwartungsvolle Spannung brechen, die zwischen ihnen summte. Außer einem Angriff konnte das nichts tun. Aber es taumelte nichts aus der Dunkelheit heraus, um sie zu fressen. Nichts stürzte vom Himmel, um sie zu packen. Sie schafften es ins Haus, allerdings nicht weit, bevor ihre Lippen und Zähne hart aufeinandertrafen.

Angesichts Constantines Größe brauchte sie Hilfe, um an ihn heranzukommen. Er umfasste ihre Taille mit den Händen und hob sie hoch, sodass ihre Münder sich treffen konnten.

Treffen klang jedoch so banal. Es war mehr eine Explosion heißen Atems, feuchter Zungen und hektischen Verlangens.

Sie umfasste sein Gesicht und liebte das Gefühl seiner Haut, als sie an seiner Unterlippe saugte.

»Ich will dich.« Die Worte vibrierten an ihrem Mund.

Sie ließen sie erschaudern und verstärkten nur die Hitze, die sich in ihr ausbreitete.

»Ich will dich auch.« Das leise Eingeständnis brachte ihn zum Stöhnen und sie wurde mit dem Rücken an die Wand gepresst, während er sie weiter mit dem Mund verschlang. Oder verschlang sie ihn?

War das wichtig?

Jetzt waren sie durch nichts mehr aufzuhalten. Nichts konnte verhindern, dass ihr die Klamotten vom Leib gerissen wurden. Sie war genauso gewaltsam mit seiner Kleidung, zerrte mit den Händen an seinem T-Shirt, bis sie es ihm über den Kopf zog und seine Haut entblößte.

Der Haut-an-Haut-Kontakt ihrer Oberkörper ließ sie scharf einatmen. Konnte Haut knistern?

DIE UMARMUNG DER PYTHON

Es fühlte sich so an, als würde ihre es tun.

Mit einer Kraft, die sie bewunderte, und einem Körper, den sie anbeten wollte – mit ihrer Zunge –, fixierte Constantine sie an der Wand. Gut, dass er sie oben hielt, denn die Erregung verflüssigte ihre Gliedmaßen. Sie zitterte, haltlos angesichts seiner Berührung, da ihr Körper sich jeder seiner Empfindungen bewusst war.

Mit der unrasierten Kante seines Kiefers fuhr er über ihre zarte Haut, rieb und erweckte sie, während er sich einen Weg zu ihrem Ohr küsste.

Er knabberte daran. *Oh, du meine Güte.* Er saugte am Ohrläppchen und sie stöhnte. Es schien, als hätte sie eine erotische Stelle, die er mit heißem Atem, Ziehen und Saugen erkundete, bis sie keuchte und sich an seine Schultern klammerte.

Dann ließ er ihre empfindliche Ohrmuschel in Ruhe und wanderte mit den Lippen ihren Hals hinunter. Er lehnte sich zurück und nutzte seinen Unterkörper, um sie fixiert zu halten, während er zwischen ihren Brüsten entlang küsste.

Ein Arm blieb um ihre Taille gelegt, während er seine andere Hand wandern ließ. Mit leicht schwieligen Fingern umfasste er eine Brust und rieb mit dem Daumen über die hervorstehende Spitze. Ihre Brustwarze zog sich zusammen, sodass sie noch spitzer wurde.

Es erforderte eine Korrektur ihrer Haltung, indem er sie an der Wand höher schob, aber die neue Höhe bedeutete, dass er mit den Lippen ihre sehnsüchtige Knospe umschließen konnte.

Sie machte ein Geräusch, als sie seinen Kopf festhielt

und ihn mit ihrer Atemlosigkeit und ihrem Stöhnen anspornte.

Nimm sie tiefer in den Mund.

Das tat er. Er saugte ihre Brust ein, die Hitze seiner Berührung explodierte in ihr.

Ihr Keuchen und Winden bedeutete nicht, dass er sich beeilte. Oh nein. Er ließ sich Zeit dabei, ihre armen Brustwarzen zu quälen, zuerst die eine, dann die andere. Er zog mit den Lippen daran, knabberte mit den Zähnen an ihnen und umkreiste sie mit der Zunge.

Er machte sie absolut verrückt vor Verlangen, so sehr, dass sie keuchte: »Hör auf, mich zu ärgern, und fick mich endlich, ja?«

»Aber ich habe Spaß«, war seine gegrummelte Antwort, deren Worte auf ihrer Haut vibrierten.

»Und ich will kommen.« Sie musste nicht hinzufügen, dass sie es auf seinem Schwanz wollte. Er verstand, und diesmal war er an der Reihe zu erschaudern.

Er trug noch immer seine Hose und brauchte ein paar linkische, wertvolle Sekunden, um sie nach unten zu schieben. Als Nächstes kam ihre Hose, an deren Entledigung er mit seinen Händen grob, aber zittrig arbeitete – ein Beweis für seine Erregung.

Sobald er sie für seine Berührung entblößt hatte, korrigierte er ihre Position an der Wand und umfasste ihre Pobacken, während seine Lippen die ihren in einem leidenschaftlichen Kuss versengten. Er machte sie atemlos. Seine Erektion pulsierte an ihrem Bauch, heiß und *lebendig.*

Während Erregung wie flüssiges Feuer durch ihre

Adern floss, saugte sie an seiner Unterlippe, während ihr ganzes Wesen vor Aufregung vibrierte.

Ich brauche ihn so sehr.

»Ich brauche dich.«

Er gab ihren Gedanken wieder, als er die Hüften zurückzog und seine harte Länge aufspringen ließ, wo sie unter ihrem Körper gefangen gewesen war. Er neigte seine Hüften weit genug zurück, sodass er sie mit seiner Spitze reizen konnte.

Er mochte vielleicht die Hände voll haben, sie hingegen nicht. Sie ließ ihre Beine locker um seine Taille gelegt, als sie nach unten griff. Sie umfasste fest seinen Schwanz, woraufhin er den Atem einsog. Auf. Ab.

Sie glitt mit der Hand über ihn, während seine Erektion weiter an ihrem Schritt rieb.

Ihre Erregung befeuchtete seine Spitze und bedeckte ihn mit einer schimmernden Schicht, die das Reiben an ihrer Klitoris noch stöhnwürdiger machte.

»Wenn du nicht aufhörst, werde ich kommen, bevor ich in dir bin«, knurrte er, wobei er seine Finger in ihre Pobacken grub.

»Oh nein, das wirst du nicht«, murmelte sie. Sie zog an ihm und führte die Spitze seines Schwanzes ein, bekam ihn aber nicht weiter.

Er spannte seinen Körper an und sie knurrte. »Was tust du da?«

»Du bist eng.«

»Und du bist groß.«

»Genau.«

Er war darum besorgt, ihr wehzutun? Sie löste den Blick von ihren Körpern und ihrer intimen Zusammenkunft, um zu sehen, dass er steif war, die Sehnen in seinem Hals waren angespannt und zitterten.

»Mach dir keine Sorgen um mich, Engel. Ich kann mit ein wenig Dicke umgehen, und ich habe auch nichts dagegen, wenn es ein wenig grob ist.« Mit diesen Worten nahm sie seine Wangen und zog ihn so nahe, dass sie ihn küssen konnte. Als er sich entspannte, spannte sie wiederum ihre Oberschenkel an und stieß mit einem erregten Lachen die Hüften nach vorn, womit sie ihn umhüllte.

»Fuck!« Das Wort brach aus ihm heraus und wurde geschluckt, ähnlich wie ihre Muschi ihn schluckte.

Sie knabberte an der Spitze seines Kinns. »Ich finde, ficken ist eine gute Idee.«

Seine Antwort war ein gleichmäßiges, stöhnendes Grummeln, als er begann, seine Hüften zu bewegen. Er bewegte sie langsam, zu langsam für die Intensität ihrer Erregung. Hinein, langsam und träge, was sie jeden Zentimeter spüren ließ, dann hinaus, ein feuchter Rückzug, der sie dazu veranlasste, ihn zu umklammern.

Nein, geh nicht.

Wieder hinein, wobei die Reibung sie zittern ließ. Sie hielt sich an ihm fest, grub ihre Finger in seine Haut und gab ein schrilles, atemloses Geräusch von sich.

»So verdammt eng und süß. Halt mich fest. Ich werde schneller machen.«

Wusste er, dass es ihre Erregung nur verstärken würde, wenn er es ihr sagte?

Ihre Beine pressten ihn an sie, und da er sich nicht so weit herausziehen konnte, stieß er tiefer hinein, wobei er ihren G-Punkt erreichte. Dann ließ er seine Hüften kreisen. Drehen, stoßen, drücken, reiben. Die Intensität an ihrem G-Punkt brachte sie an den Abgrund. Sie schluchzte praktisch vor Freude.

Wie perfekt sie zusammenpassten. Ein Mann mit Größe, Kraft und, am allerbesten, der Fähigkeit, seinen harten Schwanz zu nutzen und sie so wunderbar zu dehnen.

»Füll mich. Fick mich.« Sie schaffte es, Luft zu holen, um ihn heiser anzubetteln.

Er stöhnte, und das tiefe Grummeln ließ ihr Wesen vibrieren.

Er bewegte sich schneller, vergrub mit den Stößen seiner Hüfte seinen Schwanz in ihr.

Er war so hart. So dick. So verdammt dick.

Selbst als sie kam, blieb er dick, perfekt. Ihr Körper explodierte an ihm und um ihn herum. Wellen purer Glückseligkeit durchströmten sie, erschütterten jedes Atom und kehrten zurück, um sie erneut zu überkommen. Und erneut.

Endlose Ekstase, als er weiter rieb und stieß und ...

Er kam. Feurig heiß drang er in sie ein und füllte ihren Unterleib mit seinem Samen. Hinterließ seine Markierung.

Der Moment war so perfekt, besonders als er seine Stirn an ihre lehnte, sodass ihr sein heißer, stockender Atem entgegenschlug. Sie verstand die Notwendigkeit, sich zu erholen.

Explosiv beschrieb nicht einmal annähernd die Überschwemmung des Orgasmus. Sie sollte anmerken, dass sie sich an Sex erinnerte. Und das war alles, was es war. Sex. Nicht diese intensiv leidenschaftliche und intime Zusammenkunft – nicht nur ihrer Körper, sondern verdammt, ihrer Seelen.

Ich dachte, ich würde nicht an so eine sentimentale Scheiße glauben.

Nicht mehr.

Er gehört mir.

Ihre Worte. Nicht die eines anderen.

Aber nicht alle stimmten zu.

KAPITEL ACHTZEHN

Das tiefe, grummelnde Knurren zog Constantines Aufmerksamkeit weg von der wunderbaren Trägheit nach dem Sex, die er genoss.

Mit Aria zu schlafen war noch unglaublicher gewesen als erwartet.

Wie könnte ein Mann so etwas verlassen?

Die Frage war gut, trat aber aufgrund des Knurrens seines Hundes in den Hintergrund. Warum war seine Prinzessin alarmiert? Er spürte keine Gefahr. Sein sechster Schlangensinn kribbelte nicht, und doch klang sein Hund nicht glücklich.

»Was ist los, Prinzessin?« Während er fragte, festigte er seinen Griff um Aria und trug sie ins Badezimmer, wo eine Dusche nach einem fantastischen Plan klang.

Eine Dusche mit Seife, Reiben und nackter Haut. Scheiße, ja.

Grrr. Wuff.

Prinzessin schien noch immer nicht glücklich zu sein. Irgendetwas störte sie. Constantine blieb vor dem Badezimmer stehen und sah sich um, auf der Suche nach Anzeichen für Gefahr. Da ihm nichts auffiel, blickte er zu seinem Hund hinunter, der an seinen Füßen saß und ihn mit großen Augen anstarrte.

»Was ist, kleines Mädchen? Sag Daddy, was los ist.«

»Sie ist eifersüchtig, Engel. Ich glaube nicht, dass deine Prinzessin gern teilt. Und weißt du was?« Sie rieb mit den Lippen über die Haut an seinem Hals. »Ich auch nicht.« Biss.

Aria biss fest in seine Haut, so fest, dass er nach Luft schnappte, sein Schwanz hart wurde und sein Hund sich vor lauter Bellen beinahe überschlug.

Mit einem dumpfen Aufprall landete er an der Badezimmerwand.

»Was zur Hölle sollte das denn?«

»Ich habe nur bewiesen, dass ich recht habe. Prinzessin hält mich für gefährlich und will mich außer Gefecht setzen«, flüsterte sie mit warmem Atem an seiner pulsierenden Haut.

»Ich glaube, Prinzessin hat recht. Du bist gefährlich. Aber ich auch.« Und sein Hund würde lernen müssen, ihn zu teilen, denn er würde Aria nicht den Laufpass geben. »Prinzessin, Daddy braucht eine Dusche, um sauber zu werden.«

»Oh nein, es wird schmutzig sein«, versprach Aria.

Verdammt. Er konnte seinen Schwanz nicht davon abhalten, angesichts ihrer Worte anzuschwellen. »Geh das Haus bewachen. Sei ein braves Mädchen.«

Kläff. Mit einem jämmerlichen Blick in seine Richtung schlich Prinzessin durch die Tür, und er hätte sich vielleicht schuldiger gefühlt, hätte er nicht den bösen

Blick gesehen, den seine Hündin Aria zuwarf. Er konnte es jedoch verstehen, da Aria murmelte: »Ich gewinne.«

»Nein, ich gewinne, weil ich dich jetzt in meinen Armen habe und du nicht fliehen kannst.«

»Warum sollte ich das wollen?«, fragte sie.

»Weil ich so böse, böse Dinge mit dir tun werde.«

Sie erschauderte. »Bitte tu es.«

Das würde er. Sobald er ein wenig heißes Wasser hatte, um sie abzuwaschen.

Er hielt sie an sich gepresst, wo sie hingehörte – *umarme sie, drücke sie, lass sie niemals los* –, und drehte das Wasser auf. Der Heißwassertank befand sich direkt hinter der Dusche, nicht weit entfernt, was bedeutete, dass es nicht lange dauerte, bis der Strahl aus den Düsen warm wurde.

Er stand in der Wanne, wodurch sich ihr Rücken unter dem heißen Wasser befand.

Sie seufzte und lehnte sich hinein, was ihren glatten Hals entblößte, eine Geste des Vertrauens unter Raubtieren.

Er rieb sich an der Haut, dazu verlockt, eine eigene Markierung zu hinterlassen. Aber der Moment war nicht passend dafür.

Aber ich kann ihn perfekt machen.

Er lehnte sie zurück, was sie dazu zwang, den Rücken zu wölben und ihre schönen Brüste in die Luft zu drücken.

Einfach köstlich. Er befreite eine Hand, damit er mit einem Finger über ihre Brüste fahren und sie nachzeichnen konnte.

Sie murmelte heiser: »Was tust du da?«

»Den Anblick bewundern.«

Sie prustete. »Du musst nicht lügen.«

»Warum denkst du, dass ich lüge? Fühlt sich das an, als würde ich lügen?« Er ließ sie weit genug gleiten, dass sie die Härte seines Schwanzes spüren konnte, bereit für eine neue Runde.

Sie öffnete und schloss die Augen, als sie Duschwasser hineinbekam. »Igitt«, rief sie.

Er lachte und drehte sie seitlich, sodass sie den Kopf an die Duschwand lehnen konnte.

Es behinderte nicht seine Aussicht. Tatsächlich wurde es dadurch einfacher für ihn, sich nach unten zu beugen und eine Spitze mit den Lippen zu umschließen.

Sie schnappte nach Luft und krallte ihre Finger in seine Kopfhaut. »Ich habe keine großen Brüste.«

»Und?« Er biss in die Brustwarze hinein, woraufhin sie ihre Fingernägel weiter hineingrub. Der angenehm stechende Schmerz zügelte sein wachsendes Verlangen.

»Ich will nur sagen, dass ich keine großen Brüste habe. Oder viel Hintern.«

»Und erneut, was sage ich darüber? Von meiner Perspektive aus«, er saugte, »sind sie«, er drückte ihre Pobacken, »perfekt.«

Und mein.

Allein mein.

Ein Konzept, das ihm wirklich ans Herz wuchs. Genau wie sie ihm ans Herz wuchs. Für gewöhnlich stießen Schlangen ungewollte epidermale Schichten ab, aber das war das eine Mal, dass er jemand anderen wie eine Haut tragen wollte. Er wollte, dass Aria sich um ihn wickelte. Außerdem wollte er sie kosten.

Jetzt.

In genau diesem Moment.

»Halt dich fest«, warnte er. Er stellte ihre Füße in die Badewanne und sorgte dafür, dass sie sich anlehnte. Er ging vor ihr auf die Knie, wodurch der schwache Wasserstrahl auf seine Schultern traf und seinen Rücken hinunterlief.

Als er sein Gesicht auf eine Höhe mit ihrem Schritt brachte, spreizte er ihre Oberschenkel.

Ein schnell eingesaugter Atemzug lockte seine Aufmerksamkeit nach oben. Er bemerkte, dass sie ihn beobachtete, während sie sich auf die Unterlippe biss.

Er musste ihr Gesicht jedoch nicht sehen, um ihre Erregung zu riechen. So nahe an ihrer Muschi konnte er sie riechen. Sie verlockte ihn.

Er streifte die Innenseite ihrer Oberschenkel mit den rauen Stoppeln seines Barts, kratzte über die empfindliche Haut.

Ein Schaudern ging durch sie hindurch. Ein weiteres, als er sie mit der Nase berührte, sein Gesicht an ihren Schamhaaren rieb und ihren Duft einatmete. Ihre Essenz.

Er prägte sie sich ein, damit er sie nie vergessen würde.

Ich werde sie niemals vergessen. Wie könnte er das auch, wenn sie so wunderbar weiblich roch? So dekadent.

Er leckte an ihr, eine lange, feuchte Bewegung seiner Zunge über ihre Klitoris.

Das veranlasste sie dazu, mit den Fingern an seinem Haar zu ziehen.

Ein weiteres langes Lecken und sie gab das schönste wimmernde Geräusch von sich. Aber ihre Klitoris war nur einer der Schätze, die es zu entdecken galt.

Es war nur eine Bewegung seiner Zunge nötig, damit sich ihre prallen, pinkfarbenen Schamlippen für ihn teilten. Ihr Honig überzog seine Zunge, betäubte ihn mit ihrer Erregung. Wie süß sie schmeckte. Er brauchte mehr.

Er leckte an ihr, berührte und reizte ihre Muschi einen Moment lang, bevor er zu ihrer Klitoris zurückkehrte und daran saugte.

Gefangen von der Lust, mit der er sie überschüttete, grub Aria ihre Finger fester hinein. Sie umklammerte ihn so fest.

Ja, fest. So gut.

Er wollte von ihr zerquetscht werden. Je mehr Lust er ihr gab, desto fester wurde sie.

Sie wurde außerdem wild, etwas grob, als sie ein wenig die Kontrolle über ihre Hüften verlor.

Gefällt mir.

Und ihr gefiel es, als er ihre Hüften packte, wobei seine draußen gebräunte Haut ein angenehmer Kontrast zu ihrer weißen Haut darstellte.

Mein.

Er hielt sie fest, überfiel sie mit seiner Zunge, und da ihre Fähigkeit, sich zu winden, eingeschränkt war, stöhnte Aria, laut und oft.

Als ihr Körper zu zittern begann, wusste er, dass er sie so weit getrieben hatte, wie er konnte. Sie war bereit für ihn.

In einer fließenden Bewegung stand er auf. Er fing

ihre Lippen mit seinen ein, saugte an der stöhnenden Leidenschaft und schluckte die Geräusche ihrer Lust.

Mit den Fingern berührte er den geschwollenen Eingang ihrer Muschi, stieß in sie hinein, ein Fingerfick, der sie beide dazu veranlasste, ihre Hüften zu bewegen.

»Dreh dich für mich um«, befahl er.

Sie tat Besseres als nur das. Sie drehte sich von ihm weg, stützte ihre Handflächen an der Wand ab und drückte ihren kleinen Hintern zurück.

Und er traf auf ein Dilemma. Sie war zu verdammt klein, um es so zu tun.

Scheiße.

Sie spähte über ihre Schulter. »Worauf wartest du?«

»Dass magischerweise ein Tritthocker erscheint.« Er knurrte frustriert.

Sie brauchte weniger als eine Sekunde, um das Problem zu verstehen, und das Luder lachte. »Armer Engel. Ich schätze, dann müssen wir erfinderisch sein.«

Scheinbar bestand ihre Vorstellung von Erfindertum darin, dass sie nass und nackt das Badezimmer verließ und nur ihr Lachen und Tropfen als Spur hinterließ.

Er folgte ihr, sein Schwanz voraus, direkt in sein Schlafzimmer, wo sie sich auf den Händen und Knien positioniert hatte, die Beine ein wenig gespreizt, entblößt und bereit für ihn.

Sie warf ihm einen neckischen Blick über ihre Schulter hinweg zu. »Ist das besser?«

Da er bezweifelte, in diesem Moment zusammenhängend sprechen zu können, nickte er nur. Da sie so verlockend vor ihm ausgebreitet dalag, konnte er seine Ungeduld nicht zügeln. Er kniete sich hinter sie auf das

Bett und rieb mit der Spitze seines Schwanzes über ihre feuchten Schamlippen. Er teilte sie mit seiner geschwollenen Eichel und sah zu, wie ihre pinkfarbene Muschi zitterte, als er seine Erektion knapp außer Reichweite hielt.

Er drückte nur die Spitze hinein.

Ein Schaudern ging durch sie hindurch.

»Mehr?«, fragte er. Trotz ihrer vorherigen Behauptungen wollte er sie nicht überfordern.

»Du redest zu viel«, grummelte sie, als sie nach hinten stieß. Es sorgte dafür, dass er in ihr versank.

Feuchte, schraubstockähnliche Hitze.

Er warf den Kopf zurück. Spürte die Lust, in ihr zu sein. Versuchte, sich noch einen Moment länger zurückzuhalten, hatte aber Schwierigkeiten, da sie sich so herrlich wunderbar anfühlte.

Aber ich kann nicht ohne sie kommen.

Er rieb seine Hüften an ihr, langsame, druckvolle Kreise, während er mit den Fingern ihre geschwollene Klitoris suchte und fand.

Er rieb, stieß zu, rieb und stieß zu. Und …

Sie schrie, als sie kam, umklammerte ihn fest mit ihrem Orgasmus und entlockte ihm den eigenen Höhepunkt, vielleicht sogar seine verdammte Seele.

Wie konnte er auch nicht? Das zweite Mal war möglicherweise noch besser als das erste. Ohne die Ungeduld ihres vorherigen Verlangens konnte er sie wirklich genießen. Sie kosten. Sie spüren.

Sie ist wie eine Droge. Sie machte süchtig. Er wollte bereits die nächste Dosis.

Es löste in ihm den Wunsch aus, seine Gefühle laut

herauszusingen. Die Sache war, dass das Lied, das er wählte – »Hit Me Baby One More Time« von Britney Spears –, Aria in hysterisches Gekicher ausbrechen ließ, als er schließlich nachgab und es trällerte.

Aber dieses Gelächter brachte sie nur näher zueinander. Und in dieser Nacht taten sie es in seinem Bett noch mehr als einmal.

Ssssooo gut.

KAPITEL NEUNZEHN

Der widerliche Geruch weckte sie. Sie öffnete die Augen und stieß einen Schrei aus, als Prinzessin nur wenige Zentimeter vor Arias Nase mit dem Hintern wackelte und einen zweiten Furz fahren ließ.

»Du räudiges, stinkendes Mistvieh!« Bevor sie den kleinen Hals mit zwei Fingern umfassen und zudrücken konnte, schlenderte Constantine ins Schlafzimmer.

»Was ist hier los? Was soll das ganze Geschrei?«

»Sag du es mir!« Aria funkelte Prinzessin an, die selbstgefällig am Fuß des Bettes saß.

»Warum hast du so schlechte Laune?«

»Dein Hund hat mir ins Gesicht gefurzt.«

Seine Lippen zuckten. »Das wage ich stark zu bezweifeln.«

»Ich sage dir, dass sie es gerade getan hat.«

»Wie ist das überhaupt möglich? Sie sitzt am Bettende. Außerdem ist Prinzessin eine Dame. Sie bekommt keine Blähungen.«

Aria zeigte mit einem Finger in Richtung des

Hundes. »Das Ding hat gefurzt, und zwar mit Absicht. Sie mag mich nicht.«

Constantine hob seine Hündin vom Fuß des Bettes hoch und Aria wartete darauf, dass die Strafe begann.

»Arme Prinzessin. Ist diese Frau gemein zu dir? Und das in deinem eigenen Zimmer.«

Ihr fiel die Kinnlade herunter.

»Komm mit Daddy und ich gebe dir ein schönes Leckerli.«

Er drehte sich um und machte Anstalten, das Schlafzimmer zu verlassen.

»Willst du mich verdammt noch mal verarschen? Du belohnst dieses Ding?«

Er drehte sich um und funkelte sie an. »Dieses *Ding* ist mein Hund, und es gefällt mir nicht, dass du sie beleidigst.«

Damit machte er auf dem Absatz kehrt und marschierte hinaus, und sie hätte schwören können, dass der verdammte Köter ein selbstgefälliges Grinsen der Genugtuung trug.

Es hätte sie nicht ärgern sollen, dass Constantine ihr seinen Hund vorzog. Das hätte es nicht tun sollen, aber das tat es. Und verdammt, sie würde es nicht akzeptieren.

Sie schlug die Decke zurück und folgte ihm.

Splitterfasernackt.

»Komm zurück, Engel. Ich bin noch nicht fertig damit, mit dir zu reden«, trällerte sie.

Als sie den Küchenbereich betrat, wandte er sich von der Haustür ab, die mit einem Klicken ins Schloss fiel.

»Danke, dass du mitgespielt und mir eine Chance gegeben hast, Prinzessin rauszubringen.«

Sie blinzelte ihn an, als sie sagte: »Was?«

»Prinzessin fällt es schwer zu akzeptieren, dass ihr Daddy eine Mommy in ihr Leben gebracht hat.«

»Mommy?« Das Wort war nur ein leises Quieken.

»Wir werden sehr vorsichtig mit ihren Gefühlen sein müssen, während wir daran arbeiten, dass sie dich akzeptiert.«

»Warte.« Sie hob eine Hand. »Du meinst diese ganze Sache mit *Hey Aria, Frau, die ich letzte Nacht unzählige Male gevögelt habe, ist eine gemeine Lady, Daddy liebt dich* war eine beschissene Verschleierungsgeschichte, um die Gefühle deines Hundes zu schonen?«

Er strahlte. »Ja. Ich bin so froh, dass du es verstehst.«

»Das tue ich nicht, aber dein völliger Wahnsinn hält mich trotzdem nicht davon ab, dich zu mögen. Ein klein wenig.«

»Meinst du nicht groß?« Sein Lächeln wurde breiter.

»War er das?« Sie zog eine Augenbraue hoch. »Ich erinnere mich nicht. Vielleicht solltest du es mir noch mal zeigen, Engel.«

»Jederzeit, meine pinknippelige Amsel.«

Sie rümpfte die Nase, während sie lachte. »Okay, das war wirklich nicht sexy.«

»Oh, komm schon, ich fand, das war ein cleveres Wortspiel.«

Sie lachte. »Nein, ein gutes Wortspiel wäre, dass ich deine kleine Schwanzmeise bin.«

Seine Augen wurden groß. »Okay, vielleicht hast du recht. Das klingt großartig.«

»Warum trägst du dann so viele Klamotten?«

Klopf, klopf, klopf.

Das feste Hämmern an der Tür hielt Constantine davon ab, seine Jogginghose herunterzuziehen. Er runzelte die Stirn. »Ich frage mich, warum Prinzessin nicht bellt.«

»Vielleicht jemand, den du kennst.«

»Prinzessin bellt bis auf meinen Neffen so ziemlich jeden an. Sie liebt ihn. Schwing deinen süßen Hintern ins Schlafzimmer, während ich nachsehe, wer das ist. Hol auch die Schrotflinte aus dem Wäscheschrank im Flur, nur für den Fall.«

Schrotflinte? Bei den Handtüchern und der Bettwäsche?

Willkommen im Land der Sümpfe.

»Was ist mit dir? Was wirst du benutzen?«

Er warf ihr einen ungläubigen Blick zu. »Was denkst du, was ich als Einschüchterung benutzen werde? Mich natürlich.« Er spannte seine Muskeln an und zwinkerte.

Sie bezweifelte, dass er ihr Prusten über das nächste laute Klopfen hinweg hörte.

»Geh, bevor ich demjenigen, der hier ist, eine Show biete.«

»Ich gehe.« Aber nicht, weil sie nicht neugierig war. Constantine hatte mit einer Sache recht. Ihre Nacktheit war nicht gerade passend, um Leute zu begrüßen.

Sie ließ die Schrotflinte im Flur aus, da Feuerwaffen nicht ihr Ding waren, und eilte in sein Schlafzimmer, wo sie sich nach etwas zum Anziehen umsah. Sie hätte seine Schubladen durchwühlen können, fand jedoch ein großes T-Shirt, das über einem Stuhl hing. So wie es aussah, hatte Constantine es getragen, aber noch nicht für dreckig genug erachtet, um im Wäschekorb zu landen.

Sie zog es an und genoss die Tatsache, dass es seinen Duft trug, während sie durch die geschlossene Tür den gedämpften Stimmen zweier Männer lauschte. Einer musste Constantine sein, aber wer war der andere?

Es muss jemand sein, den er kennt. Obwohl selbst sie zugeben musste, dass es seltsam war, dass sie noch keinen Mucks von Prinzessin gehört hatten. Das Nagetier gab nur Ruhe, wenn sie auf der Pirsch war und etwas jagte. Wenn dieser Hund auf Beute aus war, wurde er unheimlich gespenstisch.

Aria war die interessante Technik aufgefallen, als sie Cynthia besucht hatte. Prinzessin hatte etwas für Cynthias neuen Freund übrig. Sie genoss es, geräuschlos herumzuschleichen und sich dann mit Gebell und Knurren auf Daryls Knöchel zu stürzen. Sie biss den Mann nie wirklich, und doch schrie Daryl jedes Mal: »Kein Blut auf dem Teppich.«

Aufgrund der anhaltenden Stille musste sie sich fragen: *Ist Prinzessin auf der Jagd?*

Sie ging zum Fenster, das den Garten überblickte. Sie betrachtete den Bereich, entdeckte jedoch nicht das kleine Fellknäuel mit seinem pinkfarbenen Strasssteinhalsband. Gerade als sie sich abwenden wollte, bemerkte sie eine Bewegung im Laub am hinteren Ende des Gartens. Sie erstarrte und sah zu, wie eine Kreatur aus dem Sumpf stieg. Ein Echsenmann, ähnlich wie der, den sie zuvor gesehen hatte, aber sie hätte schwören können, dass derjenige, der das Haus anstarrte, nicht derselbe war, der Jeffrey entführt hatte. Dieser war größer, aufrechter, mit einem Blick, der durchdringender und dennoch menschlich war.

Ich kenne ihn.

Der Rückblick traf sie hart und schnell, weshalb sie auf Constantines Bett sackte, während ihr Verstand von der Erinnerung gepackt wurde.

Sie wachte in einem Käfig auf. In einem verdammten Käfig! Die eine Sache, die alle Vögel hassten.

Als Aria auf die Füße sprang, bemerkte sie, dass sie nackt waren und sie noch immer ihre Sportkleidung trug – obwohl sie es nach dem Frühstück nie für eine Laufrunde nach draußen geschafft hatte. Verdammter Kakao.

Sie konnte nicht umhin, die Nase zu rümpfen, als ihr ein unangenehmer Duft hineinstieg. Der Stoff, den sie trug, stank intensiv, der faulige Geruch eines ungewaschenen Hundes, der sich in einem Haufen Mist gewälzt hatte.

Aber wenigstens trug sie Kleidung, im Gegensatz zu anderen. Sie sah sich um und bemerkte andere Käfige, Käfige mit Insassen. Sie konnte nicht Leute sagen. Nicht ganz, selbst wenn einige von ihnen noch menschliche Merkmale besaßen. Aber zwei Arme und zwei Beine – und in manchen Fällen menschliche Gesichter – konnten nicht das Fell, die Federn und zusätzlichen Gliedmaßen verbergen, die mehrere von ihnen besaßen. Es konnte außerdem nicht den Wahnsinn verdecken, der von ihnen abstrahlte.

In was für einem entsetzlichen Albtraum war sie aufgewacht?

Wo bin ich?

Ein plötzlicher Missklang aus Geräuschen – Grun-

zen, Schreien, Stöhnen und selbst ein paar gemurmelten Worten – erfüllte die Luft. »Tötet mich« und »Tötet ihn« war allen voran.

Wen töten? Das gleichmäßige Stampfen von Füßen veranlasste sie dazu, die Stäbe zu umfassen und den Hals zu recken. Jemand kam näher. Jemand, den die anderen Gefangenen hassten – und fürchteten –, und das mit größter Leidenschaft.

Kurz darauf wurde er sichtbar. Ein Mann, nicht einmal beeindruckend. Derselbe Mann, der über ihrem betäubten Körper aufgeragt hatte.

Der Mistkerl, der mich in einen Käfig gesteckt hat.

Er blieb vor ihrer Zelle stehen. Auf jeder Seite von ihm standen Monster als Wachposten.

Auf der linken erkannte sie Harold, das hundeähnliche Ding, das eine Rolle in ihrer Entführung gespielt hatte und dessen Gestank ihre Kleidung und ihre Haut durchdrang.

Jemand muss ihm ein Flohbad und ein paar Zahnpflegeknochen gegen seinen Gestank geben.

Die andere Kreatur, die den Typen mit den handgearbeiteten Slippern flankierte, schien in ihrer Gestalt humanoid zu sein, aber dort endete die Ähnlichkeit zu einem Menschen bereits. Sie war über zwei Meter groß, hatte ledrige Haut mit riesigen, fledermausähnlichen Flügeln und stand mit stoischer Miene da. Seine fremden Züge, die aus einer flachen Nase, scharfen Wangenknochen und einem Grat auf seinem Kopf bestanden, machten sein Erscheinungsbild beängstigend, aber verstärkt wurde es vor allem durch seine noch immer menschlichen Augen.

Der Mann in den Slippern lachte, was sie jedoch

nicht als beruhigend empfand. »Ich sehe, du bewunderst Ass. Zumindest nenne ich ihn so. Mein Ass im Ärmel, wenn es darum geht, Dinge zu erledigen. Und unsere erste wahre Erfolgsgeschichte. Ass war mal ein Patient hier.«

»Patient oder Gefangener?«, gab sie zurück.

»Die Unterscheidung ist an diesem Punkt irrelevant. Ass ist eine unserer besten Errungenschaften. Eine Mischung aus Spezies, um den perfekten Hybrid zu kreieren.«

Perfektion musste wohl im Auge des Betrachters liegen.

Sie zeigte auf Harold. »Wenn Ass also ein Erfolg ist, wie nennen Sie dann den da?«

Das Lächeln verblasste nicht. »Sprichst du von Harold? Ja, er ist nicht ganz so geworden wie erwartet, und doch hat er seine Qualitäten, deshalb behalte ich ihn. Jedes Genie sollte ein treues Haustier haben.«

»Sie sind ein kranker Mistkerl.«

»Beschimpfungen? Wie unhöflich. Auf der anderen Seite wurden wir einander nie offiziell vorgestellt. Ich bin Merrill, der Leiter dieses Projekts.«

»Projekt? Das ist ein Verbrechen. Eine Abscheulichkeit.«

»Nur ein paar unserer Ergebnisse können als solche bezeichnet werden. Ich will zugeben, seit wir mit Lebendversuchen begonnen haben, hatten wir ein paar Fälle, die schiefgelaufen sind. Wir behalten sie zur Untersuchung hier. Die Wissenschaft lernt aus ihren Fehlern.«

»Ich habe Gerüchte gehört, dass Ihre Fehler es in die Öffentlichkeit geschafft haben. Sie sind Tötungsmaschinen.«

»*Das sind sie tatsächlich, weshalb wir sie hin und wieder rauslassen müssen, da sie sonst verrückt werden. Die verflixten Dinger sind immer hungrig, und manchmal reicht eben nur frisch gejagtes Fleisch aus. Ich empfinde sie als nützlich, um sich um Leute zu kümmern, die ansonsten vielleicht Probleme verursachen könnten.*«

»*Das ist verrückt.*«

»*Du verstehst nur Fortschritt nicht. Du wirst mir danken, nachdem wir dich verbessert haben.*«

Sie wich kopfschüttelnd zurück. »*Wagen Sie es nicht, auch nur daran zu denken. Ich werde nicht hierbleiben und Ihr Versuchskaninchen sein. Sie können mich nicht hier festhalten.*«

»*Denkst du wirklich, dass ich dich gehen lasse?*« Merrill trat näher an die Stäbe heran, um sie besser angrinsen zu können.

»*Lassen Sie mich gehen! Sie können mich nicht hier festhalten.*« Panik und Angst erhöhten ihren Puls. Ihr Herz flatterte wahnsinnig in ihrer Brust, es schlug, um sich zu befreien.

»*Ich befürchte, du wirst nirgendwo hingehen, mein schöner, seltener Adler. Nicht jetzt. Vielleicht niemals.*« Merrills Grinsen wurde breiter. »*Ich habe so viel Verwendung für ein Mädchen mit deiner Art von DNA.*«

»*Sie können das nicht tun. Ich arbeite für den HRG. Ich bin in deren Auftrag hier.*«

»*Das weiß ich. Was denkst du, wer mich gewarnt hat, dass du kommst? Ich habe vom Rat sogar die Erlaubnis bekommen, an dir zu arbeiten.*«

»*Sie lügen*«, behauptete sie. »*Der HRG würde dem*

niemals zustimmen. Genau wie er niemals den Experimenten zustimmen würde, die Sie durchführen.«

»Die Ratsmitglieder haben nicht nur zugestimmt. Sie haben sogar ein paar Testobjekte geliefert. Wie dich. Ein nettes, gesundes Weibchen in seiner Blüte. Wir stehen kurz davor, Phase zwei unseres Projekts zu beginnen. Kreuzung. Deine Hüften sind ein wenig schmaler, als es mir lieb ist, aber Kaiserschnitte sind heutzutage der letzte Schrei, damit die Muschis eng bleiben.«

Das Blut in ihren Adern wurde zu Eis, als ihr seine Worte klar wurden. »Sie werden mich befruchten?«

»Vielleicht. Oder vielleicht versuchen wir es zuerst auf die altmodische Art. Das würde Harold gefallen, nicht wahr, Harold? Ich hoffe, du hast nichts gegen Doggy-Style. Wie du dir vorstellen kannst, ist das Harolds Lieblingsstellung.«

Die heraushängende Zunge des besagten Hundemannes tropfte. Es war möglich, dass sie ein wenig in ihrem Mund erbrach.

»Sie sind krank.«

»Nicht mehr. Das muss niemand sein. Ich kann alle heilen.«

»Leute in Monster zu verwandeln ist keine Heilung.«

»Sag das meinem Bankkonto.«

»Ich werde Sie das nicht tun lassen.«

»Du kannst mich nicht aufhalten.«

Während der ganzen Unterhaltung sah Ass zu, sagte jedoch nichts. Er sagte nichts, als sie sie für vorläufige Tests und Blutproben abholten. Er sagte nichts, als sie sie dazu zwangen, Cynthia anzurufen und fälschlicherweise zu behaupten, alles sei in bester Ordnung. Und doch konnte sie ihn nicht richtig hassen. Seinetwegen konnte sie fliehen. Er hatte den Käfig unverschlossen gelassen, nachdem er sie nach einer Behandlung zurückgebracht hatte. Und es war kein Versehen. Sie sah, wie er so tat, als würde er die Tür zu ihrer Zelle abschließen. Sie sah seinen bedeutsamen Blick auf sie.

Sie nutzte es aus und lief, lief schnell und angestrengt, bis sie auf eine gewisse Schlange und deren treuen Hund traf.

Der Gedanke an sie holte sie zurück in die Gegenwart. Sie musste Constantine erzählen, woran sie sich erinnerte. Aber von größerer Wichtigkeit war in diesem Moment die Tatsache, dass Ass aus dem Garten verschwunden war. *Wo ist er jetzt?*

Es nicht zu wissen, bedeutete, dass sie sich bewaffnen sollte, bevor sie sich Constantine anschloss. *Ich sollte die Waffe aus dem Wäscheschrank holen, die er erwähnt hat.* Nur besaß sie nicht die Fähigkeit, sie abzufeuern. Die letzte Schrotflinte, mit der sie zu schießen versucht hatte, hatte sie mehrere Meter weit fliegen lassen, bevor sie heftig auf dem Hintern gelandet war.

Sie brauchte eine Waffe, die ihrer Größe angemessen war. Etwas, mit dem sie einen Gegner schlagen konnte. Aber was?

Sie suchte den Raum ab, in dem sie weder einen Baseball- noch einen Lacrosseschläger entdeckte. Nicht einmal eine Lampe, die sie jemandem überziehen konnte. Im Bruchteil einer Sekunde, während sie ihre Optionen begutachtete, landete ihr Blick auf dem perfekten Gegenstand. Sie nahm eine Socke vom Boden und schnappte sich in derselben Bewegung einen Schlüsselbund sowie eine kleine Trophäe eines Hundes, auf der 1. *Platz* stand. Sie stopfte die Sachen in die Socke und wickelte das offene Ende um ihre Hand.

Als sie die Tür zu seinem Schlafzimmer öffnete, hörte sie die Geräusche eines Handgemenges, zusammen mit wildem Knurren und Bellen von Prinzessin. Sie hielt inne, gelähmt durch die Unentschlossenheit.

Was sollte sie tun? Sie konnte die Schläge und das Grunzen eines Kampfes hören. Würde eine mickrige Socke wirklich einen Unterschied machen?

Vielleicht sollte sie stattdessen Hilfe holen.

Ich bin kein Feigling.

Und sie würde nicht zulassen, dass er sich allein der Bedrohung stellte, die sie angezogen hatte. Die Socke in ihrer Hand begann zu schwingen.

Sie betrat das Wohnzimmer, wo sie abrupt stehen blieb, anstatt sich in den Kampf zu stürzen. Dass sie sich nicht rührte, hielt ihre Baumwollwaffe nicht davon ab, sich wie ein Pendel vor und zurück zu bewegen.

Der Schock über die Besucher erinnerte sie an etwas, das Merrill gesagt hatte, dieser entscheidende Fetzen, dass der HRG ihn bezüglich ihrer Ankunft vorgewarnt hatte. Aber nur eine Person hatte gewusst, dass sie kommen würde.

Parker.

Mein Boss. Der Kerl, der mich hergeschickt und in die Falle gelockt hat.

KAPITEL ZWANZIG

Als Constantine die Tür öffnete, eine Begrüßung bereits auf den Lippen, erstarrte er angesichts des Fremden, den er sah. Der Mann war nicht allzu groß, vielleicht gerade einen Meter siebenundsiebzig, und hatte silbergraues Haar mit wenigen dunkelgrauen Strähnen. Der schicke Anzug, den er trug, hing an seiner schlanken Gestalt.

»Kann ich Ihnen helfen?«, fragte er.

Trockene Lippen verzogen sich zu einem verschlagenen Lächeln. »Na, wenn das nicht der Sohn der Schlange ist. Ich bin überrascht, dass du hiergeblieben bist. Wie ich mich erinnere, konnte dein Vater es nicht erwarten zu verschwinden.«

Bei der Erwähnung seines Vaters versteifte Constantine sich. »Sie kennen meinen Vater?«

»Ich kannte ihn. Er hat jahrelang unter mir gearbeitet. Tatsächlich war er einer der Männer, denen ich vertraut habe, um dabei zu helfen, Bittech aufzubauen. Er hat Monate gebraucht, um alle Genehmigungen und so weiter zu beschaffen. Beschäftigter Kerl, und ich meine nicht nur beruflich. Ich hatte gehört, dass er eine Einheimische geschwängert hat, bevor er in unsere Zentrale zurückgekehrt ist.«

»Sie meinen, mein Vater hat nie beabsichtigt zu bleiben?«

»Warum sollte er das tun, wenn er zu Hause eine perfekte Familie hatte?«

Constantine blieb die Luft weg, denn die beiläufige Aussage stellte sich als heftiger emotionaler Schlag heraus.

»Sie lügen.«

»Warum sollte ich? Dein Vater war nur vorübergehend in Bitten Point. Hat deine Mutter dir nicht davon erzählt, wie er jedes Wochenende verschwunden ist? Das lag daran, dass er jeden Samstag und Sonntag nach Hause zurückgekehrt ist, um seine richtige Familie zu sehen.« Der Mann lächelte. »Du hast übrigens zwei Halbbrüder. Sie arbeiten für mich, aber ihnen mangelt es an den Fähigkeiten, für die ich deinen Vater geschätzt habe.«

Die schockierende Erklärung zerstörte lang gehegte Überzeugungen. *Mein Vater ist nicht gegangen, weil er Bindungsangst hatte. Er ist gegangen, weil er bereits eine andere Familie hatte.* Die Wahrheit, auch wenn sie schmerzhaft und verdreht war, befreite ihn auf gewisse Weise.

Der gute Alte war ein untreuer Mistkerl, der meine Mutter geschwängert und dann verlassen hat. Aber so wie es klang, hatte er zwar eine Familie im Stich gelassen, sich jedoch um eine andere gekümmert.

Wenn Constantine den beschissenen, untreuen Teil

ignorierte, gab es ihm Hoffnung, dass er vielleicht etwas Langfristiges mit Aria haben konnte. Wenn er überlebte. Denn er brauchte nicht das warnende Zischen seiner Python, um die Gefahr zu erkennen, die der Mann vor ihm darstellte.

»Wer sind Sie? Und was wollen Sie?« Denn heiliges Kanonenrohr, sein *Oh-scheiße*-Zähler spielte verrückt. Seine Schlange wand sich in seinem Kopf, bettelte darum, herausgelassen zu werden.

Schlag zuerst zu. Und dann fest zudrücken.

Eine extreme Reaktion, da der ältere Mann vor ihm, auch wenn er ein Wolf im Anzug war, seinem kräftigen Körper nicht das Wasser reichen konnte.

»Spricht man so ein angesehenes Mitglied des Hohen Rates der Gestaltwandler an?«

»Sie sind Ratsmitglied?« Man sollte nicht über seine Ignoranz spotten. Constantine kümmerte sich nicht sonderlich um Gestaltwandlerpolitik. Er lebte sein Leben, in seiner Stadt, und befolgte die Regeln.

Er sollte ebenfalls anmerken, dass nicht viele die Ratsmitglieder erkennen konnten, da die Leute nur mit dem HRG zu tun hatten, wenn sie irgendein extrem strenges Gesetz gebrochen hatten. Und selbst dann neigte die örtliche Justiz dazu, schnell zu sein.

»Das bin ich tatsächlich, was mir viel Macht verleiht, mein Sohn.«

»Ich bin nicht Ihr Sohn.«

»Ah, aber du hättest es sein können. Deine Mutter war damals ein wenig freigiebig mit ihrer Zuneigung. Leider konnte ich nicht bleiben, um die Dinge zu überwachen, und dein Vater hat sie zuerst erreicht.«

Constantine konnte seine Faust nicht zurückhalten, aber zu seinem Schock packte der ältere Mann sie – und hielt sie fest!

»Warum sind Sie hier?«, knurrte Constantine. Er stieß gegen den Mann, der ihn festhielt, und brachte nur aufgrund seines Gewichts überhaupt Bewegung zustande. Ein kurzlebiger Sieg, da der andere Kerl seine Füße in den Boden grub und zurückstieß.

Wie ist er so unglaublich stark?

»Ich bin hier, weil du nicht aufhören willst, Fragen zu stellen und deine Nase dorthin zu stecken, wo sie nicht hingehört. Ich war bereit, aus Respekt für deinen Vater bei deinen Handlungen ein Auge zuzudrücken, aber dann musstest du einfach diesem dummen Vogel helfen.«

Der Kerl wusste von Aria? Scheiße. »Vogel? Was für ein Vogel? Das einzige Geflügel, das wir in diesem Haus haben, ist das Hähnchen im Gefrierfach.«

Der Mann blickte finster drein. »Lüg nicht. Ich weiß von der Frau, die hier untergekommen ist.«

»Keine Ahnung, von wem Sie sprechen. Sonst ist niemand hier.«

Tz, tz. Der Mann schüttelte den Kopf, während sich ein Lächeln auf seinen Lippen breitmachte. »Du solltest es besser wissen, als zu versuchen, mich zu verarschen. Während wir sprechen, beobachten meine Männer das Haus. Sie haben berichtet, dass sie hier drin ist. Und du wirst ihr sagen, dass sie herauskommen soll.«

»Einen Teufel werde ich tun.«

»Ich dachte mir schon, dass du das sagen würdest,

deshalb habe ich einen kleinen Anreiz zum Gehorsam mitgebracht.«

Constantines Blut gefror ihm in den Adern, als eine ledrige Hand über dem Kopf des Ratsmitglieds erschien, deren Knöchel voller grobem Haar waren. In ihrem Griff hing ein zitternder kleiner Hund.

»Prinzessin.« Er konnte nicht umhin, ihren Namen zu hauchen.

Große Augen blickten in die seinen, nicht geschlagen, sondern vor Verlegenheit. Er kannte seinen Hund gut genug, um zu verstehen, dass sie das Einschleichen in ihr Revier und besonders ihre Gefangennahme sehr persönlich nahm.

Schlechter Zug. Jetzt habt ihr meinen Hund wütend gemacht. Und den Mann. Und die Schlange.

Aber wie sollten sie aus der Sache herauskommen, ohne dass jemand zu Schaden kam?

Wenn er nicht nach Aria rief, würden sie seine kleine Prinzessin töten. *Das kann ich nicht zulassen.*

Er öffnete den Mund, aber bevor er sprechen konnte, handelte sein Hund. Sie ging von schlaff und vorgetäuschter Niederlage zu knurrendem Dynamo mit beißenden, scharfen Zähnen über. Sein Hund wand sich in dem Griff, der sie gefangen hielt, wobei sie sich genug drehte, dass sie es schaffte, ihre Zähne tief in Fleisch zu vergraben.

Das haarige Ding – teils Gorilla, teils verdammter Albtraum – brüllte und schleuderte seinen Arm zur Seite. Prinzessin ließ ihre Beute los und flog – direkt auf Constantine zu!

Ich muss sie fangen.

Er stampfte mit dem Fuß auf den Rist des Ratsmitglieds, bevor er auf sein Knie zielte. Der Tritt traf ihn nicht. Allerdings zwang er den Kerl dazu, ihn loszulassen. Gerade rechtzeitig.

Constantine stürzte zur Seite und fing seinen Hund. Allerdings konnte er seinen Schwung nicht stoppen, was er jedoch auch nicht wollte. Er stürmte nach vorn, aber sein Ziel war nicht die Gefahr, die der Wolf und sein Handlanger darstellten, sondern der Schirmständer neben der Tür.

Er legte die Finger um den hölzernen Schaft der Schrotflinte, die Ma dort aufbewahrte, im Falle nächtlicher Kreaturen – oder, wie sie sie gern nannte, das Abendessen des folgenden Tages.

Als er sie von ihrem Platz nahm, zielte er schnell, wobei er den Schaft der Waffe auf Brusthöhe hob. Er hatte einen Moment, um in die Augen – die sehr menschlichen, wenn auch verrückten Augen – des Hybrids zu sehen. Er zögerte, nur den Bruchteil einer Sekunde, während er die Waffe an seiner Hüfte abstützte.

Nicht menschlich, zischte seine innere Schlange.

Er drückte den Abzug.

BUMM!

Die Pause von einer Millisekunde gab der Bestie die Zeit, die sie brauchte, um aus der Tür zu stürzen. Schade. Die elefantengroße Kugel hätte sie vermutlich außer Gefecht gesetzt.

Das laute Geräusch brachte den alten Kerl jedenfalls dazu, ihn argwöhnischer zu betrachten. Außerdem verbarg der Knall Arias Erscheinen, die ... eine Socke schwang?

Von größerem Interesse als ihre Waffenwahl war ihre Miene. Der Schock in ihrem Gesicht war unverkennbar. Ihr Gesicht wurde blass und ihr fiel die Kinnlade herunter. Auch wenn sie flüsterte, konnte Constantine ihre Worte verstehen. »Parker? Du steckst dahinter. Du hast mir eine Falle gestellt. Wie konntest du nur?«

Selbst Constantine hielt inne, um die Antwort zu hören.

»Weil du eine neugierige Nervensäge bist, die nicht aufhören wollte, mir das Ohr damit abzunagen, dass seltsame Dinge in Bitten Point passieren.« Das Ratsmitglied warf die Hände in die Luft. »Ich weiß, dass Dinge passieren, weil ich derjenige bin, der dahintersteckt.«

»Aber du bist Teil des Rates. Du solltest unsere Art davor beschützen, entdeckt zu werden und zu Laborratten zu werden.«

»Die Zeiten ändern sich. Die Welt hat sich verändert. Es war an der Zeit, dass wir uns mit ihr ändern. Ich bin es leid, vor schwachen Menschen den Kopf einzuziehen. Wir sind stärker als sie. Besser. Wir sind diejenigen, die hoch erhobenen Hauptes umherstreifen sollten.«

»Du bist ein Monster.«

»Nein, du betrachtest einen unserer Erfolge.« Parker spannte einen Arm an. »Die Kraft eines Bullen, wortwörtlich. Aber ohne das Dummköpfige. Das Stehvermögen habe ich auch.« Das Zwinkern veranlasste Constantine dazu, die Schrotflinte in seinem Griff zu richten.

»Sie haben Eier, vor mir mit meinem Mädchen zu flirten«, knurrte Constantine.

»Die größten Eier, mein Sohn. Ich habe außerdem die Oberhand. Ergib dich und vielleicht werde ich dir nicht wehtun. Vielleicht wirst du sogar eine unserer Erfolgsgeschichten.«

»Ich werde Sie nicht an mir experimentieren lassen.«

»Wer hat gesagt, dass du eine Wahl hast? Entweder kommst du wortlos mit mir oder du stirbst. Es ist deine Entscheidung.«

»Weder noch«, rief Aria. Die schwingende Socke flog durch die Luft und traf Parker mit einem dumpfen Geräusch. Der alte Mann taumelte, eine Hand an sein Gesicht gepresst, während das Blut aus seiner gebrochenen Nase zwischen seinen Fingern hervorsickerte.

»Miststück! Dafür wirst du bezahlen. Bruno, greif an!« Der verletzte Mann schrie die Worte, und durch die offene Tür kam ein dicker Körper gestürmt, der die Arme angelegt hatte, sodass er durch den Rahmen passte.

Constantine hatte keine Zeit, sich zu drehen und zu schießen, bevor das haarige Ding auf ihn traf. Er breitete die Arme aus und Prinzessin, die er nicht auf dem Boden abgesetzt hatte, setzte zu ihrem zweiten Flug an diesem Tag an.

Scheiße.

Er hatte einen Moment, um zu bemerken, wie Aria seinen Hund fing, bevor er mit einem Aufprall auf dem Boden landete, der hart genug war, um das Haus zu erschüttern.

Während er seine Hände gegen den Kiefer der Bestie drückte, die versuchte, ihm das Gesicht abzubeißen –

eine wirklich hässliche Monstermischung –, sah er Arias nackte Beine, als sie vorbeilief.

Lauf. Versteck dich. Ihre beste Handlungsoption, da er ein wenig damit beschäftigt war, am Leben zu bleiben.

»Wenn du ihn nicht überwältigen kannst, dann bring ihn um«, befahl Parker, als er vorbeimarschierte. »Denk daran, seine Leiche ins Labor zu bringen, wenn du fertig bist. Selbst wenn er tot ist, kann ich seine DNA benutzen.«

Der Mann, der es gewagt hatte, Constantine in seinem eigenen Zuhause anzugreifen, ging. Er konnte nicht viel dagegen unternehmen, da er mit einem Monster kämpfte.

Die tollwütige Kreatur hatte eine Vorliebe dafür, ihre Klauen in ihm zu vergraben. Constantine hätte mit ein paar Stichwunden umgehen können. Es war die Lethargie, die ihm die Kraft nahm und sein Verderben brachte.

Gift? Scheiße. Das verlieh diesem Kampf eine neue Ebene von Gefahr. Aber er hatte einen Vorteil. Es war nicht das erste Mal, dass er mit Gift betäubt wurde. Als Junge, der im Sumpf aufgewachsen war, hatte er über die Jahre einige Bisse abbekommen, was bedeutete, dass sein Körper wusste, wie er dem entgegenzuwirken hatte.

Außerdem wusste er, wie man es vortäuschen konnte.

Manchmal musste ein Mann einen Nachteil vortäuschen, um die Oberhand zu gewinnen, zum Beispiel, indem er die Augen schloss und seinen Körper schlaff werden ließ, in der Hoffnung, dass es nicht darin resultierte, dass ihm die Kehle herausgerissen wurde, weil dieser Parker Verwendung für ihn hatte.

Die dämliche Bestie kaufte ihm das Schauspiel ab. Das schwere Gewicht auf seiner Brust bewegte sich. Klauen suchten auf seinem Laminatboden nach Halt und Constantine merkte, wie er am Arm gepackt wurde. Er bemühte sich angestrengt, nicht zu reagieren, als die Kreatur ihn über den Boden zur Haustür zerrte. Erst als das Ding ihn auf die erste Stufe schleppte, sprang er mit einem Brüllen auf die Füße.

Okay, es war eher ein Zischen, als seine Schlange die restliche Lethargie verdrängte und versuchte, sich zu befreien.

Der plötzliche Angriff überraschte das Monster, was Constantine erlaubte, ihn am Kopf zu packen und heftig zu Boden zu fallen.

Knack. Ein gebrochenes Genick entledigte ihn des tollwütigen Brunos, aber Constantine wusste, dass es noch mehr gab. Er konnte Spuren der fliegenden Echse riechen, ein Kerl, der aktuell außer Sichtweite war, aber er war das weniger dringende Problem, denn es schien, als hätte Parker mehr Verbündete mitgebracht als erwartet.

Männer – menschlich, wie er wetten würde, da sie in Kampfmontur dastanden und Waffen im Anschlag hielten – warteten vor einem schwarzen Geländewagen. Ein weiterer Wagen mit getönten Scheiben raste davon, vermutlich mit dem feigen Parker darin. Schade, denn er wollte den Schwachkopf wirklich gern umarmen.

Wir werden ihn später finden und fesssst drücken. Aber zuerst musste Constantine sich aus der aktuellen Zwickmühle befreien.

Zwei Menschen hatten Waffen auf ihn gerichtet,

während Prinzessin bellte und an ihren undurchdringlichen Stiefeln biss. Wenn sich nur einer von ihnen bücken würde, sodass sein Hund sich auf die Halsader stürzen könnte. Stattdessen gaben sie Prinzessin keine Chance. Sie traten sie, wodurch ihr kleiner Hundekörper durch die Luft flog.

Prinzessin. Nein. Sie landete in einem dichten Busch, einem Busch, der sich nicht bewegte. Einem Busch, der nicht bellte.

Ich glaube, sie haben meinen Hund getötet.

Inakzeptabel. Und strafwürdig.

Mit einem Zischen befreite sich ein Teil seiner Schlange. Zum ersten Mal in seinem Leben schaffte Constantine eine halbe Verwandlung. Er behielt seine Arme, aber sein Kopf verwandelte sich in Diamantform, seine Fangzähne kamen heraus, scharf und gekrümmt, und an seinem Steißbein explodierte ein langer Schwanz.

Heilige verdammte Scheiße. Aber er würde sich später über seine super-duper Hybridform freuen.

Die Spitze seines Schwanzes ging auf den Mann los, der es gewagt hatte, seiner kostbaren Prinzessin wehzutun. Da sie Menschen waren, verfielen sie beim Anblick seiner mächtigen Schlange in Panik und feuerten wild los. Ein paar ihrer Pfeile blieben an ihm hängen, aber die Spitzen schafften es nicht, seine schuppige Haut zu durchdringen. Mickrige Unannehmlichkeiten.

Er hängte seinen Kiefer aus und stürmte auf den Feind zu. Sie schrien. Wie menschlich. Wie nutzlos.

Sie flohen vor seinem wilden Angriff.

Lauft sssssschnell. Lauft weit. Ich werde euch trotzdem finden. Und euch umarmen. Es war nicht nur seine

Python, die die Bösen umarmen wollte. Er wollte sie auch drücken, bis ihre Augen aus ihrem Kopf quollen und sie ihren letzten Atemzug nahmen.

Kaltblütige Aufregung fachte seine Verfolgung an, aber seine Beute war nicht so verängstigt oder ungeordnet, wie er dachte. Sie trennten und drehten sich, bevor sie auf ihn feuerten. Er konnte nicht beiden Geschossen ausweichen. Einer der Pfeile traf das verletzlichere Fleisch unter seinem Arm, stach ihn und injizierte eine Lethargie erzeugende Droge in seinen Körper.

Sein Adrenalin hielt ihn wach, aber wie lange? *Ich habe zu viele Dinge zu tun, bevor ich schlafen kann.* Er musste Aria finden und retten, und er wusste nicht, wie es Prinzessin ging. Jetzt das Bewusstsein zu verlieren würde nicht nur sein Verderben, sondern auch ihres bedeuten.

Ich muss mich erholen. Als seine Beine sich mit einem betrunkenen Taumeln weigerten, ihn zu tragen, verwandelte sein Körper sich erneut, wobei seine Beine die Nähte seiner Hose platzen ließen, um sich zu einem langen Schwanz zu verbinden. Er glitt von den Männern und ihren Waffen davon, indem sich seine untere Hälfte auf dem Boden schlängelte.

Da hörte er das Bellen. *Prinzessin lebt!*

Sie war am Leben, aber nicht mehr lange, wenn es nach dem geflügelten Echsenmonster ging, das sich über seinen Hund beugte. »Verpisssss dichhhh«, schrie er und zischte das Geräusch mit seiner gespaltenen Zunge. Es reichte aus, um die Aufmerksamkeit des Monsters zu erregen.

Es wandte sich ihm mit bösem Blick zu, und der

Wahnsinn in seinen Augen war erschreckend. Es war nicht dieselbe Kreatur, die er zuvor gerochen hatte, die mit dem menschlichen Blick. Das hier war die mordende Bestie. Die ohne Gnade Jeffrey das Gesicht abgerissen hatte.

Eine wahre Tötungsmaschine. Aber Constantine kannte kaltblütig. Er lebte es jeden Tag. Und er würde auch morgen noch leben.

Sein Schwanz schnellte hinter ihm hervor und legte sich um den Körper des Echsendings, aber er erwischte ihn nur an der Taille, bevor die Kreatur mit den Flügeln schlug und versuchte, sich vom Boden zu erheben. Constantines Gewicht wirkte als Anker, der sie am Boden hielt. Das Ding konnte zwar nicht fliegen, schaffte es aber, ihn zu schleppen, und Constantine konnte nichts tun, um es aufzuhalten, besonders da sein Körper einfach nur einen netten, warmen Ort finden wollte, damit er schlafen konnte.

Die vielen Pfeile, die jetzt von hinten auf ihn abgefeuert wurden, injizierten ihm das Gift, mehr als er vertragen konnte.

Seine Kraft ließ nach, weshalb ihn das Ding zur Grenze des Gartens, dann zum Rand des Sumpfes zog. Es schleppte ihn vorbei am matschigen Ufer, sodass das Wasser an seinem Körper saugte, seinem ach so schweren Körper.

In der Ferne konnte er Prinzessin bellen hören. Er hörte die dumpfen Schritte der näher kommenden Menschen, die bereit waren, ihren Preis zu beanspruchen.

Zu viel. Zu viel, als dass er allein damit umgehen konnte.

Er ließ das Echsending los. Er ließ los und ließ sich sinken. Er sank in das Wasser und glitt in die Dunkelheit, die ihn umgab.

KAPITEL EINUNDZWANZIG

Die Dinge passierten so schnell. Im einen Moment schleuderte Aria die Socke nach Parker, um ihn abzulenken, und im nächsten kämpfte Constantine auf dem Boden mit einem Monster, während sie auf wundersame Weise einen fliegenden Hund fing.

Noch erstaunlicher war, dass Prinzessin sich erlaubte, in Arias Armen zu bleiben, ohne zu versuchen, ein Stück davon abzureißen. Die Gemeinsamkeiten machten sie zu vorübergehenden Verbündeten. Aber ihr Waffenstillstand änderte nichts an den Tatsachen. Da Parker sie bedrohte und Constantine beschäftigt war, mussten sie fliegen. Und zwar jetzt.

Aria stürmte zur Tür hinaus, Prinzessin unter den Arm geklemmt. Ein Teil von ihr hasste es, dass sie nicht blieb, um Constantine zu helfen, aber Aria wusste, dass sie sich nicht gegen Parker behaupten konnte. Nicht nur im Hühnerstall waren die Wölfe gefürchtet.

Draußen war es jedoch auch nicht sicherer. Männer

mit Gewehren zielten auf sie und Ass stellte sich ihr in den Weg.

»Weg da!«, rief sie.

Aber ihre Befehle konnten nicht mit Parkers Rufen mithalten. »Schnappt euch das Mädchen und bringt sie in meinen Wagen.«

Nein. Ass murmelte das Wort nur, aber Parker musste es gesehen haben, denn einen Moment später fiel Ass auf die Knie, das Gesicht vor Schmerzen verzogen. Als Ass seine Finger um das Halsband krümmte, verursachte der brennende Gestank seines Fleisches ein mulmiges Gefühl in ihrem Magen.

Obwohl er offensichtlich gefoltert wurde, kämpfte er darum, auf die Beine zu kommen. Um seinem Herrn Parker zu gehorchen oder um ihr zu helfen? Sie konnte es nicht mit Sicherheit wissen. Sie konnte kein Risiko eingehen.

Da Ass auf ihrem Weg kniete, tat Aria das Einzige, was ihr einfiel. Sie lief auf ihn zu. Prinzessin wackelte in ihrem Griff, und als Aria sich bückte, um eine Handvoll Steine zu nehmen, ließ sie den Hund los. Dann richtete sie sich wieder auf, die Hände voller Geröll, das sie ihm ins Gesicht schleuderte.

Trotz seiner offensichtlichen Schmerzen sah Ass den Dreck kommen, drehte den Kopf und verpasste sie, als sie auf ihn zustürzte. Als sich ihre Haut berührte, brutzelte es für einen Moment – wie bei einem Brathähnchen.

Autsch! Zischend vor Schmerz stieß sie sich von Ass ab, aber nicht, bevor sie ihm einen Tritt in die Rippen verpasste und ihn gegen den Kopf trat, während Prinzessin aufgeregt kläffte und sich mit schnappenden Zähnen anschloss.

Nachdem sie ein Problem aus dem Weg geräumt hatte, ging sie weiter. Als sie lief, bemerkte sie, dass Prinzessin auf ihren stummeligen Beinen neben ihr galoppierte. Etwas flatterte in ihrem Maul.

Apropos flattern, in ihrer Brust pochte es wild.

Frei. Flieg frei. Lass mich raus.

Diesmal erschreckte sie das Wissen um ihren inneren Adler nicht, es machte ihr keine Angst. Stattdessen begrüßte sie die bekannte Anwesenheit ihrer Freundin und lud sie ein.

Bring uns in die Lüfte.

Nur konnte sie ihren Vogel nicht hervorbringen. Sie versuchte es. Sie zog. Er blieb unerreichbar.

Ich bin eine Gefangene! Sie teilte das Entsetzen ihres Adlers, aber es war nicht das Wissen, dass sie sich nicht verwandeln konnte, das sie stolpern ließ, sondern die Pfeile, die sie trafen.

Ihr zierlicher Körper konnte die Injektion von so vielen Drogen auf einmal nicht verkraften. Als sie zusammensackte, hörte sie wieder Parker. »Schnapp dir das Mädchen und bring sie her. Wir überlassen es den anderen, das Chaos aufzuräumen.«

Welches Chaos? Das Haus war sauber. Ihre Gedanken wirbelten in einem chaotischen Kreis, ihre Augen verloren den Fokus, aber sie spürte genug, um zu wissen, dass Ass derjenige war, der sie in seine Arme nahm und in einen wartenden schwarzen Wagen warf.

Von der Rückbank aus reckte sie den Hals und bemerkte, als der Geländewagen davonraste, dass das

Monster, das Constantine im Haus angegriffen hatte, seinen schlaffen Körper nach draußen schleppte.

Er ist tot. Die Erkenntnis traf sie wie eine Orkanbö und ließ sie in eine Gefühlsspirale fallen, fallen, fallen.

Es war nicht die Tatsache, dass Constantine ihr nicht helfen konnte, die sie traumatisierte, sondern die Tatsache, dass sie ihn getötet hatte. Sie hatte diese Gefahr in sein Haus gebracht. Und ihretwegen war er tot.

Eine erschreckende Erkenntnis, über die sie nicht lange nachdenken konnte, denn die Dunkelheit verschluckte sie und als sie das nächste Mal aufwachte, war sie auf eine Trage in einem Raum voller Kisten geschnallt, verpackt und bereit zum Versand.

Wo bin ich? Das spielte keine Rolle. Wo auch immer sie sich befand, es verhieß nichts Gutes.

Ich bin wach. Aber für wie lange? Sobald Parker oder einer der anderen Mistkerle an diesem Ort es bemerkte, würden sie sie wieder unter Drogen setzen. *Mich unter Drogen setzen und unaussprechliche Dinge tun.*

Aber sie hatten sich geirrt, wenn sie glaubten, dass ihre schlaffördernden Pfeile sie lange aufhalten würden. Sie hatte in ihrer Jugend viel experimentiert, mit allen möglichen Drogen. Auf Pilzen hatte sie Schmetterlingen hinterhergejagt. Sie hatte tütenweise Chips gegessen, während sie high war. Wenn es um illegale Substanzen ging, hatte sie jetzt eine Art eingebaute Resistenz. Deshalb griff sie jetzt auf Tequila zurück. Die feurige Flüssigkeit konnte billiger gekauft werden und es war weniger wahrscheinlich, dass sie deswegen verhaftet wurde.

Und wenn ich hier rauskomme, kaufe ich die größte Flasche, die ich finden kann, und besaufe mich ordentlich.

Wenn sie hier rauskam. In ihrem rasenden Drang zu entkommen zerrte sie an den Gurten, die sie festhielten.

Sie glitt vom Tisch, ihre nackten Füße ragten aus dem Saum des einfachen Baumwollkleides heraus, das sie trug. Das neueste Modestück für Gefangene, die von Verrückten festgehalten wurden.

Aufgrund des kalten Bodens krümmte sie die Zehen, aber das beunruhigte sie weit weniger als die Tatsache, dass ihre Knie einzuknicken drohten.

Oh verdammt, nein. Sie konnte hier nicht zusammenbrechen. Nicht jetzt. Wer wusste schon, was mit ihr passieren würde, wenn sie das nächste Mal ohnmächtig würde.

Ich will kein Monster werden. Sie spürte bereits, dass etwas in ihr anders war. Ihr Adler war immer noch da, aber er konnte nicht herauskommen. Er saß in ihr fest. Eine vorübergehende Störung ihrer Fähigkeit oder ein ernsthaftes Symptom des letzten Mals, als sie gefangen gehalten und ihr etwas injiziert worden war?

Sie schwankte auf den Füßen, während sie entschlossen die nachwirkenden Drogen zurückdrängte. Es war Zeit, eine Bestandsaufnahme ihrer Situation zu machen.

Grässlich.

Irgendwie offensichtlich, also schaute sie sich um. Der Raum musste als einer der Untersuchungsräume gedient haben. An zwei Seiten waren Tresen angebracht. Die Trage, die sie gegen ihre eigenen wackeligen Füße getauscht hatte. Außer Kisten war nichts in dem Raum zu sehen. Jemand packte seine Sachen zusammen und machte sich zum Aufbruch bereit. Da sie noch lebte, vermutete sie, dass sie sie mitnehmen wollten.

Einen Teufel würden sie tun.

Es war an der Zeit, den Laden zu sprengen, diesmal endgültig. Sie legte ihr Ohr an die einzige Tür im Raum und lauschte. Sie hörte gedämpfte Stimmen und den ein oder anderen Satzfetzen: »Stunde«, »Lastwagen warten«, »Zeit für einen Kaffee?«

Es war viel los da draußen. Zu viel, als dass sie hoffen konnte, unbemerkt zu verschwinden.

Außerdem sollte sie nicht ohne eine Waffe gehen, aber was konnte sie benutzen?

Keine der Wachen hatte ihr eine geladene Pistole zur Verfügung gestellt. Als sie eine Kiste mit der Aufschrift *Medizinisches Material* öffnete, gewann sie den Jackpot.

Mit zitternden Händen füllte sie die Spritzen, die sie in zerknittertes Plastik eingewickelt fand, mit dem Inhalt einiger Flaschen, einem chemischen Cocktail, der entweder halluzinogene Schmetterlinge oder Albträume hervorrufen würde. Beides funktionierte.

Mit einer in jeder Hand bewaffnet konnte sie das schnelle Flattern ihres Herzens nicht unterdrücken, als sie das Kratzen eines Schlüssels im Schloss hörte.

Sie waren gekommen, um sie zu holen. *Aber sie werden mich nicht mitnehmen.*

Sie drückte sich an die Seite der Tür. Sie öffnete sich. Ein Wachmann machte einen Schritt hinein und murmelte: »Was zum Teufel?«, als er die leere Trage bemerkte.

Seine Überraschung erwies sich als ihr Vorteil.

Da er nur ein menschlicher Söldner in schwarzer Arbeitsuniform war, konnte er sich nicht schnell genug bewegen, um den beiden Nadeln auszuweichen, mit denen sie ihn pikste. Sie schaffte es, die Kolben zu drücken, bevor er sie wegschleuderte.

Sie schlug mit einem dumpfen Aufprall gegen die Wand, aber obwohl sie den Kopf schütteln musste, erholte sie sich wieder. Der Wachmann hingegen blinzelte und blinzelte noch einmal, als der Cocktail durch seine Blutbahn floss.

Mit verschränkten Fingern holte sie nach ihm aus. Die Superfaust schleuderte den Wachmann hart gegen die Wand, wo sie mit der Schulter voran in ihn hineinraste. Er sackte auf den Boden, die Augen geschlossen, bewusstlos. Der zusätzliche Tritt gegen den Kopf – weil sie Mr. Grapschende Hand noch von ihrem letzten Aufenthalt kannte – war das Sahnehäubchen.

Nachdem das erledigt war, ging sie zur Tür und spähte hinaus. Der Trubel hatte sich gelegt. Ein paar vorsichtige Schritte in den Flur zeigten, dass es keine Fenster gab, aber mehrere Türen. Sie waren alle offen. Alle Räume leer. Nutzlos. Keiner von ihnen bot eine Fluchtmöglichkeit.

Aber das hatte sie auch irgendwie erwartet. Wenn sie recht hatte, hatte Parker sie zurück zu Bittech gebracht, in die versteckten unterirdischen Ebenen.

Ich bin schon einmal von hier geflohen. Sie konnte sich nur nicht mehr genau erinnern wie. Sie wusste, dass sie keine Fenster zum Rausklettern finden würde, also blieb ihr nur eine Wahl. Der Aufzug.

Von ihrem letzten Aufenthalt wusste sie bereits, dass

man dafür eine Schlüsselkarte brauchte, die sie dem schnarchenden Wachmann abnahm. Um nicht entdeckt zu werden, schloss sie die Tür hinter sich und ließ das Schloss einrasten.

In ihrem Kopf tickte eine unsichtbare Uhr, die sie zur Eile mahnte. Jeden Moment könnte jemand kommen und nach ihr suchen.

Sie lief zum Aufzug und hielt die Karte an den Scanner. Es dauerte einen Moment, aber dann verwandelte sich der Bildschirm vom rot blinkenden Bearbeitungsmodus zur grünen Bestätigung. Die Aufzugstür öffnete sich und sie hätte nicht sagen können, wer schockierter war: der Mensch im Laborkittel, der von seinem Tablet aufschaute, oder sie.

»Du bist keine Angestellte. Wie konntest du aus dem Gefängnis entkommen? Und was glaubst du, was du hier tust?«, rief er aus.

»Ich checke mich selbst aus«, murmelte sie und stürzte sich auf ihn. Erstaunlich, wie viele menschliche Ärzte für Parker arbeiteten. Der Arzt mochte zwar keine tierische Seite haben, die er rufen konnte, aber er war dennoch größer als sie. Sie kämpften miteinander. Nun ja, hauptsächlich klammerte sie sich an ihn und versuchte, ihn davon abzuhalten, den roten Alarmknopf an der Wand der Aufzugskabine zu drücken.

Eine rasende Wildheit ergriff von ihr Besitz. Sie schrie, während sie mit ihm rang. Stöhnte. Stampfte mit den nackten Füßen auf und stieß mit dem Knie zu, bis sie Kontakt hatte. Normalerweise hieß es, zwei Fliegen mit einer Klappe zu schlagen, aber in diesem Fall schlug sie zwei Eier mit einem Vogelknie.

Als der Mann zusammensackte, stieß sie ihn aus den Aufzugstüren. Erst als sich die Türen schlossen, bemerkte sie, dass sie ihre gestohlene Schlüsselkarte verloren hatte. Sie verhöhnte sie draußen auf dem Boden.

Es war zu spät, sie zu holen. Der Aufzug schloss sich und fuhr weiter. Sie wusste nur nicht wohin. Sie drückte sich an die Rückwand der Kabine, ihre Hände waren schweißnass und ihr Körper zitterte, aber ihre Angst stärkte nur ihre Entschlossenheit zu kämpfen.

Der Aufzug hielt ruckartig an und sie stützte sich ab, als die Tür aufglitt.

Sie staunte nicht schlecht, als einer ihrer Gefängniswärter, das Echsending namens Ass, die Öffnung füllte. Obwohl er ihr schon einmal zur Flucht verholfen hatte, konnte sie die Tatsache nicht ignorieren, dass er sie auf Parkers Anweisung hierhergeschleppt hatte. Ihm jetzt über den Weg zu laufen verhieß nichts Gutes.

»Willssst du irgendwohin?«, zischte Ass, verursacht durch seine gespaltene Zunge.

»Nun, deine Gastfreundschaft war toll und so, aber ich glaube, ich sollte jetzt wirklich gehen.«

Als er sich näher an sie heranlehnte, flatterten Ass' Flügel, ein lederartiges Geräusch, das ihren Ohren fremd war. Sie wusste, wie sich Flügel anhörten, wenn sie sich bewegten, das leise Flüstern der Federn. Dieses Geräusch hatte nichts von dieser beruhigenden Qualität.

»Ssso bald? Ich glaube, dassss issssst eine gute Idee.«

»Was?« Sie konnte nicht anders, als mit großen Augen zu antworten.

»Lauf sssssschnell und ohne Paussse«, riet er. Ass

schlang eine lederne Hand um ihren Arm und zog sie aus dem Aufzug. »Lauf und dreh dich nicht um.«

»Ich bin keine Maus, die gejagt wird«, beschwerte sie sich und zerrte an seinem eisernen Griff.

Ass ignorierte ihren schwachen Versuch und zerrte sie den Flur entlang bis zum Ende, wo ein AUSGANG-Schild sie mit leuchtend roten Buchstaben verhöhnte.

Erst als sie an einem Raum mit offener Tür vorbeikamen, bemerkte sie den zusammengesunkenen Körper eines Wächters, der nicht mehr auf die Dutzende von Monitoren achtete.

»Was hast du mit ihm gemacht?«

»Ich habe dafür gessssorgt, dasssss er nicht für meine Taten bezahlt.«

Aria starrte Ass fragend an. Welches Spiel spielte er? Er hatte sie gerade gefangen genommen und auf Parkers Anweisung zu Bittech gebracht. Andererseits hatte Ass mit dem Halsband keine andere Wahl. Sie hatte gesehen, was dieses Halsband mit dem armen, tollwütigen Hund Harold anstellen konnte. Der Geruch von verbranntem Haar ging nie ganz weg.

Das kontrollierende Halsband lag um Ass' Hals, eine schwere Erinnerung daran, dass er keine Kontrolle über seine Entscheidungen und Handlungen hatte.

Sie haben ihn in einen Käfig gesperrt.

Eine schreckliche Sache, die man jedem antun konnte und die ausreichte, um viele in den Wahnsinn zu treiben, aber Ass hatte nicht die gleiche rasende Wut in den Augen wie die anderen Monster, die sie getroffen hatte. Tatsächlich zeigte er überhaupt keine Emotionen.

Selbst jetzt, als er sie in Richtung des hoffnungsvollen AUSGANG-Schildes zerrte, behielt er eine ruhige Miene bei. Er schien sich um nichts zu scheren, was sein plötzliches Interesse an ihr umso merkwürdiger machte. *Warum will er, dass ich weglaufe?*

Vielleicht spielte er mit ihr. Manche Raubtiere spielen gern mit ihrem Futter.

Ich werde für niemanden das Abendessen sein.

Eine Tür auf dem Flur öffnete sich und ein Mann in einem weißen Laborkittel kam heraus. Mit einem Stirnrunzeln blickte er von seinem Klemmbrett auf. »Wo bringst du diese Person hin? Und warum ist sie nicht schon mit den anderen in einem Käfig auf dem Lastwagen?«

»Leck mich«, war Ass' Antwort. »Ich bin dir keine Rechenssssschaft sssschuldig.«

Die Antwort schien den Mann zufriedenzustellen, denn er machte keine Anstalten, Ass aufzuhalten, als er sie vorbeizerrte.

Das AUSGANG-Schild führte zu einem anderen Aufzug, an den gesehen zu haben sie sich nicht erinnerte und der nur einen Knopf hatte.

Die Aufzugstüren glitten zu und schlossen sie in der winzigen Kabine ein. Vorhin war sie ohne Bedenken gefahren, auch wenn sie den kleinen Kasten nicht mochte. Jetzt, da Ass den größten Teil des Raumes einnahm, konnte sie nicht anders, als zu keuchen, als die Enge des Raumes sich ihr näherte.

Die Türen öffneten sich zu einem höhlenartigen Raum, den sie noch nie gesehen hatte. Verlassene Gestelle ohne Ladung und ein paar leere Käfige waren im Raum verteilt.

»Wo bringst du mich hin?« Aria grub die Fersen in den Boden, aber das hielt Ass nicht davon ab weiterzugehen. Sein Griff wurde fester.

»Hör auf, dich zu wehren«, zischte er. »Ich versuche, dir zu helfen. Es ist nicht ssssicher für dich hier.«

»Ach was. Ich denke, die Entführung und die Gefangenschaft haben es verraten. Warte, bis ich es dem HRG erzähle.«

Ass prustete, ein stürmisches Geräusch. »Was glaubst du, wer hier das Ssssagen hat?«

Er bestätigte, was Parker behauptete, und ihr wurde das Herz schwer. Das bedeutete aber nicht, dass sie ihn nicht nach mehr Informationen ausquetschen würde. Sie brauchte jeden Beweis, den sie bekommen konnte, wenn sie die Leute überzeugen wollte, etwas gegen die Korruption im Rat zu unternehmen. »Bittech wird von irgendeinem Kerl und seinem Sohn geleitet.«

»Die bekommen ihre Befehle von jemandem aussssss dem Rat. Und diese Person will dich aussss dem Weg räumen.«

»Parker.« Sie knurrte seinen Namen.

»Parker ist nichts weiter als ein Lakai, auch wenn er sich noch ssssso groß vorkommt.«

Noch ein Spieler war involviert? Wie weit ging diese Travestie noch? »Warum hat er es auf mich abgesehen?« Denn Parker war derjenige, der sie ermutigt hatte, alles herauszufinden, was sie konnte, als sie sich für die Berichte, die sie gesehen hatte, interessierte.

»Parker ist hinter jedem her, der es wagt, zu sssschnüffeln.«

Schnüffeln? Sie hatte kaum angefangen, Fragen zu

stellen. »Die Leute werden nach mir suchen, vor allem, wenn ich wieder verschwinde.«

»Ich glaube, das ist Parker mittlerweile egal.«

»Weil er und der Rest der Leute, die für ihn arbeiten, verrückt geworden sind.« Wie sollte man den Wahnsinn sonst erklären?

»Parker ist leider viel zu vernünftig, auch wenn er mit einigen der Drogen gespielt hat, die sie hier entwickeln. Merrill hingegen isssst durchgeknallt. Fasssst so verrückt wie die anderen Experimente.«

»Bist du verrückt?«

Sein fester Blick traf den ihren und hielt ihn fest. »Ich bin ein Mann, der im Körper eines Monsssssters gefangen ist. Was denkst du?«

Sie dachte, dass er der Frage auswich. »Wo bringst du mich hin?« Wenn er sagte, dass er in die Küche ging, um Salz und Pfeffer zu holen, wüsste sie die Antwort.

»Du musst jetzt gehen, bevor es zu ssssspät ist. Die Ereignisssse sind dabei zu eskalieren. Leute werden verletzt werden.«

Aria passte ihren kurzen Schritt an seinen längeren an und fragte stirnrunzelnd: »Warum hilfst du mir? Warum kümmert dich das?«

Ein hässliches Glucksen ertönte von ihm. »Es ist mir egal. Aber allessss, was Parker und seine Sssspeichellecker ärgert, ist mir recht.«

»Warum bleibst du, wenn du sie so sehr hasst?«

Am Ende des Flurs blieb Ass vor einer geschlossenen Tür ohne Markierungen stehen. »Wo sollte ich denn hingehen? Monsssster dürfen nicht in der echten Welt leben.«

Für die Tür, durch die sie gingen, brauchte man keine Schlüsselkarte. Der Schiebebalken knarrte, als Ass ihn bewegte. Auf der anderen Seite gab es keinen Aufzug, nur eine lange Treppe, die nach oben führte. Sie betrachtete sie mit einem Stöhnen.

»Ist das der einzige Weg nach draußen?«

»Der einzige Weg, bei dem du eine Chance hast. Wenn ich dich durch den Haupteingang rausbringe, kommst du hier nicht lebend raus. Deine bessste Chance isssst, im Sumpf zu verschwinden.«

Der Sumpf? Schon wieder. »Warum kommt mir das bekannt vor?«

»Weil ich dir sssso das letzte Mal geholfen habe zu entkommen. Aber dann bissst du, anstatt die Stadt zu verlassssen, hiergeblieben.«

Es war nicht ihre Schuld, dass sie ihr Gedächtnis verloren hatte. Während sie die Treppe hinaufstapfte, hatte sie Zeit, im Geiste über die Aussicht zu grübeln, noch einmal den Sumpf zu durchqueren.

Oben angekommen schnaufte sie ein wenig, als Ass an der Tür auf sie wartete.

Trotz seines Eingeständnisses konnte sie sich eine nervöse Frage nicht verkneifen. »Woher soll ich wissen, dass du mich nicht reinlegst?«

Menschliche Augen in einem Reptiliengesicht blickten sie an. »Das tust du nicht. Wenn du bleiben willsssst, dann bleibssssst du.« Er ließ ihren Arm los und entfernte sich, als die Tür auf seinen Stoß hin aufschwang. »Aber wenn du bleibssssst, wirst du dir am Ende wünschen, du wärst gestorben.«

Mit diesen letzten Worten machte Ass auf dem

Absatz kehrt und ging die Treppe hinunter, jeweils zwei Stufen auf einmal, wobei der spitze Kamm seiner Flügel über seine Schultern ragte. Einen Moment lang starrte sie ihn an und erkannte, dass Ass trotz seines fremdartigen Aussehens ein Mann war, ein Mann, der zwischen Baum und Borke saß. Er hatte recht. Wo könnte er hingehen, ohne dass die Leute ihn jagen würden?

Sie wandte den Blick zur offenen Tür, wo der stechende Geruch des Sumpfes nach ihr rief.

Freiheit? Das schien zu einfach. Sie machte einen Schritt, dann noch einen, und trat aus der Luke, die in einen kleinen Hügel eingelassen war, getarnt vor allen, die nicht genau hinsahen.

Kein schriller Alarm ertönte. Sie ging noch ein paar Schritte weiter, bis sie die Tür ganz hinter sich gelassen hatte, und spürte die kühle Luft der Abenddämmerung auf ihrem Gesicht.

Es schien, als hätte sie mehr Zeit als erwartet in ihrer Zelle verbracht. Die bunten Strahlen der untergehenden Sonne malten den Horizont. Ein Sonnenstrahl durchbrach die Baumkronen und seine warmen Strahlen umspielten ihre Haut. Wie eine Blüte saugte sie sie auf, atmete tief das Leben und die Vitalität ein, die um sie herum im Sumpf flossen.

Hör auf, an den verdammten Blumen zu riechen, und beweg deinen Arsch.

Ass' Hilfe bei der Flucht bedeutete nicht, dass sie Zeit verschwenden sollte. Wer wusste schon, wann Parker oder Merrill bemerken würden, dass sie verschwunden war? Sobald sie es bemerkten, würde die Jagd beginnen. Sie wusste zu viel.

Ein Ruck an der Tür und die Hydraulik setzte ein, saugte das Portal in seine Position und versiegelte es. Das Grün und die Felsen klebten an der Oberfläche und verschmolzen mit ihr, sobald sie geschlossen war.

Auf diesem Weg würde sie nicht mehr zurückgehen, was bedeutete, dass es jetzt kein Zurück mehr gab. Sie drehte sich um und überprüfte die Gegend.

Es schien, als stünde sie auf einer kleinen Insel. Nicht groß genug, um sie auf einer Karte zu markieren, aber groß genug für diesen geheimen Ausgang und einen baufälligen Steg. Die Bretter des Stegs waren zwar verrottet, aber der Steg diente immer noch als Anlegestelle für die beiden Boote, die dort festgemacht waren. So tief im Sumpf war es die beste Möglichkeit für Landratten, sich fortzubewegen.

Da der Sumpf ihr Fluchtweg war, wollte sie es Merrill und seiner anrüchigen Bande nicht leicht machen, ihr zu folgen. Schnell machte sie das blaue Boot los und warf das lose Tau hinein, bevor sie ihm einen Schubs gab. Dann kümmerte sie sich um den Knoten, der das andere Boot hielt, ein tarnfarbenes Fischerboot mit flachem Boden und einem kleinen Motor am Heck. Gerade als sie den letzten Knoten löste, sprang es an.

Eine Sirene heulte auf, aber nicht laut und nicht von draußen, sondern aus dem Inneren der Anlage selbst. Ihr schriller Ton brachte den Boden auf dem Hügel zum Brummen, was wiederum den Steg vibrieren ließ. Sogar das Wasser in der Nähe zitterte.

Es dauerte weniger als eine Minute, bevor es aufhörte.

Seltsam. Sie nahm es als Zeichen dafür, dass sie sich auf den Weg machen sollte.

Bevor sie in das schwankende Boot einsteigen konnte, öffnete sich die Tür des Hügels und Merrill trat mit schmierigem Gesichtsausdruck heraus, wobei er übertrieben fröhlich fragte: »Du gehst schon?«

KAPITEL ZWEIUNDZWANZIG

Sobald die Drogen aus seinem Körper verschwunden waren, stieg Constantine aus dem Wasser, wie eine Seeschlange, die wütend, aber lebendig an die Oberfläche kam. Aus irgendeinem Grund schienen die Leute zu vergessen, dass seine Schlange in aquatischen Umständen gut klarkam. Eine Python konnte zwar nicht wie ein Fisch unter Wasser atmen, aber sie konnte bis zu dreißig Minuten unter Wasser bleiben. Die Zeit, die er brauchte, um das Gift aus seinem Körper zu bekommen, und die Zeit, die die Arschlöcher, die ihn angegriffen hatten, brauchten, um zu verschwinden.

Wie schäbig von seinem Feind, in dem Glauben zu gehen, er sei tot. Nicht tot. Nicht glücklich. Und er würde nicht zulassen, dass sie seine Frau behielten. Außerdem wollte er sich für seinen Hund rächen.

Du hast Aria und Prinzessin im Stich gelassen.

Die Erkenntnis brannte, doch wenn er in einem aussichtslosen Kampf gestorben wäre, hätten sie niemanden gehabt, der ihnen zu Hilfe gekommen wäre.

Als Constantine aus dem Sumpf stapfte, brannte seine Wut noch heißer, als er die Zerstörung seines Zuhauses bemerkte. Die tollwütige Echse schien unglücklich über den Verlust ihrer Beute gewesen zu sein. Kein einziges Fenster war intakt geblieben. Die Verkleidung lag zerrissen und nutzlos auf dem Rasen verstreut. All die Arbeit, die er in das Haus gesteckt hatte, all das Geld, all die Liebe, zerstört wegen eines machtgierigen Mistkerls und seiner kranken Haustiere.

Apropos Haustier: Ein schrilles Kläffen lenkte seinen Blick nach unten und er hätte weinen können – männliche Tränen natürlich –, als er bemerkte, dass sein kleiner Hund mit heraushängender Zunge seitwärts auf ihn zu galoppierte.

»Prinzessin!« Er nahm sie in die Arme und konnte nicht umhin zu lachen, als sie ihm aufgeregt das Gesicht leckte. »Ich bin so froh, dass du in Sicherheit bist.«

Kläff. Übersetzung: *Ich pinkle mich gleich ein, weil ich mich so freue, dass du wieder da bist.*

»Ich nehme nicht an, dass Aria entkommen ist?«

Wuff.

»Nein, oder?« Er zog die Mundwinkel nach unten. »Das ist schade, denn du weißt, dass ich nicht zulassen kann, dass sie sie behalten. Ich muss sie finden. Aber wie und wo?«

In seinen Armen wackelte Prinzessin, ein Zeichen, dass sie losgelassen werden wollte. Er setzte sie auf das Gras und beobachtete, wie sie zu einem Busch sprang. Als sie wieder auftauchte, hatte sie etwas im Maul. Sie ließ es zu seinen Füßen fallen und setzte sich mit zitterndem Schwanz und gespitzten Ohren hin.

Er kniete sich hin und pfiff. »Ich will verdammt sein, Prinzessin. Woher hast du eine Schlüsselkarte für Bittech?« Wen interessierte das? Sein Hund hatte ihm vielleicht die Lösung für die Rettung seiner Frau gegeben.

Als kluger Mann wollte Constantine als Erstes Verstärkung anfordern, bevor er losstürmte, um sein Mädchen zu retten. Aber sein Telefon lag zertrümmert auf dem Boden und seine Mutter hatte ihr Haustelefon schon vor langer Zeit abgeschafft, da sie beide ein Handy hatten. Das bedeutete, dass er keine andere Möglichkeit der Kommunikation nach draußen hatte.

Mist.

Er konnte fahren, um Hilfe zu holen, aber jede Minute, die er verschwendete, war eine Minute, die Aria in ihren Fängen verbrachte. Dennoch, Bittech allein zu stürmen war verrückt. Er würde mindestens einen Umweg machen müssen, um den Angriff ins Rollen zu bringen. Er schnappte sich seinen Schlüssel und machte sich auf den Weg zu seinem Pick-up.

Es hätte ihn nicht überraschen sollen, dass sie sein Fahrzeug demoliert hatten, aber es tat weh. Er liebte dieses benzinfressende Ungetüm.

Eine andere Person hätte an diesem Punkt vielleicht aufgegeben. Nicht so Constantine. Es gab mehr als einen Weg, um durch den Sumpf zu kommen.

»Hast du Lust auf eine Sumpffahrt?«, fragte er Prinzessin, während er sich auszog.

Kläff, kläff.

Manche Leute hätten es vielleicht seltsam gefunden, eine riesige Schlange zu sehen, die mit einem

Leinensack zwischen den Zähnen durch den Sumpf schwamm, aber am seltsamsten war wohl der kleine Hund, der oben auf dem Kopf stand und seine Pfoten trocken hielt.

Wer sich über ihn oder seinen Hund lustig machte, würde zu Tode umarmt werden.

Der Nachmittag schwand dahin und die Zeit verging schneller, als ihm lieb war, da er den Wasserweg hatte nehmen müssen.

Als er in der Nähe des Bittech-Grundstücks ankam, glitt er aus dem Wasser und Prinzessin sprang ab, sobald sie festen und trockenen Boden erreichten.

Die Verwandlung von der Schlange zum Menschen dauerte nur einen Moment. Die Feuchttücher in seinem wasserdichten Sack reinigten den größten Teil des Sumpfes von seiner Haut und die Kleidung, die er herauszog, war trocken und locker, falls er sie schnell ausziehen musste.

Irgendwie glaubte er nicht, dass es ihm helfen würde, sich in das Bittech Gebäude zu schlängeln oder nackt und schlammverschmiert hineinzuschreiten. Die Karte, die Prinzessin gestohlen hatte, steckte er in seine Hosentasche.

Mit langen Schritten näherte er sich dem Gebäude, Prinzessin trottete neben ihm her. Der Parkplatz war fast leer, bis auf einen großen Umzugswagen, dessen Motor im Leerlauf rumpelte.

Als er näher kam, schlug jemand das Rolltor am Heck zu. In wenigen Augenblicken stieg der Fahrer, ein Typ, den er nicht erkannte und der eine Schirmmütze und eine Brille trug, in das Fahrzeug ein. Mit dem

Aufstöhnen eines großen Motors und einer Dieselrauchwolke rollte es los.

Constantine ignorierte das Fahrzeug und näherte sich dem Hauptgebäude. Da die Sonne tief im Westen stand, war diese Seite des Geländes in Schatten getaucht, aber er sah trotzdem, wie sich eine Gestalt vom Gebäude löste und die rot glühende Spitze einer Zigarette ihre Flugbahn zeichnete, als sie zu Boden fiel.

»Constantine, was zum Teufel machst du hier?«, fragte Wes, als er näher kam.

»Ich bin wegen Aria hier.«

»Dein Mädchen ist nicht hier.«

Sie ist hier. Sein Schlangensinn sagte es ihm. Er spähte durch die Glastüren in die Eingangshalle und stellte fest, dass sie völlig leergeräumt war. Sogar die Topfpflanzen waren verschwunden.

»Was ist denn hier los? Was hat der Lastwagen hier gemacht? Und wo ist der ganze Kram, den ihr sonst in der Eingangshalle hattet?«

»Weg. Ein plötzlicher Befehl von oben. Irgendeine Inspektion sagte, das Gebäude sei nicht sicher. Anscheinend versinkt es im Sumpf. Also verlagern sie den Betrieb.«

Eine bequeme Ausrede, die Constantine nicht einfach so hinnehmen wollte. »Verlagern oder tauchen sie unter?«

Wes runzelte die Stirn. »Wie kommst du darauf?«

»Weil die Typen, die mich heute in meinem Haus angegriffen haben, von hier waren. Und wenn das der Fall ist, frage ich mich, ob du uns die ganze Zeit verarscht hast.«

Wes nahm eine Zigarette aus seiner Schachtel und schob sie zwischen seine Lippen, zündete sie aber nicht an. »Inwiefern verarschen? Ich bin derjenige, der schon seit einer Weile sagt, dass hier irgendetwas Beschissenes passiert.«

»Und trotzdem hast du keinen einzigen Hinweis gefunden.«

»Weil es nichts zu finden gibt.« Wes deutete mit einem Arm auf das Gebäude hinter sich. »Was du siehst, ist das, was du bekommst.«

»Ist es das?«

»Nennst du mich einen Lügner? Du glaubst mir nicht? Dann tu dir keinen Zwang an. Der Ort ist weit offen, Kumpel. Geh und durchsuch ihn. Du wirst sehen, dass deine Freundin nicht da ist.«

»Wirst du nicht mit mir kommen?«

»Soll ich deine Hand halten?«

Hupen. Die Hupe hinderte Constantine daran zu antworten.

Wes drehte sich um, als ein Wagen das Gebäude umrundete und seine Scheinwerfer aufblitzten. »Scheiße. Ich muss los. Das ist mein Chef, der meine Aufmerksamkeit will.«

»Ich gehe da jetzt rein«, warnte Constantine.

»Tu, was du nicht lassen kannst. Auf diesen Etagen wirst du nichts finden.«

Ich weiß. Er erinnerte sich daran, was Aria nach einer ihrer Rückblenden gesagt hatte. Damals hatte er geschnaubt, aber jetzt, als er die Schlüsselkarte in seiner Tasche befummelte, wunderte er sich.

Sie haben ein ganzes Geheimlabor unter dem Gebäude versteckt, hatte sie behauptet.

Ein Geheimlabor, das seit der Entdeckung der alten Tunnel, durch die sich Merrill und sein Hund unbemerkt fortbewegt hatten, gar nicht mehr so abwegig schien.

Als er das Gebäude betrat, stellte er fest, dass niemand da war, der ihn beachtete. Die Entrümpelungsaktion wurde deutlich, denn nur die Gegenstände, die wirklich festgeschraubt waren, wurden zurückgelassen. Sogar die Stühle im Empfangsbereich waren verschwunden.

Als Constantine den Aufzug betrat, warf er einen Blick auf die Knöpfe und war angesichts seines Mangels an Auswahl ratlos. U, E, 1, 2. »Es wäre wirklich hilfreich, wenn sie den Kerkerraum beschriften würden«, brummte er zu Prinzessin, die zu seinen Füßen saß.

Trotz der praktischen Knöpfe musste Constantine sich fragen, ob der Aufzug noch irgendwo anders hinführte. Er drückte auf den Knopf U. Der Aufzug fuhr nach unten und öffnete sich zu einem Versorgungsbereich, in dem das Brummen von Maschinen zu hören war. Er drückte alle Knöpfe, einen nach dem anderen. Dann alle zusammen.

Er sah immer wieder die gleichen Stockwerke, aber kein Zeichen oder Geruch von Aria. Nichts, was ihn glauben ließ, dass es noch etwas anderes bei Bittech gab.

Frustriert ging er in die Eingangshalle. Was nun?

Er verließ das Gebäude und ging darum herum, wobei er bemerkte, dass die Sonne wirklich unterging.

Die Dämmerung würde bald einsetzen und seine Suche noch schwieriger machen.

Wenn ich überhaupt am richtigen Ort bin. Die Schlüsselkarte in seiner Tasche schien das zu sagen.

Moment. Er zog die Karte aus seiner Tasche, als ihm plötzlich klar wurde, dass er sie kein einziges Mal benutzt hatte, während er drinnen war. Natürlich waren alle Türen offen, weit offen zu leeren Räumen. Trotzdem konnte er sich nicht daran erinnern, einen Ort gesehen zu haben, an dem er sie benutzen konnte.

Schon allein das machte ihn misstrauisch.

Er ging um das Gebäude herum und kam auf der Rückseite an. Die Laderampe war leer, bis auf einen einzigen Lastwagen. Ein großer weißer Lastwagen ohne Fahrer.

Seltsam, aber das war es nicht, was seine Aufmerksamkeit erregte. Als er zum hinteren Teil des Fahrzeugs ging, schnupperte er.

Ich rieche einen Fremden.

Lass ihn uns umarmen.

KAPITEL DREIUNDZWANZIG

»Scheiße.« Vulgär, und doch sehr treffend, dachte Aria, als die verrückte Echse mit den Fledermausflügeln als Erste durch die verborgene Tür schoss. Ihr aufgeregtes Zischen war unverkennbar.

Dahinter kam eine Hundekreatur, ähnlich wie Harold, die auf allen vieren krabbelte.

Hinter den beiden schlenderte Merrill mit ausgestreckter Hand und einer kleinen schwarzen Fernbedienung darin. Mehr Sorgen bereitete Ass, der hinterhertaumelte und ein Betäubungsgewehr in der Hand hielt.

Beinahe hätte sie den Mund geöffnet, um ihn zu beschuldigen, sie reingelegt zu haben, doch dann bemerkte sie, dass Ass die Finger seiner freien Hand an seinem Halsband hatte. Sein Gesichtsausdruck wirkte angespannter als sonst. Obwohl sie einige Meter entfernt stand, roch sie brennendes Fleisch.

Was auch immer Ass jetzt tat, es geschah nicht aus freien Stücken.

Ich muss fliegen. Sie zerrte an ihrem inneren Adler, in der Hoffnung, dass er hervorkam. Aber wie zuvor weigerte sich ihr Adler, auf sie zu hören.

Und Merrill lachte. »Was ist los? Funktionieren deine Flügel nicht?«

»Was haben Sie mit mir gemacht?«

»Etwas, das ich mit allen neuen Testpersonen mache. Ich hemme deine Fähigkeit, dich zu verwandeln. Ein netter Trick, findest du nicht auch?«

Nein, denn es löste eine flatternde Panik aus und sie konnte nicht anders, als zu fragen: »Wie lange hält das an?«

»Nur ein paar Tage. Meine Wissenschaftler müssen die Formel noch perfektionieren. Aber keine Sorge, es wird lange genug halten, um dich zu unserer neuen Anlage zu bringen, wo eine glänzende neue Zelle auf dich wartet, zusammen mit deiner nächsten Dosis.«

Sie trat einen Schritt zurück. »Sie werden mit dem, was Sie tun, nicht durchkommen. Zu viele Leute wissen von Bittech und den Experimenten.«

»Ich weiß. Eine Schande. Zusammenpacken und umziehen ist echt nervig. Aber Parker hat mir einen noch besseren Ort versprochen, an dem ich Zugang zu noch mehr Gestaltwandler-Genomen haben werde. Jetzt sei ein braves Mädchen und komm mit mir.«

»Niemals.«

»Ooh, ein böses Mädchen. Kein Wunder, dass Harold dich so sehr wollte. Eine Schande, dass er sich von der Leine gerissen hat und ungeduldig wurde. Aber keine Sorge, mein treuer Kumpel Fang wird mir gern bei meinen nächsten Experimenten helfen. Meine Echse kann allerdings nur zuschauen. Er neigt dazu, seine Geliebten zu zerreißen. Und du bist noch zu wertvoll, um dich zu verlieren.«

Eis füllte ihre Adern. »Ich werde das nicht zulassen.«

»Du wirst keine Wahl haben.« Merrill lächelte, als er sagte: »Jederzeit, Ass.«

Ass sah auf die Waffe hinunter, rührte sich aber sonst nicht.

Merrills schadenfroher Gesichtsausdruck wurde mürrisch und sie bemerkte, dass sein Finger eine Taste auf der Fernbedienung gedrückt hielt. »Ich sagte, du sollst auf sie schießen, du blöde verdammte Echse.«

»Nein.« Die einzelne Silbe wurde von dem Mann mit der ledrigen Haut herausgestoßen. Der Geruch von gebratenem Fleisch kitzelte ihre Nase.

In diesem Moment tat er ihr leid und sie war dankbar. Trotz der Schmerzen versuchte er, ihr zu helfen, und was tat sie? Sie stand herum wie ein verdammter Idiot.

»Schieß auf sie, verdammt noch mal!« Merrill stieß mit seinem wütenden Befehl Spucke aus.

»Fick dich.«

Da ihm diese Antwort nicht gefiel, machte Merrill etwas mit seiner Fernbedienung, das Ass ein scharfes Keuchen entlockte.

Da sein Körper sich verkrampfte, konnte Ass die Waffe nicht länger festhalten. Verdammt, er konnte sich nicht einmal aufrecht halten. Er schlug zuckend auf dem Boden auf.

Damit blieb Aria allein mit einem Wahnsinnigen und seinen Haustieren. Seinen sehr, sehr gefährlichen Haustieren.

»Pack sie, aber beschädige sie nicht. Wir brauchen sie für das, was ich geplant habe, in einem Stück.«

»Wie mein Meissster befiehlt.«

Knurr.

»Von wegen«, erwiderte sie. Das Tarnboot, das sie losgebunden hatte, war ein paar Meter von der Anlegestelle weggetrieben. Es brauchte keinen großen Sprung, um darin zu landen. Sie dankte ihrer leichten, zierlichen Statur, dass es nicht umkippte. Obwohl es sehr knapp war. Sie fuchtelte mit den Armen, um das Gleichgewicht zu halten, während sie sich an das Schwanken anpasste und sich auf den Weg zum Motor machte.

Sie ließ sich auf den letzten Sitz des Bootes plumpsen, als Fang auf allen vieren auf den Steg zustürmte, seine kaum menschlichen Augen wild vor tierischem Hunger.

Sie konnte ihn nicht ansehen und gleichzeitig den Motor anlassen. Außerdem, wer wollte schon dem Wahnsinn und dem Tod in die Augen sehen?

Ein kurzer Blick nach unten und sie bemerkte die Zugleine. Sie zerrte. *Whirrrrr.* Sie zerrte fester. *Whirrr.* Ein drittes Mal und der Motor drehte sich. *Rrrrr. Rrrr.* Sie drückte auf den Gashebel.

Vroom.

Das Boot schoss vorwärts, gerade noch rechtzeitig. Es platschte im Kielwasser, das sie gerade hinterlassen hatte, als Fang ihr hinterhersprang.

Vor lauter Hysterie über die Situation fragte sie sich, wie sehr er nach nassem Hund stinken würde, wenn er herauskam.

Am Ufer stand Merrill und winkte mit der Fernbedienung, sein Gesicht war rot gefleckt. »Sie entkommt. Flieg ihr hinterher, du zu groß geratene Scheißechse.«

Der Verrückte schlug mit seinen ledrigen Flügeln und hob vom Ufer ab.

Als das Boot an Fahrt aufnahm und sie immer weiter von der Anhöhe wegbrachte, konnte sie sich ein hysterisches Lachen nicht verkneifen und winkte sogar Merrill zu.

Sie war entkommen. Fang und sein Hundepaddeln würden sie niemals einholen. Merrill saß am Ufer fest. Und wenn sie es bis zur Baumgrenze schaffte, die nur wenige Meter entfernt war, würde selbst sein fliegendes Haustier sie nicht fangen können.

Ich bin frei. Frei, jedem in der Gestaltwandlerwelt zu erzählen, was unter dem Boden des Bittech-Instituts passierte.

Die Abrechnung würde kommen, sobald sie es der Gestaltwandlerwelt erzählt hatte. Merrill und Parker könnten abhauen, bevor der Hammer fiel, aber das machte nichts. Sie konnten weglaufen und sich verstecken, aber diejenigen, die Gerechtigkeit suchten, würden sie finden.

Und ich werde bei der Jagd helfen. Sie würden für ihre Taten bezahlen.

Ein plötzliches Motorengeräusch ließ sie aufschrecken und sie bemerkte, dass ein neuer Mann aus der offenen Tür auf dem Hügel herausgekommen sein musste. Die Wache und Fang stürmten in das Boot, das sie ins Wasser gelassen hatte. Verflucht sei Fang, dass er es sich geschnappt und zurückgeschleppt hatte. Der blöde Hund wusste, wie man apportierte.

Aber sie hatte einen Vorsprung und weniger Gewicht in ihrem Boot. Was sie jedoch bis auf die Knochen erschreckte, war der schrille Schrei am Himmel. Die verrückte Echse jagte.

Vielleicht wird er von etwas im Sumpf abgelenkt.

Ein vergeblicher Wunsch.

Ein Schatten fegte über sie hinweg. Sie brauchte nicht nach oben zu schauen, um zu erraten, was es war. Sie lenkte ihr Boot unter den verdeckenden Zweigen eines herabhängenden Baumes entlang und duckte sich, während sie hindurchfuhr und ein paarmal scharf abbog. Während sie ihr Boot durch fast unsichtbare Kreuzungen steuerte, betete sie inständig, dass sie nicht nur ihre Verfolgung, sondern auch die Augen am Himmel verlieren würde.

Als sie das Gefühl hatte, weit genug gekommen zu sein, stellte sie den Motor ab und ließ sich treiben, während sie lauschte.

Das Summen von Insekten erfüllte die Luft, zusammen mit dem leisen Geräusch von Wasser, das an ein schlammiges Ufer plätscherte.

Dann hörte sie es: das durchdringende Heulen eines Jägers über ihr. Hatte er sie entdeckt? Sie reckte sich, um nach oben zu schauen. Doch das dichte Blattwerk versperrte ihr die Sicht. Wo war also der Jäger?

Sie hielt sich mit der Hand an der Zugleine des Motors tief, doch als sich schließlich ein Wesen zeigte, tauchte es unter ihrem Boot auf und stürzte sie ins Wasser.

KAPITEL VIERUNDZWANZIG

Die Entdeckung des Dufts belebte ihn wieder.

Endlich ein Anhaltspunkt. Er beeilte sich, zum hinteren Teil des Lastwagens zu kommen, griff nach dem Hebel des Rolltores und drückte nach unten. Es ratterte nach oben, ein lautes Zeichen seiner Anwesenheit, das sein Schnappen nach Luft verbarg.

Im Inneren des Lastwagens fand er Kisten, die übereinandergestapelt waren, und einen Käfig. Einen großen, leeren Käfig.

Prinzessin kläffte, was seine Aufmerksamkeit erregte. Als er sich umdrehte, bemerkte er, dass sie sich sehr für den Geräteschuppen am hinteren Ende des Laderampen-Parkplatzes zu interessieren schien. Ein ziemlich großer Schuppen, wenn man die Menge und Größe der Gartengeräte bedachte, die hier gebraucht wurden. Als er sich näherte, bemerkte er, dass der Schuppen brummte.

Vielleicht hatte Bittech ein Notstromaggregat draußen stehen. Das war nicht ungewöhnlich, aber viel interessanter war sein Hund. Vor der geschlossenen Eingangstür saß Prinzessin. Sie legte den Kopf schief und kratzte dann an der Tür.

Die Erkenntnis, dass sie nur mit einer Schlüsselkarte zu öffnen war, rüttelte ihn wach. Während seiner Durchsuchung von Bittech hatte er kein einziges Mal die Karte in seiner Tasche benutzt. Das war auch nicht nötig gewesen, denn Bittech war nur eine Fassade.

Er befreite das Plastikrechteck und steckte es in den Kartenschlitz. Das Licht wechselte von Rot auf Grün. *Klick.*

Er riss die Tür auf und trat in einen leeren Raum. Der gesamte Schuppen war leer gefegt, kein einziges Gartengerät war zu sehen. Aber an der Rückseite glänzte eine stumpfe Metalltür, eine Aufzugstür – mit einem Kartenschlitz.

»Was denkst du, Prinzessin? Ist das das geheime Versteck?«

Kläff.

Die Karte verschaffte ihm erneut Zugang. Die Türen öffneten sich und er trat ein. Die unzähligen Gerüche lösten eine Kettenreaktion des Erkennens und des Ekels aus. Fremd, Echse, Affe ... All diese Gerüche waren da, zusammen mit dem menschlichen. Und war es Wunschdenken oder nahm er einen Hauch von Arias süßem Duft wahr?

Die Wände des Aufzugs erwiesen sich nicht als aufregend. Abgenutzte Metallplatten mit einer Schiene auf der Rückseite. Keine Knöpfe. Nur ein Bildschirm mit der Aufschrift *Bitte scannen Sie Ihre Zugangskarte.*

Er hielt sie hoch und hörte einen Piepton. Der Bildschirm änderte sich und zeigte mehrere Auswahlmöglichkeiten an. Statt Nummern besaßen die Stockwerke Namen: *Verwaltung, Forschung, Zellen.*

Die erste Option hörte sich so an, als gäbe es dort Leute, die wahrscheinlich erkennen würden, dass er nicht dazugehörte. In der Forschung würden wahrscheinlich Leute in weißen Kitteln arbeiten, falls es noch welche gab. Man musste kein Genie sein, um zu erkennen, dass Parker und seine fröhliche Bande das Schiff verlassen wollten.

Also Option Nummer drei. Es war zwar nur eine Vermutung, aber er würde darauf wetten, dass sie ihre Gefangenen dort festhielten.

Die sanfte Fahrt des Aufzugs verriet ihm nicht, wie tief er sank, aber es fühlte sich an, als würde er eine Weile abwärtsfahren. Er fragte sich, wie sie so einen Ort bauen konnten, ohne dass es jemand bemerkte. Andererseits waren die Gestaltwandler Meister, wenn es um das Verstecken ging.

Als der Aufzug nach unten fuhr, drehte ihm die Erwartung den Magen um. Er ballte die Hände zu Fäusten. Was würde er finden? Aria war so zart. Es würde nicht viel brauchen, um sie zu verletzen. Oder war sie schon weg? In einem der Lastwagen weggebracht?

Nein. Er weigerte sich zu glauben, dass er zu spät gekommen war. Der Glaube vertrieb die Sorge nicht, was, wie er hinzufügen sollte, nicht bedeutete, dass er Angst hatte oder feige werden würde.

Es ist nichts falsch daran, sich zu sorgen. Und wenn jemand nicht einverstanden war, nahm er ihn gern mit in den Sumpf, um ihn zu umarmen, bis er seine Meinung änderte.

Die Türen glitten mit einem leisen Zischen auf. Gespannt wartete er darauf, dass sich jemand oder etwas auf ihn stürzen würde. Aber es gab nichts zu sehen, nur einen verlassenen Tresen mit einem Drehstuhl auf Rollen und dem verstaubten Rechteck, das zeigte, wo früher ein Monitor gestanden hatte.

Constantine ging durch den langen Flur, der von Käfigen gesäumt war. Leeren Käfigen. Überwiegend. In einigen befanden sich unförmige Klumpen, die einen üblen Gestank verströmten. In anderen waren Decken verstreut. In einer Zelle befand sich sogar ein verlassener Plüschbär.

Die Gerüche stachen ihm in die Nase, der Geruch von Unrecht. Fremdartigkeit. Furcht ...

An den Gitterstäben des einen Käfigs blieb er stehen. Er schnupperte.

Aria war hier. Das war ihr Käfig. Er würde wetten, dass sie aus diesem Käfig geflohen war, bevor sie ihn gefunden hatte. Er drehte sich um, entsetzt darüber, was das alles zu bedeuten hatte.

Sein Hund winselte und er drehte sich um, um sie vor einem Käfig stehen zu sehen. Er lief zu ihr und fragte sich, ob sie einen Hinweis gefunden hatte, blieb jedoch abrupt stehen.

Es schien, als hätten sie nicht alle mitgenommen. In dem Käfig bewegte sich etwas, das in eine Wolldecke eingewickelt war. Ein Kopf hob sich, das Gesicht war von feuchtem, strähnigem Haar bedeckt.

»Hilf mir«, flüsterte es.

Constantine umklammerte die Gitterstäbe. »Weißt du, wo sie den Schlüssel verstecken?«

»Hilf mir.« Die Gestalt kroch näher an den Käfig heran und blieb dabei auf allen vieren. Prinzessin wich zurück, ein leises Knurren ertönte.

Der fremde Geruch hinterließ einen üblen Beigeschmack in seiner Nase, aber Constantine flüchtete nicht. Es war nicht seine – oder war es eine Sie? – Schuld, dass sie zu etwas weniger Menschlichem geworden war. Etwas Verdrehtem.

Er ging in die Hocke, als sie sich den Stäben näherte. »Wie kann ich dir helfen?«

Mit einer peitschenden Bewegung des Kopfes flog das Haar zurück und die Mundwerkzeuge schnappten nach seinen Fingern. Constantine fiel nach hinten, die Finger unversehrt, aber aus einem von ihnen floss Blut, wo die Spitze ihres Scherenmauls ihn erwischt hatte.

Die Decke fiel weg und er konnte nun das wahre Grauen in dem Käfig sehen. Weniger eine Frau, mehr eine Spinne mit verkümmerten Beinen, die aus ihrem mit borstigen Haaren bedeckten Rumpf wuchsen. Das Schrecklichste war, dass sie noch menschliche Züge und eine Stimme hatte.

»Hilf mir. Fleisch. Füttere mich. Fleisch. Hungrig.« Sie gackerte.

Er erschauderte.

Die Spitzen ihrer Beine, die mit menschlichem Fleisch bedeckt waren, stachen durch die Gitterstäbe, aber Constantine, der sich zuerst einen Moment Zeit nahm, um seinen Hund aufzuheben, war bereits auf der Flucht. Sie konnten ihm seine verdammte Männerkarte dafür abnehmen, dass er weglief. Er würde auf keinen Fall an diesem Ort bleiben. Nicht, wenn Aria nicht hier war. Er musste sie finden, bevor sie die Frau, die er für die seine hielt, in eines dieser Dinger verwandelten.

Mit seinem Hund unter dem Arm kehrte er zum Aufzug zurück und fuhr eine Etage höher. Dort fand er weitere Anzeichen für einen schnellen Aufbruch in Form von offen gelassenen Türen, ein paar umgefallenen Kisten und einer allgemeinen Atmosphäre des schnellen Verlassens.

Und in einem Raum fand er Arias Geruch und einen schnarchenden Körper. Nicht ihrer, sondern der eines Wächters.

Aria war hier gewesen, und zwar erst kürzlich. Wenn er jetzt nur ihrer Duftspur folgen könnte. Doch das bunte und hektische Durcheinander der Gerüche des Massenexodus überlagerte ihr zarteres Aroma. Eine schnelle Suche in den anderen Zimmern am Ende des Flurs ergab keine Spur von ihr, also ging er ein Stockwerk höher.

Als er herauskam, fand er noch mehr Chaos vor. Weitere verlassene Büros mit offenen Schubladen, losen Papieren und staubigen Spuren von entfernten Gegenständen.

Doch als er den Flur hinunterging, nahm er einen Geruch wahr. Ihren Geruch. Er lief auf das rote AUSGANG-Schild am anderen Ende zu. Er schob sich durch die Tür und fand einen weiteren Aufzug. Dann kam ein riesiger Raum, ganz am Ende eine weitere Tür und eine Treppe. Auf dem ganzen Weg dorthin lockte ihr Duft.

Er nahm die Treppe jeweils drei Stufen auf einmal und eilte sie schnell hinauf, angespornt von der Dringlichkeit. Oben angekommen hielt er nur kurz inne, bevor er die Tür aufriss und einen Mann aufschreckte. Einen Mann, den er vom Gesicht und vom Namen her kannte.

»Du bist Merrill.«

»Wie bist du hierhergekommen?«

Constantine lächelte, das kühle Lächeln eines Raubtiers, das seine Beute in die Enge getrieben hatte. »Ist das wichtig? Wo ist Aria?«

»Weg. Hoffentlich tot, diese problematische Schlampe.«

Bei diesen Worten stürzte Constantine sich auf ihn. Und als der Mann tot war – *erhol dich davon, Arschloch!* –, machte er sich auf die Suche nach seinem Mädchen.

KAPITEL FÜNFUNDZWANZIG

Das Boot kippte um und sie schlug mit einem Platschen auf dem Wasser auf, ging aber nicht unter. Die schweren Windungen eines kurvenreichen Körpers legten sich um sie, aber vergiss die Panik. Stattdessen wollte sie lächeln.

Als ihr Kopf die Wasseroberfläche durchbrach, holte sie tief Luft, aber sie schrie nicht, als sie sich einer Python gegenübersah.

»Hallo Engel.«

Eine gespaltene Zunge schnellte hervor und Constantine zischte.

»Ich glaube, das ist nicht der richtige Zeitpunkt für Zungenküsse.« Sie grinste. »Wie wäre es mit später, wenn wir es lebend rausschaffen?«

Der Schlangenkopf nickte zustimmend.

Ein Schrei ertönte vom Himmel über ihnen. Ihr reptilienartiger Liebhaber spähte nach oben.

»Merrills Haustier sucht nach mir«, erklärte sie.

War es möglich, dass eine Schlange grinste?

Constantine trug sie durch das Wasser und zog sie an

den Überresten des zweiten Bootes vorbei, während Fang und der andere Insasse nirgends zu sehen waren.

Nessie konnte ihrer Schlange nicht das Wasser reichen.

Sie hörte das wütende Bellen einer gewissen Prinzessin und hielt angestrengt nach ihr Ausschau. Erst als sie sie sah, ermahnte sie ihn: »Beeil dich, bevor die Echse Prinzessin zu einem Snack macht.«

Prinzessin schien jedoch fest zum Sieg entschlossen zu sein, auch gegen alle Widrigkeiten. Der tapfere Hund hüpfte hin und her und wich den Krallen einer fliegenden Echse aus, die nicht mehr von einer bestimmten Fernbedienung gesteuert wurde. Das lag wahrscheinlich daran, dass Merrill mit dem Kopf in einem unnatürlichen Winkel auf dem Boden lag.

Bevor sie das Ufer erreichen und sie retten konnten, quietschte Prinzessin, als das Ding sie mit einer Klauenhand packte. Es sprang in die Luft und nahm den Hund mit.

»Oh, zum Teufel, nein. Wenn jemand dieses Ding fressen darf, dann bin ich das«, grummelte sie. Ihre Füße landeten auf dem Boden, ihr nasses Kleid wurde abgestreift und sie strengte sich an. So fest sie nur konnte. Sie zog an der Essenz ihres Adlers. Zog und zog und ...

Ein siegreiches Krächzen ertönte auf ihren Lippen, als ihr Fleisch sich in Federn verwandelte und ihre Arme zu Flügeln wurden. Sie stieß sich mit den Beinen ab, sprang hoch und breitete ihre Flügel aus. Ein paar kräftige Flügelschläge, und sie war in der Luft. Sofort folgte sie dem Echsenbastard.

Sie stieß einen herausfordernden Schrei aus. Er

wurde erwidert, das Echsending blieb in der Luft stehen und schwebte. Die Kreatur hielt Prinzessin, grinste und öffnete dann ihr Maul weit.

Die Absicht, den Hund zu fressen, bedeutete nicht, dass es ihm auch gelang. Prinzessin wurde rasend und drehte den Kopf so weit, dass sie es schaffte, das Ding am Handgelenk zu beißen. Die ledrige Haut mochte zäh sein, aber sie war den nadelartigen, entschlossenen Zähnen nicht gewachsen.

Ein Kreischen der Kreatur und sie vergaß ihren Plan, den pelzigen Snack zu verspeisen. Natürlich war Prinzessins neue Situation, die einen Sturz in Richtung des Bodens beinhaltete, nicht besser.

Aria stand vor der Wahl, ihren mächtigen Adler den Feind am Himmel erledigen zu lassen oder einen dummen, kleinen, nervigen Hund zu retten.

Die Dinge, die ich für den Mann tue, der mir wichtig ist.

Sie stürzte in die Tiefe, die Flügel fest an ihren Körper gepresst. Stromlinienförmig raste sie durch den Himmel und verfolgte die kleine pelzige Gestalt. Als sie sich dem Umkehrgrenzpunkt ihres Flugs näherte, streckte sie sich. Der Haken ihrer Kralle verfing sich an dem Halsband, das Prinzessin trug, und sie drehte von ihrem Selbstmordsturz ab, wobei sie die Luftströme nutzte, bevor sie auf den Boden prallten.

Von dem Echsenmonster gab es keine Spur. Es war geflohen.

Vorerst.

Als sie auf dem Boden landete, verwandelte sie sich,

bis sie ihren eigenen Körper trug. Einen Körper, der gegen einen anderen nackten Körper gepresst wurde, als ein glücklicher Constantine sie umarmte.

»Ich bin so froh, dass du in Sicherheit bist.«

»Meinst du mich oder deinen Hund?«, fragte sie gegen seine nackte Brust, während Prinzessins pelziger Körper zwischen ihnen eingequetscht war.

»Muss ich darauf antworten?«

Sie prustete. »Wahrscheinlich ist es besser, wenn du es nicht tust.«

Kläff. Prinzessin stimmte zu.

Als er sie losließ, blickte sie um sich. »Ich sehe, du hast dich um Merrill gekümmert, aber was ist mit Ass passiert?«

»Wer?«

»Der andere Echsenkerl. Der, der mir zur Flucht verholfen hat. Er war hier, als ich mit dem Boot abgehauen bin.«

Constantine zuckte mit den Schultern. »Keine Ahnung. Als ich auf dem Hügel herauskam, war nur Merrill hier. Der Trottel dachte, er sei ein harter Kerl.«

»Hast du ihm das Gegenteil bewiesen?«

»Ich habe bewiesen, dass eine Umarmung mächtiger ist als eine Faust.« Er grinste.

Der Boden unter ihren Füßen rumpelte so sehr, dass sie sich an seiner steinharten Brust abstützen musste. Er legte einen dicken Arm um ihre Taille.

»Was war das?«, fragte sie.

Rauch quoll aus der Tür, die zurück in die geheime Anlage führte.

»Ich glaube, da hat jemand ein paar Dinge erledigt.«

»Und wie kommen wir jetzt hier weg?«

Als er einen Blick auf den Sumpf warf, stöhnte sie auf. »Oh, verdammt nein. Da gehe ich nicht wieder rein.«

Zum Glück musste sie das auch nicht. Sie konnte ihren Adler wieder rufen.

Da die Nacht über Bitten Point hereinbrach, bemerkte hoffentlich niemand den Adler, der über dem Sumpf schwebte und eine Schlange im Auge behielt, die einen kleinen Hund als Hut trug.

Als sie im Garten hinter seinem Haus landete, verwandelte sie sich und schnappte nach Luft. »Constantine. Dein armes Haus.« Sie betrachtete den Schaden und konnte nichts gegen die Schuldgefühle tun, die sie erfüllten.

»Ich pfeife auf das Haus. Du und Prinzessin seid in Sicherheit. Das ist die Hauptsache.«

Genauso wie seine Mutter, sein Bruder, seine Schwägerin, ihr Kind und ein ganzer Haufen anderer Leute, die aus dem Haus in den Garten strömten, alle Antworten verlangten und ihnen nach einigen rotwangigen Momenten ein paar Bademäntel anboten.

Das Erstaunlichste an diesem Abend im Garten war nicht die Tatsache, dass sie eine Feuerstelle anzündeten und Würstchen und Marshmallows darüber rösteten, oder die Tatsache, dass niemand es seltsam fand, dass Constantine sie auf seinem Schoß hielt, während Prinzessin auf dem ihren saß. Das Seltsamste war, dass sie alle so taten, als gehörte sie dazu.

Hierher. Zu ihm.

Und der Drang zu fliegen, neue Himmel zu suchen, sich von neuen Winden treiben zu lassen, kam nicht auf.

Kann ich mir hier ein Leben aufbauen, mit ihm? Und was war mit der besseren Frage: Wollte Constantine, dass sie blieb?

KAPITEL SECHSUNDZWANZIG

Es schien ewig zu dauern, bis alle gegangen waren. Ein Mann liebte es, dass sich seine Freunde und seine Familie um ihn sorgten, aber verdammt, im Moment ging es Constantine um wichtigere Dinge, wie zum Beispiel darum, Aria den Bademantel auszuziehen, jeden Zentimeter ihres Körpers zu baden und sie dann zu untersuchen, um sich zu vergewissern, dass sie ihre Tortur unbeschadet überstanden hatte.

Das Haus mit seinen Trümmern reichte nicht aus, um sie für die Nacht unterzubringen, also lieh Caleb ihm etwas Geld und setzte ihn und Aria an einem Motel ab – das von Gestaltwandlern betrieben wurde, damit keine Fragen über das Fehlen normaler Kleidung gestellt wurden.

Sobald sich die Tür des Motelzimmers schloss, wandte sich Constantine mit einem Lächeln an Aria. »Endlich. Ich habe dich allein für mich.«

Kläff.

Aria kicherte. »Das erklärst du besser deinem Hund.«

Aber Prinzessin brauchte keine Erklärung. Mit einem angewiderten Blick sprang sein Hund auf einen Sessel und rollte sich zu einer Kugel zusammen.

Armes eifersüchtiges Baby. Sie würde sich schon wieder einkriegen. Er hoffte es.

»Zeit zum Duschen«, verkündete er.

Sie zog eine Augenbraue hoch. »Ist das nur deine Art, mich wieder nackt zu machen?«

»Ja.«

»Warum hast du das nicht gleich gesagt?« Sie lachte, aber sie ließ auch den Bademantel zu Boden fallen und führte ihn in das weiß gefließte Bad. Das Luder bückte sich sogar, um den Wasserhahn aufzudrehen.

Es war genug, um einem Mann die Luft zu nehmen.

Umarme sie.

Eine gute Idee. Er schloss sie in seine Arme, drückte sie fest an sich und schloss die Augen, als er sich endlich so weit entspannte, um zu erkennen, dass sie in Sicherheit war.

»Du zerquetschst mich«, sagte sie, als sie schließlich merkte, dass er nicht losließ.

»Gewöhn dich dran«, erwiderte er, während er sie so manövrierte, dass sie sich ihm zuwenden musste.

»Du magst Umarmungen, oder?«

Er konnte sich ein Lächeln nicht verkneifen. »Nur ein bisschen.«

»Damit kann ich leben.« Sie schlang ihre Arme um ihn und drückte ihn genauso fest.

Perfektion. Da ihre Körper so eng umschlungen

waren, konnte er sie allerdings nicht ansehen. Und er wollte wirklich, *wirklich* einen Blick auf sie werfen.

Er hob sie hoch und stieg unter die Dusche. Erst dann löste er seinen Griff um sie.

Mit einem verführerischen Lächeln lehnte sie sich gegen die Kachelwand. »Bei der ganzen Aufregung weiß ich gar nicht, ob ich mich schon bei dir bedankt habe, dass du gekommen bist, um mich zu retten.«

Seine Augen verfolgten den Finger, der eine Linie zwischen ihren Brüsten zog und dann tiefer tauchte. »Wenn du mich fragst, hast du dich selbst verdammt gut gerettet.«

»Ich schätze schon, aber eine Frau weiß gern, dass sie sich auf ihren Mann verlassen kann.« Sie hielt inne und schaute ihn an, wobei ein kokettes Lächeln ihre Lippen umspielte. »Und ich finde, dieses Mädchen sollte dem Engel danken, der sie gerettet hat.«

»Du brauchst dich nicht zu bedanken. Ich würde alles für dich tun.« Nie hatte er wahrere Worte gesprochen.

»Wirklich? Du würdest alles tun? Dann wasch mich bitte, denn ich habe es satt, wie ein Sumpf zu stinken.« Sie rümpfte die Nase und er lachte.

»Dein Wunsch ist mir Befehl.«

Die Seife lag auf der Schale, die in die Kachelwand eingelassen war. Er machte sich schnell daran, die Verpackung zu entfernen. Der Zitronenduft erfüllte die Dusche, während er sich die Hände einseifte. Er strich mit den seifigen Händen über ihre Brüste, umfasste sie und beobachtete hungrig, wie die Knospen hart wurden und darum bettelten, gekostet zu werden. Er sah keinen

Grund zu warten. Er senkte den Kopf und strich über eine steife Brustwarze, leckte, spuckte und spülte seinen Mund aus.

»Zu sauber?«, neckte sie ihn.

»Du bist böse, einen leidenden Mann zu reizen«, murmelte er.

»Was willst du dagegen tun?«

Natürlich, indem er sie ebenfalls reizte.

Sie atmete scharf ein, als er eine weitere Kostprobe nahm. Ein Biss. Sie wölbte den Rücken und drückte ihm ihre Brüste entgegen, um ihn zu bitten, mehr zu tun, als seine Zunge schnellen zu lassen. Er ignorierte ihre Einladung und verbrachte mehr Zeit damit, um die harte Spitze zu kreisen.

Dünne Finger vergruben sich in seinem Haar, zogen ihn zu sich heran und versuchten, ihn zu zwingen, ihre geschwollene Brustwarze in den Mund zu nehmen. Als hätte sie die Kraft, ihn zu irgendetwas zu zwingen.

Er lachte, blies heiß auf ihre Brustwarzen und genoss es, wie sie sich noch mehr zusammenzogen.

»Beiß hinein«, bettelte sie.

»Gibst du mir Befehle?« Heiß, aber nicht das, was er geplant hatte. Er stand auf und zwang ihre Hände, ihren Griff zu lösen. Bevor sie sich einen neuen Platz aussuchen konnten, umklammerte er sie mit einer eisernen Faust und drückte sie über Arias Kopf.

Sie wölbte sich und stieß ihren Körper gegen ihn, während das warme Wasser an ihrem Körper hinunterlief.

Mit der freien Hand griff er nach dem Seifenstück. »Ich glaube, ich war noch nicht fertig damit.« Mit der glitschigen Seife in der Hand drückte er gegen ihren Schritt und rieb sie an ihren flaumigen Locken. Ein Schauder durchlief sie.

Er konnte verstehen, wie sie sich fühlte. Sein ganzer Körper summte und vibrierte, als wäre er voller Elektrizität. Ein stromführender Draht, der nur darauf wartete zu explodieren.

Seine seifige Hand glitt zwischen ihre gespreizten Schenkel und strich über ihre Schamlippen. Ihr Atem stockte und ihr Körper spannte sich an, die Erwartung zwischen ihnen war greifbar.

Mit ihren Händen immer noch über ihrem Kopf rieb er weiter an ihrer Muschi, während er den Kopf senkte, um erneut ihre Brustwarzen zu kosten.

Sie schrie auf. Sie wand sich. Aber das Süßeste von allem war ihr Stöhnen.

Verlangen brannte in ihm. Die Erregung machte ihn schmerzhaft steif.

»Ich glaube nicht, dass ich noch länger warten kann.«
»Dann tu es nicht«, antwortete sie.

Er ließ ihre Hände los, umfasste ihre Taille und hob sie hoch genug, dass ihre Beine seine Taille umschlossen. Sie legte die Arme locker um seinen Hals. Er blickte zwischen ihre Körper und bewunderte die Nässe ihrer Haut. Seine Spitze berührte ihre feuchten Locken. Indem er seine Hüften neigte, drückte die Spitze seines Schwanzes gegen ihre Muschi.

Sie sog den Atem ein, als er in sie eindrang, und beobachtete, wie seine Erektion in ihre feuchte Hitze glitt. Tiefer. Tiefer. Vollständig in ihr.

Und ihr Kanal presste ihn zusammen und umfasste ihn so wunderbar fest.

Mit einem Keuchen der Lust zog er sich heraus und stieß wieder hinein. Raus. Rein. Ihre Beine drückten seine Oberschenkel, hielten ihn fest und vergruben ihn in ihrer angenehmen Hitze.

Er konnte nicht anders, als den Kopf zu senken, sodass seine Stirn gegen ihre gedrückt war. Das leise Keuchen ihres Atems flatterte über seine Haut, während er in sie hinein und wieder hinaus glitt.

Die scharfen Fingernägel in seinen Schultern waren nur ein Zwicken und bedeuteten, dass sie ihren Scheitelpunkt erreicht hatte. Er stieß ein letztes Mal tief in sie hinein, so tief, dann warf er den Kopf zurück und zischte.

Er zischte, als ihr Kanal ihn fest umschloss.

Er holte stockend Luft, als ihre Muschi sich um ihn herum zusammenzog.

Er hielt sie fest in dem Wissen, dass er sie nie wieder loslassen würde.

Unsssser.

EPILOG

Als Aria sich später im Motelbett an ihn kuschelte, konnte sie nicht umhin zu denken, dass sie trotz allem, was passiert war, noch nie so glücklich gewesen war und sich so wohlgefühlt hatte.

Sie seufzte zufrieden, so glücklich war sie ... bis die Hündin ihre kalte, nasse Nase an ihre Wirbelsäule drückte.

Mit einem Schrei setzte sie sich aufrecht hin. »Dein Hund hasst mich.«

»Liebe mich, liebe meinen Hund.« Constantine drehte sich auf den Rücken, die Hände hinter dem Kopf verschränkt, und grinste.

Sie funkelte Prinzessin an. Prinzessin funkelte zurück. Und dann sah sie es: das schelmische Funkeln in den Augen des Hundes. Das leichte Kräuseln einer Lefze.

»Dein Hund ist hinterhältig.«
»Jup.«
»Wild.«

»Jup.«

»Irgendwie süß, wenn es einen nicht stört, dass sie dir die Sehnen im Knöchel rausreißen könnte.«

»Siehst du, ich wusste, dass sie dir ans Herz wachsen würde.«

»Glaub nicht, dass ich mir deshalb eines dieser blöden Chihuahua-T-Shirts zulege.« Sie hatte einen Teil seiner Sammlung gesehen. Das reichte fast, um sie zum Auswandern zu bewegen.

»Ich habe eine bessere Idee für zusammenpassende Hemden. Extra für uns entworfen, möchte ich hinzufügen. Auf deinem wird stehen: *Ich höre eine Stimme und sie mag dich nicht.*«

»Was ist mit deinem?«

»Auf meinem steht: *Ich auch nicht.*«

Sie lachte, als sie sich auf ihn rollte. »Gefällt mir, aber ich sollte hinzufügen, dass die Stimme in meinem Kopf dich irgendwie mag.«

»Was ist mit der Frau?«

»Sie mag dich auch«, murmelte sie und rieb ihre Nase an seiner.

»Das ist gut, denn ich mag dich auch.«

Und der Augenblick hätte wirklich kitschig werden können, wenn Prinzessin nicht diesen Moment genutzt hätte, um neben ihnen auf dem Bett zu würgen.

Aber das war Aria egal, denn in der Umarmung ihrer Python hatte sie endlich gefunden, wonach sie gesucht hatte – eine Familie. Ein Zuhause. Und einen zickigen Hund, den sie ihr Eigen nennen konnte.

Als der Schlüssel im Schloss klickte, stand Melanie von der Couch auf. Seit sie den Anruf über den Brand bei Bittech erhalten hatte, hatte sie sich gefragt: *War Andrew da drin, als die Bomben hochgingen?*

Zumindest dachten sie, dass es Sprengstoff war. Wie sonst wären der gewaltige Knall und das Rumpeln zu erklären? Die völlige Zerstörung eines Gebäudes, das eigentlich Wirbelstürmen sollte standhalten können.

Ist mein Mann tot oder lebt er noch? Und was sie am meisten interessierte: Hatte er etwas mit der Zerstörung zu tun gehabt? Früher hätte sie gesagt auf keinen Fall, nicht ihr harmloser Ehemann. Aber jetzt, da sich herausstellte, dass die Gerüchte, dass Bittech eine experimentelle Untergrundanlage betrieb, wahr waren, wurde ihr klar, dass sie den Mann, neben dem sie jahrelang geschlafen hatte, nicht kannte.

Die leuchtend rote Tür, die sie gestrichen hatte, um sich von den anderen Türen in der Nullachtfünfzehn-Gegend abzuheben, schwang auf und Andrew trat hindurch.

Ihr Mann.

Der Verräter.

Als ihre beste Freundin Renny sie angerufen hatte, um ihr die Neuigkeiten über Bittech mitzuteilen, nicht nur die Zerstörung, sondern auch das, was vor der Explosion entdeckt worden war, wollte sie es nicht glauben. Es zu glauben bedeutete, ihr gesamtes Leben seit der Highschool neu zu bewerten. Es bedeutete, sich einzugestehen, dass es ein kolossaler Fehler gewesen war, Andrew zu heiraten.

Andrew kam herein, als hätte er immer noch das Recht dazu. Oh nein.

Sie hob die Waffe in seine Richtung. »Keinen Schritt weiter.«

Er schenkte ihr kaum einen Blick. Er schenkte ihr nie etwas, weder seine Aufmerksamkeit noch seine Liebe. Er ließ sie jedenfalls nie seinen schönen, glänzenden BMW ausleihen. Sie musste sich mit dem praktischen Minivan begnügen. Sie genoss ihre kleinliche Rache, indem sie die Jungs mit ihrem Vater in seinem hübschen Auto losschickte – mit Slush-Eis.

Andrew warf seinen Schlüssel auf den Beistelltisch und ließ seine Aktentasche fallen. Er hatte sie oder die Waffe, mit der sie zielte, immer noch nicht zur Kenntnis genommen.

»Ich sagte, du sollst dich nicht bewegen. Oder, noch besser, raus mit dir.«

Das erregte endlich seine Aufmerksamkeit. Der Verräter hob den Blick und machte sich nicht einmal die Mühe, seine Verachtung zu verbergen. »Oder du tust was, Melanie? Mich erschießen? Wir wissen beide, dass du nicht den Mumm dazu hast. Also hör auf, meine Zeit zu verschwenden, und pack eine Tasche. Und zwar schnell. Weck auch die Jungs auf, wenn du sie mitnehmen willst. Wir fahren hier weg, sobald unser Transport eintrifft.«

»Ich werde nirgendwo mit dir hingehen.«

»Tut mir leid, habe ich gesagt, du hättest eine Wahl?« Andrew ließ eine Hand vorschnellen und packte das Handgelenk mit der Waffe. Er besaß mehr Kraft, als sie ihm zugetraut hätte. Er hielt sie mit Leichtigkeit fest.

»Arschloch. Lass mich los. Ich gehe nicht mit dir mit.«

Sie schlug mit der freien Hand nach ihm, aber der Mann, den sie zu kennen glaubte, der den Anblick von Blut nicht ertragen konnte, der nicht einmal eine Spinne zerquetschen würde, hielt sie fest. Er hielt sie sehr fest. Mit seiner freien Hand gab er ihr eine Ohrfeige.

Ihr Kopf schwankte zur Seite und sie schmeckte Blut, als die Kante ihrer Zähne in ihre Lippe schnitt.

»Schlag sie nicht.« Das leise Knurren kam von hinter Andrew.

Normalerweise war es ihr sehr unangenehm, Wes zu begegnen, wobei die ganze Ex-Freund-Sache eine große Rolle spielte. Diesmal nicht. Sie war noch nie glücklicher gewesen, ihn zu sehen.

Trotz ihrer pochenden Wange schenkte sie Andrew ein triumphierendes Lächeln. »Ja, Andrew. Schlag mich nicht.«

»Du mischst dich in Dinge ein, die dich nichts angehen, Alligator«, blaffte Andrew über seine Schulter, als Wes die offene Tür ausfüllte.

»Männer schlagen keine Frauen.«

»Und Angestellte geben ihrem Chef keine Widerworte. Also pass auf, was du sagst, sonst hast du deinen bequemen Job die längste Zeit gehabt. Ich habe dich herbestellt, damit du mir hilfst, nicht damit du mich anpöbelst.«

»Dir helfen?« Sie sprach die Worte mit erstarrten Lippen aus.

Sie wartete darauf, dass Wes Andrews Worte widerlegen würde. Dass er ihrem Mistkerl von Ehemann eine

Abreibung verpasste. Stattdessen presste Wes die Lippen zusammen.

Er ist nicht hier, um mich zu retten. Die Erkenntnis tat mehr weh, als sie sollte.

»Wie konntest du nur?«, flüsterte sie.

Er sagte jetzt das Gleiche zu ihr wie damals, als sie sich getrennt hatten und sie geweint hatte: »Warum?«

»Weil.«

Aber Melanie war kein Teenager mehr und als sie mit ihrem Fuß auf Andrews stampfte, um ihn zu zwingen, ihre Hand mit der Waffe loszulassen, gab sie zurück: »Weil ist keine Antwort.«

Genauso wenig wie auf ihren Mann oder ihren Ex-Freund zu schießen.

Peng. Peng. Aber es fühlte sich verdammt gut an.

Lesen Sie unbedingt die nächste Geschichte mit Wes in der Hauptrolle: Die Herausforderung des Alligators.

www.ingramcontent.com/pod-product-compliance
Lightning Source LLC
LaVergne TN
LVHW031538060526
838200LV00056B/4548